BRANCO
É PARA
MAGIA

LAURIE FARIA STOLARZ

BRANCO É PARA MAGIA

novo século®

SÃO PAULO 2010

"Translated from"
WHITE IS FOR MAGIC

Published by Llewellyn Publications
Woodbury, MN 55125 USA
www.llewellyn.com

Produção Editorial	Equipe Novo Século
Projeto Gráfico e Composição	Sergio Gzeschnik
Capa	Equipe Novo Século
Imagem da capa	© DeniseTorres
Tradução	Paulo Ferro Jr.
Preparação	Renata Miloni
Revisão	Fernanda Rizzo Sanchez
	Ivaldo Soares da Costa

Dados Internacionais de Catalogação na Publicação (CIP)
(Câmara Brasileira do Livro, SP, Brasil)

Stolarz, Laurie Faria
Branco é para magia / Laurie Faria Stolarz; tradução Paulo Ferro Jr. – Osasco, SP : Novo Século Editora, 2010.

Título original: White is for magic.

1. Romance norte-americano I. Título.

10-07768 CDD-813

Índices para catálogo sistemático:

1. Romances: Literatura norte-americana 813

2010
IMPRESSO NO BRASIL
PRINTED IN BRAZIL
DIREITOS CEDIDOS PARA ESTA EDIÇÃO À
NOVO SÉCULO EDITORA LTDA.
Rua Aurora Soares Barbosa, 405 – 2º andar
CEP 06023-010 – Osasco – SP
Fone (11) 3699-7107 – Fax (11) 3699-7323
www.novoseculo.com.br
atendimento@novoseculo.com.br

Agradecimentos

Muito obrigada aos membros do meu grupo de escritores a quem sou muito grata: Lara Zeises, Steven Goldman, Tea Benduhn e Kim Ablon Whitney – eu não teria conseguido escrever este livro sem suas amizades, conselhos, encorajamentos e críticas. Sinto-me realmente abençoada por poder trabalhar com indivíduos tão talentosos e incríveis.

Também, obrigada aos muitos membros da minha família e amigos que têm sido uma fonte de encorajamento e apoio: Mãe, Ed, Ryan, Mark, Lee Ann, Neil, Laurie, Delia, MaryKay, Lisa, Jessica, Haig, Sara, Martha e todos da New England Screenwritters Alliance.

Um agradecimento especial ao Tenente Fran Hart, do Departamento de Polícia de Burlington, MA, e ao Oficial Conrad Prosniewski, do Departamento de Polícia de Salem, MA, por responder a todas as minhas perguntas relacionadas aos procedimentos policiais. Obrigada à Dra. Kathryn Rexrode, MD, por responder às minhas perguntas relativas a assuntos médicos.

E, finalmente, obrigada aos editores da Llewllyn – Megan Atwood, Andrew Karre e Becky Zinz – pelas sugestões que tanto me ajudaram, pelo entusiasmo sem fim e pelos comentários críticos.

1

Está acontecendo de novo.

Sinto a bile amarga queimando no fundo da garganta. Eu a engulo e seco o lábio inferior. Parece que a minha cabeça vai rachar, como se um arqueólogo estivesse preso lá dentro, arrancando lascas dos ossos do meu crânio. Encosto-me nos azulejos frios e tento segurar tudo junto – o vômito, as dores de cabeça, os pesadelos, minha sanidade.

Meu mundo está desmoronando.

Levanto-me do vaso e cambaleio até o espelho. Meus olhos estão vermelhos, a pele abaixo deles está com uma coloração escura, cinzenta. Prendo novamente meu cabelo com uma tira de elástico, reparando em meu queixo – molhado de baba do vômito. Limpo o troço gosmento com os dedos o melhor que posso e coloco os fios de cabelo soltos atrás das orelhas. O que eu preciso agora é de um banho quente, mas as pancadas na minha cabeça são tão intensas que não quero nada além de apenas me deitar.

Depois de uma escovada completa nos cabelos e vários gargarejos com antisséptico bucal, caminho ainda meio cambaleante de volta à área comum e para meu quarto. Drea e Amber, minhas colegas de quarto, estão dormindo. Sei que posso acordá-las, pois elas gostariam de saber o que está acontecendo – principalmente depois da última vez –, mas quase nem eu mesma quero saber. Não esta noite, em todo caso.

Pego um batom do toucador da Drea e o bloco de anotações ao lado da minha cama. Abro o bloco em uma página nova e escrevo com o batom vermelho-escuro uma grande letra *M* que toma a página toda, tentando o máximo possível deixá-la borrada, confusa – do jeito que vi em meu pesadelo.

Arranco a página do bloco e a enfio no bolso do meu pijama. Então, deito-me na cama e puxo as cobertas até as orelhas para não ouvir os roncos de Amber. Mas ainda me sinto enjoada, os líquidos do meu estômago continuam a se agitar, borbulhando como se fossem lava derretida. Só há um jeito de conseguir ter algum descanso esta noite.

Da minha gaveta de feitiços, também conhecida como a última gaveta da minha penteadeira, tiro uma vareta de incenso, uma vela negra virgem, uma gilete e vários outros petrechos para feitiços, incluindo um cacho de uvas vermelhas, cortesia do frigobar da Drea. Coloco tudo na minha tigela de terracota e levanto-me para sair. Só que minha cabeça está latejando. Volto a sentar-me e olho para Amber e Drea, em seus beliches, a luz da lua pálida lançando uma sombra sobre Amber na cama de cima. Ela vira, mas continua a roncar – sua boca aberta, o peito inchando, seis rabos de cavalo com cabelo pintado de vermelho-cereja saltando de sua cabeça. O antebraço de Drea se desloca por sobre os ouvidos em reação aos roncos, seu cabelo dourado dividido em duas perfeitas tranças desarrumadas.

Eu me pergunto se ao menos devo me preocupar em contar alguma coisa para elas. Talvez esteja exagerando. Essas coisas só aconteceram duas vezes até agora. E o aniversário de Maura é só daqui a dois sábados. Então, talvez seja essa a causa. Ou quem sabe é uma gripe chegando.

Com a tigela de terracota enfiada embaixo do braço, pego uma lanterninha de bolso na gaveta e sigo para fora do quarto e através da área comum. A porta da sala do aquecedor é logo ali no *lobby*.

Desço pelos degraus de madeira empoeirados usando o feixe fino de luz da lanterna para guiar o caminho. Sei que poderia simplesmente ligar o interruptor, mas a súbita explosão de luz artificial só faria minha cabeça doer ainda mais. Em vez disso, tento fazer as pazes com a escuridão; tento imaginá-la como veludo amassado, envolvendo minha pele, convidando-me a descer mais degraus rangentes e seguir para a sala do aquecedor.

Há um cheiro de mofo aqui embaixo, e canos pingando. Tento controlar a respiração, mas, por alguma razão, sinto-me um pouco aérea. Talvez seja porque não estou bem. Ou talvez porque já se passou um ano desde meu último surto de pesadelos, e uma parte de mim tema que, desta vez, eu não seja capaz de detê-los.

Respiro fundo e sigo pelo chão de cimento. Não há muita coisa aqui embaixo – um aquecedor velho e barulhento, um tanque de água enferrujado, móveis de dormitório precisando de consertos e um monte de canos de cobre que cruzam o teto. Mas é um lugar onde consigo ficar sozinha, onde não tenho que me preocupar em ser interrompida ou acordar alguém.

Coloco meus petrechos sob o altar que montei – uma velha mesa para computador com um buraco no meio – e acendo um incenso[1]. Começo com o cacho de uvas. Eu o passo pela fumaça do incenso, certificando-me

---

[1] Os feitiços deste livro são ficcionais e não devem ser praticados (N.E.)

de que ele se banhe completamente nos vapores com aroma de lavanda. Continuo a carregar de energia todos os ingredientes, concentrando-me nas longas e cinzentas espirais que se erguem e purificam minha pele, focando-me na capacidade que a lavanda tem de tranquilizar.

Meu estômago gorgoleja impacientemente. Unto meu dedo com um pouco de óleo e toco a parte de cima da vela negra virgem.

– Tanto acima – digo.

E então toco o fundo da vela.

– Como abaixo – toco o centro e arrasto meu dedo para cima e percorro o caminho de volta à parte de baixo, continuando a umedecer toda a vela.

Quando a vela está totalmente untada, eu a seguro ao redor de sua base e, com a gilete, entalho o nome de Maura na superfície de cera, meus dedos tremem levemente só de pensar nela.

No que havia acontecido.

No que tudo isso possa significar.

Giro a vela no sentido anti-horário três vezes, focando-me na ideia de libertação, e entalho as palavras "descanse em paz" no lado oposto de onde está seu nome – para que, assim, a culpa morra em minha consciência de uma vez por todas.

Acendo a vela e observo por alguns segundos enquanto a cera negra como tinta aquece e começa a formar uma poça ao redor do pavio. Então, pego o pedaço de papel que está em meu bolso e olho fixo para o *M* – *M* de Maura, de Morte, talvez. Eu realmente não sei.

Eu o jogo dentro da tigela de terracota e, então, arranco as uvas do cacho.

– Maura, Maura, descanse em paz – sussurro. – Que os tormentos de seu espírito finalmente tenham fim.

Jogo as uvas na tigela, esmago-as com meu polegar e imagino o conteúdo do meu estômago se revirando e mexendo enquanto o sumo arroxeado suja as pontas dos meus dedos. Salpico as uvas com óleo de hortelã e misturo tudo com os dedos – a essência mentolada como a de uma bala se misturando ao cheiro de lavanda do ar, sobrepondo-se ao cheiro do suco de uva.

– Maura, Maura, descanse finalmente – sussurro. – Você não me permitirá repetir o passado.

Entoo tais palavras várias vezes, concentrando-me na vela negra enquanto ela começa a queimar a palavra Maura, fazendo-a sumir. Concentro-me na menta revestindo meu estômago, ensopando as uvas.

Depois de meditar o feitiço por vários minutos, levanto meu braço, iluminando meu relógio de pulso na luz da vela – são 4h05 da manhã. Vou levar a vela de volta ao meu quarto e colocá-la ao lado da minha cama para que tenha tempo de queimar completamente. Apago o que restou do incenso, coloco a mistura de uva e hortelã dentro de um saquinho plástico com uma colher e junto o resto das coisas dentro da tigela. Graças a Deus, começo a sentir meu estômago se acalmar. Talvez agora eu consiga dormir um pouco.

Pego tudo e, quando estou quase saindo em direção às escadas, ouço uma batida vinda do canto, perto do tanque de água.

– Olá! – levanto-me, as rodinhas da minha cadeira quebrada rangem ao rolar contra o cimento. Miro a lanterna para minha frente, mas a faixa de luz é muito fraca e não consigo ver muita coisa na escuridão. Ando alguns passos em direção ao tanque, notando que a janela atrás dele está um pouco aberta.

Há um movimento no chão, como se alguém estivesse dando um passo.

– Olá? – eu repito. – Quem está aí?

Minhas mãos tremem. Meu coração aperta. Tento dizer a mim mesma que provavelmente é só alguém que esqueceu sua chave. Provavelmente alguém que resolveu entrar escondido por aqui, já que a diretora residente tranca a porta à meia-noite.

Estou mais próxima agora. O tanque está a poucos metros de distância, fora de alcance.

– Apareça AGORA!

– Stacey? – diz uma voz masculina atrás do tanque. – É você quem está aí?

Minha boca abre, tremendo. Não conheço aquela voz. Não é a voz de Chad. Nem a de PJ. Não pertence a ninguém que conheço.

– Stacey? – a voz repete. Uma sombra na parede se move em minha direção. Entro em pânico. A lanterna cai da minha mão, a tigela de terracota escapa do meu braço, escuto-a se despedaçar no chão.

Dou um giro e corro para as escadas. O movimento súbito faz a chama da vela se apagar, deixando-me na mais completa escuridão. Consigo ouvi-lo atrás de mim, seus pés golpeando o chão de cimento a cada passo largo.

– Espere! – ele grita. Sua voz é seguida por um som metálico, como se talvez houvesse colidido com alguma coisa.

Tropeço na escada, meu queixo se choca contra o degrau de madeira, a cera pinga em meus dedos, queimando minha pele. Luto para continuar subindo, apoiando-me nas mãos e nos joelhos, em direção à porta da sala do aquecedor, mas não consigo encontrar a maçaneta.

– Não fuja de mim, Stacey – sua voz é nervosa e insistente.

Lutando para dar outro passo, espeto meu joelho em algo pontudo. Um prego. Uma farpa talvez. Eu me escuto choramingar. Meu estômago revira. O gosto amargo enche minha boca. Seus passos me seguem pela escada. Puxo meu joelho e escuto o som de algo se quebrando, como madeira. Alcanço a maçaneta, desta vez capaz de envolvê-la com meus dedos.

A maçaneta gira, mas a porta não abre, como se algo estivesse impedindo. Como se alguém quisesse me encurralar ali dentro.

2

Eu torço e giro a maçaneta, bato na porta.

– Socorro! – grito, várias e várias vezes.

Viro-me o máximo que consigo e atiro a vela, com força, na direção da voz. Eu o ouço gritar.

Tento girar a maçaneta de novo. Desta vez, ela abre. É Amber, ela me deixa sair. Bato a porta atrás de nós e agarro Amber pelo braço.

Quando voltamos para o quarto, as luzes estão acesas e Drea está sentada na cama.

– Está tudo bem com vocês duas?

Mas estou respirando com tanta dificuldade, meu coração bate como se fossem socos, não consigo responder.

– Stacey está completamente esgotada – Amber diz, fechando e trancando a porta atrás de nós. Eu a encontrei parecendo um personagem da Hora do Pesadelo[2] lá na sala do aquecedor. Talvez não seja uma ideia muito boa ver filmes de terror antes de dormir.

---

[2] Série cinematográfica de terror (N.T.)

– Do que você está falando? – Drea pergunta.

– Um cara – eu disse, recuperando o fôlego. – Há um cara lá embaixo.

– Quem? O Freddie Krueger[3]? – Amber dá uma risadinha.

– Não – digo –, estou falando sério. Não sei quem era. Me trancaram lá de algum jeito. Eu estava encurralada.

– Espera aí – Drea diz. – Começa de novo. O que aconteceu?

– *Isto* é o que a estava encurralando – Amber diz. Ela tira um lápis grande e grosso do bolso do pijama.

– Ele estava preso embaixo da porta. Provavelmente foi chutado para lá por acidente.

– Vou ligar para a Keegan – eu digo.

Keegan é a diretora residente responsável pelo nosso dormitório. Ela é basicamente uma comedora de granola com iogurte, que só usa sandálias saídas direto dos anos 60, imagem completada com aquela esteira de ioga a tiracolo e os aparatos para fazer camisetas com estampas psicodélicas. Mas ela é uma *grande* melhoria depois da Madame Descarga, a diretora residente do dormitório para as meninas do primeiro ano.

Pego o telefone, mas Amber rapidamente o tira da minha mão e aperta o gancho antes que eu disque.

– Você não vai dar uma de professora velha para cima da gente, vai? – ela segura o fone atrás das costas.

– O que você quer dizer?

– Pense sobre isso – Amber retorce um dos seus minirrabos de cavalo enquanto pensa. Provavelmente, é só alguém excitado que está lá embaixo... Sabe, tentando entrar escondido para conseguir um pouco de

---

[3] Serial Killer, personagem principal da série Hora do Pesadelo (N.T.)

carinho. Você não ficaria chateada se o Chad tentasse entrar escondido para ficar de conchinha com você e alguém o assustasse?

– Ficar de conchinha ou fazer colherinha? – Drea pergunta.

– Não do jeito que faço – Amber arqueia a sobrancelha para cima e para baixo.

– *Me* dá o telefone AGORA! – insisto.

– Porque você está toda paranoica? Todo mundo entra escondido pela sala do aquecedor: garotos, visitas depois da meia-noite, gente trazendo líquidos estranhos – Amber sorri. – Por que acabar com a diversão de todos caguetando tudo para a DR?

– Talvez eu só ache que essas pessoas não deveriam entrar escondidas – digo. – Ou trancar a gente no porão.

– Você está de sacanagem? – Amber diz. – Um dos benefícios de estar na residência de veteranos é que as pessoas *podem* entrar escondidas. Além do mais, você foi *lapisada* lá e não *trancada*. E foi puro acidente.

– Ele não tentou atacá-la ou algo parecido, tentou? – Drea interrompeu. – Espera aí... O que houve com o seu joelho?

Olho para baixo. Meu pijama está rasgado, há uma gigante lasca de madeira enfiada bem na barriga de um dos bonecos-de-gengibre estampados na flanela. Mas meus dedos estão doendo tanto quanto o joelho – há pedacinhos de cera encrostada na minha pele. Quebro ao meio uma das folhas de aloés que está perto da janela. A gosma clara e doce goteja da folha grossa e verde da planta, passo a gosma nas gotas de cera endurecida para ajudar a aliviar as queimaduras.

– Que diabos aconteceu com você? – Drea se move até a beira da cama, suas pernas perfeitamente bem torneadas e artificialmente bronzeadas saindo por baixo de uma camiseta da escola, as letras gigantes da palavra Hillcrest esticadas sobre seu peito. Ela olha fixo para meus dedos cheios de cera.

– É cera de vela – digo. – Minha vela apagou quando comecei a correr.

– Sabe, Stacey – Amber começa –, seu jeito primitivo de viver tem seus encantos, mas a eletricidade moderna é bem mais legal.

O sarcasmo de Amber me poupa o trabalho de explicar sobre meu joelho.

– Talvez devêssemos chamar alguém para dar uma olhadinha por aí – Drea diz. – Só para ter certeza.

Amber me joga o telefone.

– Vá em frente, se quiser, mas provavelmente é só uma pegadinha. Você sabe, algum imitador do Michael Meyers[4], inspirado pela maratona de filmes de terror dessa noite. Eu não sei o que o povo da Atividades Estudantis estava pensando, principalmente se considerarmos que já está chegando o aniversário de um ano. Por exemplo... – Amber puxa um envelope do bolso de seu pijama. O meu nome, Stacey Brown, estava escrito na frente dele.

– De novo não – Drea revira os olhos e afunda novamente na cama.

– Alguém enfiou isso por baixo da porta ontem à noite – Amber diz, rasgando a parte lacrada. Sem dúvida é um dos fãs de fantasma.

Ela desdobra o papel e lê a mensagem em voz alta:

– Cinco dias para a morte.

– Ótimo – eu digo.

– Ah, e alguém desenhou uma faquinha fofa bem ao lado do seu nome – Amber mostra rapidamente o desenho feito à caneta.

– Como uma faca pode ser fofa? – Drea pergunta.

---

[4] Serial Killer, personagem da série de filmes Halloween (N.T.)

– Ela tem um cabo curvadinho – Amber aponta para o detalhe estilístico. – Entende o que quero dizer? Essa escola estúpida está cheia de bebês imaturos que não têm nada melhor para fazer.

É verdade que tivemos nossa cota de brincadeiras este ano – telefonemas, bilhetinhos com a mensagem "ESTOU TE OBSERVANDO!" enfiados na nossa caixa de correio, a ocasional máscara de hóquei ou a poça de sangue feito de *ketchup* na frente da nossa porta ou janela. Tudo por causa do ano passado.

Ano passado, eu tive uns pesadelos que se tornaram premonições, avisando-me que Drea seria assassinada. E então todas essas coisas começaram a acontecer. Drea recebia uns telefonemas esquisitos de um garoto que não queria dizer seu nome. Depois, começou a receber uns bilhetes e pacotes dizendo que ele estava indo buscá-la. No fim, nós conseguimos salvar Drea de Donovan, um cara que ela conhecia desde a terceira série, um garoto que a gente sabia que seria apaixonado por ela até o dia em que morresse. É claro que não foi ele quem acabou morto.

Quem morreu foi Veronica Leeman.

❁ ❁ ❁

Apesar dos esforços de Amber para me convencer de que o incidente na sala do aquecedor foi só mais uma pegadinha, ligo para Keegan mesmo assim e conto a ela tudo o que aconteceu, incluindo a parte sobre a janela estar um pouco aberta e tirando a parte do feitiço. Ela diz que vai verificar e depois me dará um retorno. Sei que há uma chance de Amber estar certa, mas honestamente não sinto que esteja. Por qual outra razão eu sentiria essa enorme sensação de *déjà vu*?

Esfrego o gel de aloés na queimadura e, com minha outra mão, examino o estrago em meu joelho. Não está tão mal quanto sinto. Consigo ver a lasca de madeira através da pele – um bom sinal. Pinço a parte que está para fora e puxo, observando a lasca se mover através do ponto de perfuração.

Amber agarra sua carteira na mesa de cabeceira e a entrega para mim.

– Aqui, morde com força, no Scooby[5]. É o que eu faço quando tenho que fazer as sobrancelhas.

Ela enfia a carteira na minha boca antes que eu consiga impedir.

– Pelo que posso ver – Drea passa o dedo sobre uma das sobrancelhas de Amber –, parece que o Scooby não tem sido mordido há um bom tempo.

– Talvez não – Amber diz, tocando entre as sobrancelhas para verificar se há penugem. – Mas pelo menos *ele* vai sentir um pouco de língua.

– E o que *isso* quer dizer?

– Se a carapuça servir... – Amber se joga em cima da minha cama, de joelhos dobrados, com os pés um de frente para o outro, fazendo suas pantufas do Gaguinho se beijarem.

Eu as ignoro o máximo que posso e termino de arrancar a lasca, tentando manter minha mão firme para que ela saia em um pedaço só. Apesar do excesso de baba, a carteira realmente ajuda e, com apenas alguns grunhidos, consigo retirar a lasca.

Mas ainda há um pouco de sujeira por baixo da minha pele. Pego um limão na minha gaveta de feitiços e o corto ao meio com uma faca de plástico. Como minha avó, que basicamente me ensinou tudo o que sei sobre a arte da feitiçaria de cozinha, sempre deixo à mão um bom suprimento de itens para feitiços. Você nunca sabe quando pode precisar

---

[5] Personagem de desenho animado produzido pela Hanna-Barbera, neste caso, estampado na carteira de Amber (N.T.)

deles. Como na semana passada, quando Drea me pediu para ajudá-la a fazer um sachê da sorte para uma prova de Inglês. Ou na semana anterior, quando fiz um lote de sabonete em forma de lua para aliviar a TPM de Amber.

Minha avó sempre usava limão para curar os cortes. Ela extraía o sumo da fruta, permitindo que o suco escorresse para dentro de uma tigela, adicionava uma colher de chá de extrato de baunilha, misturava tudo e, então, aplicava a mistura na ferida. Tento fazer a mesma coisa, mas parece que estou sem baunilha. Esquisito – eu poderia jurar que tinha um frasco cheio. Mergulho um pedaço de pano no suco de limão mesmo assim e o aplico na ferida, esperando que seja o suficiente.

O telefone toca alguns minutos depois. É Keegan. Ela me diz que checou a sala do aquecedor e, à parte a janela aberta – que ela já fechou e trancou –, parece tudo bem, com exceção, ela acrescenta, de uma espécie de vaso quebrado e uma vela esquisita que deixaram lá. Agradeço e desligo, sentindo-me um tanto quanto aliviada, mas ainda preocupada.

– Keegan disse que parece tudo o.k! – digo.

– E o que mesmo você estava fazendo lá embaixo? – Drea pergunta.

Mas não quero explicar sobre o feitiço que fiz para Maura.

– Eu só pensei ter ouvido alguma coisa.

Odeio mentir para elas, especialmente depois de tudo o que elas passaram comigo. Mas só não quero dizer nada ainda. Não tenho ideia de por que Maura, mais uma vez, assombra meus pesadelos. Achei que eu já tinha me perdoado por tudo que aconteceu. Mas talvez não tenha. Talvez, lá no fundo do meu ser, haja um lugarzinho apodrecendo de culpa. Talvez seja por essa razão que vomitei.

3

Enquanto Amber e Drea voltam a dormir, permaneço acordada, olhando fixo para o teto. Não há razão para dormir, já que não terminei meu feitiço. Não há razão para ter que acordar novamente com a boca cheia de vômito. Especialmente por eu só ter algumas horas antes de me levantar.

Em vez disso, tento ao máximo me focar em Maura, a garotinha de quem eu costumava tomar conta. Tento entender por que sonho com ela novamente, por que meu subconsciente está mexendo com esses velhos fantasmas.

Quando sinto que minha mente começa a vagar e meus olhos ficam pesados, viro para olhar o relógio ao lado da cama. São quase seis. Penso em ligar para Chad, mas sei que ele ainda está dormindo. E honestamente não saberia o que dizer, se contaria sobre a noite passada. Sinto-me mal por não ter retornado sua ligação na noite anterior. Mas, ultimamente, sinto como se o estivesse afastando. Acho que é por causa de Drea. Quero dizer, amo Drea como uma irmã, e estou feliz por ela ter decidido voltar para Hillcrest para nosso segundo ano. Mas é tão estranho, eu namorando o ex-namorado dela.

Quando Chad e eu começamos a sair, logo depois do fim do julgamento de Donovan por assassinato e ele ter sido afastado, foi mais fácil. Drea não estava por perto. Ela foi para casa pelo resto do primeiro ano para tentar colar os caquinhos da sua vida. Não é que eu desejasse que ela continuasse longe. Mas era mais fácil antes de ela voltar. Quer dizer, sei que ela nos deu sua benção, sei que diz que isso não a incomoda; mas não consigo evitar a sensação de que ela continua apaixonada por ele. E mesmo que não continue, sinto como se estivesse quebrando algum tipo de regra sobre não sair com o ex da sua melhor amiga.

O corte em meu joelho está ardendo. Imagino se é porque eu não tinha aquele extrato de baunilha. Penso em procurar na despensa da sala comum, talvez ache um frasco escondido em algum dos armários. Então me lembro da minha despensa escondida – na mala que minha mãe me comprou há quatro anos, quando fui aceita em Hillcrest. Às vezes, jogo ali vários suprimentos de feitiços, geralmente coisas que não uso tanto – diversas bugigangas e ingredientes que eu possa vir a usar mais tarde, como aquele recipiente de pó de cebola que comprei em uma promoção, ou a concha em formato de folha que encontrei na praia em um verão passado.

Tiro a mala do fundo do meu armário, abro o zíper e olho para o conteúdo. Largado praticamente em cima de tudo está o frasco cheio de extrato de baunilha que eu sabia que tinha. O pó de cebola e a concha ainda estão lá. Assim como a vela branca grossa que minha avó me deu no meu aniversário de 12 anos, alguns meses antes de ela falecer. Tinha me esquecido totalmente dela.

É uma dessas velas feitas à mão, com cerca de 25 centímetros de altura e da largura do meu punho. Ainda me lembro da minha avó me entregando o presente. Era noite, depois que meus amigos tinham ido embora, depois que todos os presentes de aniversário haviam sido colocados de lado. Minha avó e eu nos sentamos na varanda dos fundos sob a manta do céu negro, com apenas a lua imensa sobre nós. Ela colocou o pacote prateado brilhante no meu colo.

– Abra com cuidado – ela disse.

Lembro-me de abrir o papel enrugado e ficar maravilhada com o brilho da cera em contraste com minha mão. Uma vela virgem, nunca usada, com um pavio limpo e claro.

– Uma branca? – eu sorri.

– Branca é para magia – ela explicou. – Você deve somente usar as velas brancas numa ocasião mágica e só deve acender esta aqui quando sentir que é o momento certo.

– E quando será isso? – perguntei, cheirando a cera da vela, esperando sentir um cheiro de coco ou de fava de baunilha.

– Quando você sentir em seu coração o mais verdadeiro e significativo aspecto da magia.

– O que é o mais verdadeiro e significativo aspecto da magia? – perguntei, desapontada pela vela não ter cheiro algum.

Ela sorriu, suas bochechas ficaram todas rosadas.

– Não é minha função lhe dizer isso. Um dia, você saberá. Você sentirá.

– Você não pode simplesmente me dizer, vó? – eu gemi.

Ela balançou a cabeça.

– Se eu lhe contar, você só saberá em sua mente, não em seu coração. E há uma grande diferença nisso.

É claro que, aos 12 anos de idade, eu não tinha absolutamente nenhuma ideia do que ela queria dizer. E *ainda* não tenho. Mas, embora obviamente eu nunca tenha acendido esta vela branca, *já usei* velas brancas antes – toda vez que quis fazer coisas mágicas acontecerem, toda vez que senti que algum feitiço ou remédio precisava daquele toque extra de magia.

O problema é saber que ela não se referia a tais ocasiões. Pego a vela e a encosto no meu rosto, lembrando da pele macia e suave de minha avó, da maneira como sua voz ficou toda sussurrante quando ela me contou tudo isso.

Em vez de guardar a vela novamente na mala, decido mantê-la fora. A coloco em cima da minha mesa, preparo um pouco mais da mistura de extrato de baunilha e limão e aplico o unguento na minha ferida. Já me sinto melhor.

E agora?

Como não tenho uma dessas luminárias de leitura, pego o telefone e meu livro de inglês e vou até a sala comum, onde sei que não vou acordar ninguém. Talvez espere até às 19h e, então, ligue para Chad. Eu me jogo na confortável poltrona verde-limão do canto, em vez das cadeiras de estudo com o encosto reto – um grande erro, já que estou doida para não dormir. As almofadas macias de veludo cotelê me aconchegam como um agasalho favorito. Acendo a luz e abro o livro no conto de Raymond Carver que eu deveria ter lido para a aula do segundo período de hoje.

Estou quase começando a seção de pós-leitura quando ouço um som parecido com passos, vindo de fora, do *lobby*. Levanto-me da poltrona e ando lentamente na direção do som. Ele vem de trás da porta da sala do aquecedor, como se alguém estivesse subindo as escadas. Respiro fundo e, em silêncio, conto até dez, dizendo a mim mesma que provavelmente é só alguma garota que esqueceu a chave. Mas então eu ouço vozes – vozes masculinas – sussurrando, falando uma com a outra.

Agarro um dos guarda-chuvas que ficam perto da entrada e me posiciono próxima à porta da sala do aquecedor. Sei que estou reagindo como uma maluca paranoica, que pode ser como a Amber disse – provavelmente o namorado de uma das garotas tentando entrar escondido depois do toque de recolher. Mas só a ideia de alguém invadir, entrar escondido a essa hora, me faz viajar no tempo direto ao passado. Quando eu tinha razões legítimas para ser uma maluca paranoica.

Levanto o guarda-chuva acima da minha cabeça e observo enquanto a maçaneta gira e a borda da porta abre.

É Chad.

– O que você está fazendo? – largo o guarda-chuva e coloco a mão sobre o coração. – Como você entrou aqui?

A porta abre totalmente. PJ também está ali. Ele segura um grampo de cabelo retorcido entre dois dedos.

– Eu sabia que *ele* conseguiria nos fazer entrar – Chad diz.

– Ei, apaixonadinha – PJ beija o ar ao lado das minhas duas bochechas. – Entrar no porão foi babinha, mas a porta principal? Pode esquecer.

– Mas como *foi* que vocês conseguiram entrar? Pela janela lá embaixo? – achei ter ouvido Keegan dizer que havia trancado a janela.

– Não se ensina ao tigre o pulo do coelho – PJ diz. – Meus lábios estão selados.

Ele torce os lábios, trancando-os.

– Vocês não estavam lá embaixo mais cedo, estavam?

– Quem quer saber? – PJ pergunta, olhando para mim com olhar de criança maldosa.

– Nós chegamos há poucos minutos – Chad diz. – Acalme-se. Qual é o problema?

– O problema é que as pessoas não deveriam invadir edifícios do campus sempre que têm vontade. E como vocês conseguiram chegar até aqui lá do seu dormitório? A polícia do campus não está fazendo o trabalho dela?

– Fala sério! – PJ diz. – Quando o boteco encerra o expediente, à meia-noite, eles também encerram o deles.

– Relaxa – Chad esfrega minhas costas para me acalmar. – Você vai acordar todo mundo.

– É, só que é muito fácil para as pessoas entrarem escondidas aqui. Você pensa que um colégio deveria ter muito mais... segurança.

– Eu tenho um pouco de segurança aqui – PJ começa a remexer no bolso da jaqueta.

– Olha – Chad começa –, desculpe se assustamos você. Eu não pensei direito. *É óbvio* que não pensei. Eu só queria te ver – ele tira o guarda-chuva dos meus dedos e o coloca no suporte perto da entrada.

– Acho que estou ficando louca – digo.

– Louca por mim, espero – ele sorri e me envolve em seus braços. E ele cheira tão bem, como canela misturada com cidra de maçã quente, o que torna muito mais difícil eu sustentar a raiva. Passo meus dedos por seus cabelos loiros cor de areia e escondo meu nariz na gola de sua jaqueta.

– Acho que vou vomitar – diz PJ. – Isso é melado demais para mim. Onde está o *meu* casinho?

PJ dá batidinhas com a mão sobre o coração, permitindo que eu vislumbre as pequenas joaninhas desenhadas nas unhas polidas e pintadas de preto.

– Vocês não estão mais exatamente de caso – digo, desfazendo-me do abraço.

– Não deixe com que a rotina esnobe e arisca dela puxe o véu por sobre seus olhos, minha pequena. A garota é absolutamente doida por mim – PJ passa a palma da mão pelas pontas cor de ameixa de seus cabelos arrepiados com quase sete centímetros de altura e se afasta saracoteando atrás de sua presa, Amber, em nosso quarto.

Enquanto isso, Chad e eu vamos até a sala comum e nos apertamos no confortável sofazinho de dois lugares.

– Você sabe que não deveria estar aqui – digo. – Vamos levar uma suspensão.

– Só se formos pegos – ele encosta sua testa na minha, quase me fazendo esquecer de que a porta do quarto de Keegan está logo ali no corredor. É que ele é tão bonito. Seus olhos azuis-esverdeados são emoldurados por seus óculos de aros finos. Uma aconchegante blusa de moletom se encaixando perfeitamente em seu peito. Seu sorriso largo pendendo para a esquerda.

– E o que você está fazendo acordado? – pergunto.

– Drea me ligou.

– Ela *ligou*? Quando?

– Sim – ele diz. – Um tempinho atrás. Não foi nada. Ela só ligou para perguntar algo sobre a prova de pré-calculo que vamos ter hoje e, então, me contou como você ficou assustada mais cedo – algo sobre alguém ter seguido você na sala do aquecedor...? De qualquer forma, pensei em dar uma passada para ver como você está – fazer-lhe uma surpresa. Tudo bem ter feito isso?

Finjo que sim com um aceno de cabeça, embora eu odeie surpresas. E me irrita ele não ter percebido isso ainda. E pior de tudo é imaginar que a Drea ligou para ele – logo que coloquei o pé fora do quarto, ela decidiu agir pelas minhas costas, e com essa desculpa esfarrapada sobre estudar para a prova. A garota sequer abriu o livro desde o jantar da noite passada, pelo amor de Deus.

– Sinto muito – ele diz.

– Tudo bem – digo, respirando fundo, lembrando-me de que este é um ano totalmente novo.

Chad me deita sobre seu peito e beija minha cabeça.

– Você precisa relaxar. Está segura aqui. Tudo vai ficar bem.

– Eu sei – digo, mordendo meu lábio inferior.

– Donovan foi embora. É hora de desencanar.

– Não tem nada a ver com Donovan – digo, sentando-me.

– Eu acho que tem.

– E *eu* acho que você não está entendendo.

A porta do nosso quarto abre. É Drea, seu travesseiro estampado enfiado embaixo do braço e seu edredom se arrastando atrás dela.

– Ah, desculpa – diz. – Eu interrompi alguma coisa? Estava vindo dormir aqui. Amber e PJ não param de discutir.

– Desculpe por acordarmos você – Chad diz. – De qualquer forma, PJ e eu precisamos ir andando. Eu só queria checar essa sua colega de quarto aqui, fazer uma surpresa com uma visitinha fora de hora.

– Que meigo – Drea diz com a voz aguda.

– Achei que seria – ele diz. – Bom, não quero arrumar problemas para vocês.

– Não – Drea diz. – Tudo bem. Eu vou dormir lá no *lobby*.

Ela solta um longo suspiro e, então, segue em direção ao *lobby*, seu beicinho amuado perfeito combinando com suas ainda mais perfeitas pernas de modelo da Victoria's Secret, fazendo-me querer expulsá-la porta afora. Sei que ela tem noção do que está fazendo. E também sei que não houve engano da parte dela em aparecer aqui vestida *desse* jeito.

– Eu te ligo mais tarde – Chad me dá um beijo na bochecha no melhor estilo vovô antes de arrancar PJ do nosso quarto.

– *Ciao* por enquanto, minha vaquinha marrom – PJ diz para mim. – E da próxima vez, vetados os filmes de terror para a senhorita.

– Hã?

– Os filmes de terror – ele esclarece, com um pingo de irritação na voz. – Apenas diga não.

Ele cantarola algumas notas da música tema de *Halloween*, assopra-me um beijo e sai com Chad.

– Bem, acho que agora posso voltar para a cama – Drea diz. Ela sorri para mim, quase me fazendo querer arrancar seus dentes um por um. Mas como minhas emanações ainda estão concentradas em Chad – e na inabilidade de a segurança fazer seu trabalho depois de tudo o que aconteceu nesse campus idiota –, eu decido poupá-la e, em vez disso, verificar pessoalmente a janela da sala do aquecedor.

4

A porta de acesso à sala do aquecedor está entreaberta, provavelmente pela visita de Chad e PJ. Eu a deixo completamente aberta e acendo a luz da escadaria. A súbita explosão de luz da lâmpada nua, suspensa acima da minha cabeça, ferroa meus olhos e faz minha cabeça começar a doer novamente. Desço pelos degraus que rangem, dizendo a mim mesma para não ter medo e que, se a janela estiver aberta, vou simplesmente fechá-la, trancá-la de novo.

Chego ao fim das escadas e respiro fundo. É quando o percebo, quando o sinto. Algo não está certo. Tento achar a correntinha sobre minha cabeça e a puxo com firmeza para ligar a luz. As longas e estreitas tiras fluorescentes brilham no teto sem acabamento, iluminando toda a sala do aquecedor.

Minha nuca fica gelada e um arrepio desce pelos meus ombros. Olho ao redor, para todos os cantos da sala, para me certificar de que estou sozinha. Há diversas mesas empilhadas contra a parede. Eu me aproximo, tentando encontrar um ângulo em que possa ver se há alguém se escondendo atrás delas. Fecho os punhos, num esforço de estar preparada para o pior. Mas está vazio ali – ninguém. Solto o ar, liberando o nó em meu peito e seguindo na direção do tanque de água – na direção da janela.

Quanto mais perto chego, mais sinto o frio, uma sutil brisa que acaricia a extensão de meus braços e sobe pelos meus ombros. É a brisa que entra pela fresta da janela. Sigo para trás do tanque e sinto meu corpo inteiro congelando. Consigo ver a janela inteira agora. Mas mais alarmante é o que está pintado nela – a letra *M*, grosseiramente pincelada no vidro em vermelho-escuro. Exatamente como no meu pesadelo.

Sinto a porta de meu coração batendo ao se fechar, mas rapidamente percebo que é, na verdade, a porta lá em cima, aquela por onde entrei, a da sala do aquecedor. E que a luz da escadaria foi apagada. Fico imóvel no lugar e, em silêncio, conto até dez, preparando-me mentalmente para o que virá. Depois de vários segundos, sinto-me dando alguns passos para trás, apenas encarando o *M*, temendo saber exatamente o que significa.

De algum modo, consigo me virar e me afastar dele, ter controle de mim mesma e correr o mais rápido que posso até as escadas, tropeçando em alguns degraus no caminho. Escancaro a porta com violência, escuto-a bater contra a parede e corro de volta para o quarto, batendo e trancando a porta atrás de mim.

– O que está acontecendo? – Drea acende a luz atrás de sua cama.

– Alguma coisa está acontecendo – meu corpo está tremendo todo. Cruzo meus braços, esforçando-me para parar de tremer.

– Stacey, você está mais pálida que o meu traseiro – Amber diz. – O que aconteceu?

– Lá embaixo – eu engasgo. – Na janela... a letra *M*.

– O quê? – Amber pergunta.

– *M*? – Drea se senta e vai até a beirada da cama.

Eu balanço a cabeça, afirmando.

– *M o quê?* – Amber pergunta. – Do que você está falando?

– *M* – eu digo, aumentando a voz. – De Maura. De Morte.

– O quê? – Drea se sobressalta.

– Por que você desceu para a sala do aquecedor de novo? – Amber pergunta.

– Vocês não estão me ouvindo? – coloco as mãos sobre a cabeça por causa da dor.

– Espera – Drea diz. Ela salta da cama e para na minha frente.

– Mais devagar. Comece do começo.

– Venha até a sala do aquecedor comigo. Veja você mesma.

Drea coloca os braços em volta do meu ombro e um choro rápido escapa da minha garganta. Amber pula para fora da cama também e se junta a nós em nossa jornada ao andar de baixo.

Acendo a luz da escadaria – as luzes lá embaixo ainda estão acesas – e conduzo Drea e Amber através do chão de cimento e para trás do tanque de água. E quase não consigo acreditar no que vejo – ou não vejo. O *M* sumiu.

– A janela – sussurro.

– Sim – Amber responde prontamente. Você está certa, *tem* uma janela ali.

– Não – eu digo, olhando fixo para o vidro limpo.

Amber percorre as mãos por sobre a janela e verifica a fechadura.

– Está até trancada... imagina só – ela se vira para ficar de frente para mim.

– Não – digo. – Estava ali... a letra *M*. E a janela estava entreaberta.

– Você tem certeza? – Drea pergunta. Ela coloca a mão sobre meus ombros, esforçando-se para me acalmar, talvez para olhar em meus olhos e entender.

Eu confirmo, minha mandíbula tremendo levemente. Isso simplesmente não faz sentido.

– E daí se aquilo *estava* ali? – Amber diz. – Provavelmente esteve ali por meses.

– Não – digo, dando um passo em direção à janela. Eu teria notado antes.

– E que diferença isso faz? – ela diz. – Agora já sumiu e, caso você tenha esquecido, o seu nome começa com a letra *S*.

– Você não entende.

– Bem, então me faça entender porque, neste momento, estou começando a pensar que você está completamente em pânico.

Olho para Drea. Consigo ver que ela quer acreditar em mim, e talvez uma parte dela até já acredite.

– Esquece – digo, talvez mais para meu próprio bem do que para o delas. Não sei se consigo lidar com o que está acontecendo dentro da minha cabeça, o que sinto em meu coração pode estar acontecendo novamente – não depois do ano passado.

– Talvez eu só precise dormir um pouco.

– *É só isso?* – a cara de Amber cai. E o *M* de Maura? *M* de Morte? Você quer matar a gente de medo?

– Desculpa – digo, embora saiba que o *M* estava lá, que era real. Foi o que meu pesadelo previu. Dou uma última olhada para a janela antes de me virar e voltar para o andar de cima.

5

Meu dia passa em uma névoa total. Depois de uma noite embalada com caos e conflito suficientes para encher uma temporada inteira de uma novela bem dramática, minhas aulas parecem quase incidentais. Quer dizer, como devo me concentrar em Francês e Astronomia quando tudo ao meu redor parece se despedaçar? E, ainda mais, se não começar a me esforçar, as chances de eu entrar em uma faculdade mais ou menos decente serão quase nulas.

É por tudo isso que decidi fazer uma tentativa real de estudar esta noite. Por essa razão e porque não estou conseguindo dormir mais uma vez. Não é que não *consiga* dormir: eu simplesmente não quero. Toda vez que começo a cochilar, vem aquele sentimento amargo no estômago, como se eu fosse ficar enjoada. Então, enquanto Drea e Amber dormem profundamente em suas camas, sento-me aqui fora na sala comum, martelando minhas anotações de Biologia – esperando que as palavras em negrito, de alguma forma cósmica, mergulhem em meu cérebro.

Exceto que não consigo parar de pensar na noite passada.

A vela branca de minha avó repousa em meu colo, fecho os olhos e imagino a letra *M* – vermelha e mal pintada – do jeito que apareceu na janela de vidro. Percebo que alguém pode estar fazendo outra brincadeira estúpida, ou talvez isso signifique outra coisa – algum tipo de piada interna que não tem absolutamente nada a ver comigo. Ou, segundo a teoria de Amber, talvez eu *realmente* estivesse em pânico. É verdade que eu estava além do ponto de exaustão na noite passada – ou, devo dizer, hoje de manhã bem cedo. Posso ter imaginado tudo. E sei que, às vezes, sonho com coisas que têm pouca ou nenhuma relevância para a vida real.

Mas sei, no fundo de meu coração, que nada disso é verdade. Sei que a letra estava lá – eu a senti, eu a vi.

E sei que era para mim.

Levanto a vela na altura do meu nariz e sussurro a letra *M* várias e várias vezes, esperando que os elementos mágicos da pureza me ajudem a seguir na direção correta. Apenas segurar a vela já é uma sensação boa, tê-la perto de mim – seu mistério, seu misticismo. Quase como se meu encontro tão repentino com ela fosse uma maneira de a minha avó me mostrar ou contar alguma coisa.

Pego em meu estojo um marcador vermelho e mergulho a ponta em minha caneca de água. A tinta vermelha começa a se infiltrar por toda a superfície em formas inchadas, como nuvens, deixando a água de uma cor levemente rosada. Vou até a copa e paro em frente à pia. A janela acima da torneira é parecida com a do andar de baixo, da sala do aquecedor. Desenho um *M* gigante nela, fazendo o possível para que ele pareça mal pintado, do jeito que apareceu lá embaixo. A água ajuda, fazendo com que as brilhantes linhas vermelhas sangrem vidro abaixo. Olho fixo para ela – com empenho –, tentando me concentrar o máximo possível, esperando que a reprodução estimule algum tipo de compreensão repentina. Ainda assim, as palavras que surgem em minha mente são aquelas que mais temo: "Maura" e "Morte".

Sinto meu queixo tremer. Pego uma toalha de papel para limpar essa sujeira. A letra sai bem fácil, deixando o vidro completamente limpo. Tudo sai, com exceção de um rosto refletindo direto para mim. Engasgo e me viro.

É Drea.

– Não conseguia dormir? – ela pergunta.

Solto o ar.

– Você me assustou.

– Desculpe – ela diz. – O que está fazendo?

– Estudando.

– Verdade? – ela comprime os lábios. – Meio difícil estudar quando se está lavando janelas.

Olho para a toalha de papel na minha mão, manchada de vermelho, e a amasso para que ela não veja a tinta.

– Você tem razão. Eu não conseguia dormir – afinal, não é totalmente uma mentira.

– Ah? – seu rosto se enruga confuso. – Achei que talvez você pudesse estar aqui fora conversando com Chad.

– E se eu estivesse?

– Nada – ela diz, enrolando um cacho de cabelo loiro em sua unha recém-pintada. – Só queria perguntar algo sobre o dever de casa para ele. Nada sério.

Balanço a cabeça, mesmo sabendo que ela está mentindo.

– Depois da minha reação pouco sorridente de ontem à noite – digo. – Tenho certeza de que vai demorar um tempinho antes de ele fazer outra aparição sem avisar.

– Ele não está bravo com você, está? – Drea pergunta, sondando mais a fundo.

Dou de ombros, embora tenha percebido que ele definitivamente se manteve mais distante de mim hoje. Foi só depois do treino de hóquei que o vi e ele ainda estava com seus colegas do time. Mas ele estava todo "E aí, como vai? Falo com você depois". Como se estivesse falando com qualquer outra garota. E eu *não* sou só qualquer outra garota. Sou a *namorada.*

– Eu preciso estudar – digo, preferindo não discutir esse assunto com Drea, entre todas as pessoas.

Ela entende o recado e gira sobre o calcanhar descalço para voltar ao quarto. Enquanto isso, encho a chaleira de água da torneira e a coloco no fogão para fazer uma xícara de chá. Talvez uma dose de cafeína ajude a me concentrar, ajude-me a estudar um pouco de uma vez por todas.

Eu me enterro novamente na poltrona e faço um esforço para ler as coisas que grifei, mas estou tão cansada. Encosto a cabeça na almofada e fecho os olhos, imaginando pétalas de rosa grossas e aveludadas repousando sobre minhas pálpebras, imaginando que escorrego para dentro de uma banheira de água morna salpicada de lasquinhas de camomila, enquanto o incenso de lavanda queima e o som da chuva vem de fora.

A porta do banheiro do corredor fecha com uma batida, fazendo-me voltar subitamente à realidade. Pergunto-me quem mais está acordado a essa hora. Espio na direção do corredor, para os quartos do lado oposto à área comum, mas as portas estão fechadas.

Espanto a necessidade de dormir e continuo a leitura, tentando prever quais perguntas o Sr. Milano fará durante seu debate, imaginando se ele nos dará outro teste oral surpresa. Escuto a válvula do chuveiro rangendo. Viro a página para examinar o questionário de revisão no fim do capítulo e, então, ouço mais alguma coisa. Um som alto de algo se quebrando vindo do banheiro, seguido por um baque gigante.

O zumbido da água batendo no chão do banheiro continua. Mudo de posição na poltrona e me esforço em continuar meu trabalho, mas não consigo me concentrar, não até ter certeza de que está tudo bem. Fecho meu livro e me arrasto pelo assoalho de madeira até o banheiro. A luz do banheiro parece nem estar acesa. A fresta na beira da porta está escura.

Pressiono meu ouvido na porta, mas não escuto nada – apenas a água enquanto ela cai do chuveiro. Concentrando-me no som, noto que a corrente de água soa esquisita quando chega ao chão de ladrilhos, como se nada interrompesse seu trajeto.

Como se ninguém estivesse ali.

Eu bato. Não há resposta. Bato novamente.

– Olá? Quem está aí?

Ainda não há resposta.

Tento abrir a porta. Está trancada.

Fico ali parada alguns minutos, tentando decidir o que fazer. Acho que poderia chamar Amber para abrir a fechadura, já que ela é boa nisso. Ou poderia incomodar a Keegan novamente e pedir ajuda. Bato mais algumas vezes, tentando visualizar uma das meninas escovando o cabelo ou depilando as pernas. Mas eu simplesmente não consigo, o olho da minha mente não consegue ver alguém lá dentro.

Volto depressa para a copa, pego um garfo de *fondue* da gaveta de utensílios e o enfio na fechadura do banheiro. Eu o agito levemente para a frente e para trás, ouvindo os dentes arranharem o metal do interior. O assobio da chaleira grita do fogão. Só preciso de mais um minuto. Continuo a manobrar o garfo na fechadura por vários segundos até que consigo enfiar a ponta em uma fenda. Eu a giro. *Clique.*

Agora tremendo, coloco minha mão ao redor da maçaneta, ligo o interruptor e abro totalmente a porta.

É Veronica Leeman.

Veronica Leeman, que morreu no ano passado.

Seu corpo está estirado no chão, exatamente como estava na noite em que a encontrei. O sangue, escorrendo de sua cabeça, onde Donovan a atingiu. Seus olhos profundos verdes-musgo olham direto para mim, desapontados por eu não ter conseguido salvá-la.

Minha respiração acelera, solto o ar pela boca. Vidros se estraçalham em meu peito. Não sei se vou chorar ou vomitar. Em vez disso, escuto-me gritar – um berro longo e agudo que irrompe da minha garganta.

O grito me acorda de um sono profundo. De outro pesadelo.

Demora alguns segundos para a realidade se apresentar. Ainda estou na sala comum, ainda estou sentada na mesma poltrona confortável de veludo cotelê verde-limão, meu caderno de Biologia aberto em cima do meu peito, a vela branca no meu colo.

As portas se abrem ao meu redor. As garotas do andar saem depressa dos seus quartos para ver se estou bem, para ver o que aconteceu. Elas ficam paradas ao meu redor, fazendo todo tipo de pergunta – seus lábios se movendo, as bochechas inchando, mãos nos quadris, sobrancelhas subindo e descendo.

Mas não as ouço. Porque ainda estou tremendo. Ainda estou paralisada pelo que vi. Foi tão real. Os olhos de Veronica Leeman.

Uma das garotas – Trish Cabone, acho – vai até o fogão e silencia o apito da chaleira. Keegan se ajoelha na minha frente. Ela olha para seu relógio de pulso, esfrega minha testa e diz algumas palavras, mas tudo que consigo fazer é olhar para Drea e Amber, que abrem caminho entre as outras. Parece que Drea está dando alguma explicação. E, então, Amber a segue com alguma frase engraçada, dá para ver pelo jeito que ela faz todo mundo rir.

Drea pega minha mão e me leva, através da multidão, de volta ao quarto e, enquanto faz isso, abre bem a sua boca falando mais alto que todas as vozes. Elas fecham a porta e me enfiam na cama, cada uma se sentando de um lado, enquanto me enfio embaixo das cobertas e imagino os olhos de Veronica.

6

Durmo durante toda a aula de Inglês do segundo período – graças a Deus, sem nenhum sonho. Quando acordo, tenho que piscar os olhos várias vezes para focar, meus olhos se ajustando aos borrões azuis-escuros e verdes da manta da minha cama – Drea e Amber estão sentadas uma de cada lado, vestindo o uniforme da escola.

– Você está bem? – Drea pergunta.

– Porque vocês não estão na aula? – pergunto, sentando-me.

– Bem, você também não está exatamente na aula – Amber afofa a imensa flor roxa que traz presa ao cabelo.

– Eu liguei para o orientador e contei a ele que você está passando por um pequeno... trauma – Drea limpa a garganta.

– Você fez *o quê?* – pergunto.

– Era a única maneira de nós três conseguirmos faltar às aulas sem problemas. Estamos supostamente cuidando de você.

– É – Amber diz. – Então, é melhor deixar a gente fazer isso.

– E, depois, vai deixar a Srta. Halligan cuidar de você – Drea diz, deixando a ponta da unha quadrada com uma lixa. – Ela a está esperando em seu sofá feliz o mais breve que você puder.

– Ótimo – suspiro. – Acho que não tenho nada melhor a fazer do que perder meu tempo com a psiquiatra da escola.

– Então, o que está acontecendo? – Drea pergunta.

Olho de relance para minha mesa de cabeceira, notando a vela branca em cima do livro de Biologia. Drea ou Amber devem tê-los pegado para mim.

– Eu tive um pesadelo – digo.

– Sim – Amber torce um dos rabos de cavalo entre os dedos –, nós meio que descobrimos essa parte. Os berros de gelar o sangue totalmente revelaram isso. A parte difícil foi tentar explicar para todo mundo que esse tipo de comportamento é normal para você.

– Como você *explicou*?

– Desculpa para não fazer a lição de casa nº 105.

– Que é?

– Crise grave de hemorroidas.

– Ah, meu Deus – digo. – Diga que você está brincando.

– Sem brincadeira – Amber diz. Ela pega seus óculos escuros de armação quadrada, num movimento rápido, coloca-os na ponta do nariz e toma a lixa da mão de Drea. Ela começa a lixar suas unhas roxas.

– Ela está mentindo – Drea disse. – Na verdade, não foi tão difícil de explicar. Quer dizer, depois do ano passado.

– É – Amber diz. – É quase como se as pessoas esperassem esse tipo de atitude "psicótica" vindo de você. Sei que *eu* espero.

Estremeço ao ouvir isso, ao pensar que sou rotulada como um personagem de algum filme do Hitchcock. Mas o pior é que ela está certa.

– Sobre o que foi o seu pesadelo? – Drea pergunta.

Respiro fundo e solto o ar por cinco tempos completos. Não há razão em adiar ainda mais contar tudo a elas. Por essa razão, eu apenas falo.

– Veronica Leeman – seu nome soa tão surreal na ponta de minha língua, como algum segredo nunca revelado e enterrado bem fundo no solo, onde ninguém pode tocá-lo.

– Veronica? – os olhos azuis-metálicos de Drea se arregalam. – Por que você sonhou com *ela*?

– Porque ela está morta. E talvez eu seja a responsável.

A boca de Drea se franze, tremendo. Não sei se deveria falar dessas coisas com ela. Talvez ela não esteja pronta para ouvir que estou tendo pesadelos novamente. Eu mesma mal me sinto pronta para isso.

– Isso aí de novo não – Amber se levanta e tira três dedos de calça enfiada no rêgo. – Nós tentamos salvar Veronica. Fizemos tudo o que pudemos.

– Você não acredita mesmo ser a responsável, acredita? – Drea pergunta.

Encolho os ombros.

– Não tenho mais certeza de nada. Quer dizer, sei que tentei. Sei que fiz o melhor que pude para entender meus pesadelos, minhas premonições. É, só que... eu não tenho nenhuma outra explicação sobre o porquê de sonhar com esses fantasmas do passado.

– Espere – Drea diz. – Do que você está falando?

– Também tenho tido pesadelos com Maura – digo. – Quer dizer, só aconteceu algumas vezes, mas são os mesmos pesadelos que tive antes de ela ser raptada. Antes de ser assassinada.

É esquisito falar de Maura novamente. Quando consegui salvar Drea de Donovan no ano passado, senti que, de algum modo, estava deixando a alma de Maura descansar – como se eu finalmente conseguisse me perdoar por ter ignorado os pesadelo recorrentes que tive sobre ela três anos atrás, por ignorar as premonições que poderiam ter salvado sua vida. Mas agora tenho minhas dúvidas.

Fecho meus olhos e penso naquele desenho de aquarela que Maura fez para mim, pintado com suas mãozinhas de oito anos – nós duas no balanço que havia na varanda de sua casa. Está colado em meu álbum de recordações, mas eu subitamente sinto o desejo de pegá-lo de volta. Apenas sinto muito a falta dela.

– Espera – Amber diz. – Isso tem alguma coisa a ver com a noite passada, todo esse negócio de "*M* de Maura"?

– Pode ser – digo. – Eu vi a letra *M* em meu pesadelo, também. Não em uma janela. Meio como se estivesse impressa em meus olhos.

– Então, o que isso significa? – Amber pergunta.

– Eu sinceramente não sei.

– E por que tem de ter algum significado? – Drea pergunta. – Então, você sonhou com um *M* e depois o viu de verdade. Você já sonhou com um monte de pequenos detalhes sem importância antes, como o sonho que você teve com aquelas meias amarelas felpudas e depois Amber apareceu usando um par igual. Pode ser a mesma coisa. Não quer dizer que algo ruim vai acontecer.

– Pode ser – digo, entendendo completamente a necessidade de Drea de trazer um pouco de luz à situação.

– Mas então por que você está tendo pesadelos com pessoas mortas? – Amber pergunta.

– Seu palpite é tão bom quanto o meu – engulo um bocado de autopiedade e desvio o olhar.

– Deve ser tão deprimente – Amber diz. – Dormir com um monte de cabeças de mortos.

– Isso não é engraçado – digo. – É óbvio que meus sonhos estão tentando me dizer algo.

– Não estou rindo – Amber diz. – Por que estaria? Parece que todas as vezes que você tem pesadelos, alguém próximo a você morre. Talvez eu seja a próxima.

– Ninguém vai ser o próximo – digo. – Só preciso descobrir o que tudo isso significa.

– Tenho que ir – Drea diz. Ela pega uma barra de chocolate do seu frigobar.

– Você está bem? – pergunto.

– Eu não sei – ela diz. – Não sei se aguento outro ano disso.

Ela joga a mochila por sobre o ombro e sai porta afora antes que eu consiga dizer qualquer coisa.

– Eu tenho que ir, também – Amber diz. Ela chuta o amontoado de roupas aos pés da sua cama. Pega uma camiseta cor de pêssego, cheira, faz uma cara de nojo e a joga sobre o ombro.

– O que você está procurando?

– Algo para usar na ioga, depois das aulas.

– Você quer que eu lhe empreste algo?

– Vamos encarar a situação, Stacey, seu estilo é um pouco dona de casa demais para meu sangue fino.

O que isso quer dizer?

Ela pega a caixa de cereais e despeja uma enorme porção em sua boca antes de começar a explicar. E enquanto ela fala, aponta para a grande flor roxa em seu cabelo, mostra-me como a cor combina com a liga ao redor de sua coxa e depois aponta para minha camiseta cinza, jogada sobre a cadeira – obviamente tentando explicar suas leis de moda. Mas não tenho absolutamente ideia alguma do que ela está dizendo, pois sua boca está totalmente cheia de cereal.

– Hã? – sinto meu rosto se contorcendo, confuso.

Ela fala do mesmo jeito só que mais alto, como se isso fosse fazer diferença. Quando ela vê que ainda não estou entendendo, solta um ruído parecido com um pato, pesca um par de calças de ginástica do monte de roupas no chão, junto com um par de cadernos esfarrapados da Hello Kitty, e vai para a aula.

Eu, em contrapartida, acho que posso esperar acabar outro período antes de ir para o sofá feliz da Srta. Halligan. Abraço meus joelhos contra meu peito e dou uma olhadela para meu pijama de bonecos-de-gengibre, sentindo-me um pouco redimida por sua óbvia fofura. Mas, então, vejo o buraco no meu joelho causado pela queda nos degraus na outra noite. Passo meu dedo por ele e respiro fundo.

Daria tudo para conversar com Chad agora. Eu meio que queria não ter sido tão dura com ele por causa da visita surpresa. Encolho-me na cama, sentindo-me mais solitária como há muito não sentia. Mas não posso culpar Drea e Amber por ficarem assustadas e me abandonarem aqui. Quem iria querer dividir o quarto com o anjo da morte?

7

Quando chego ao escritório da Srta. Halligan, ela me pede para sentar no famoso sofá feliz. É claro que ela não o chama assim. Ela o apelidou de "O Divã" – uma poltrona com excesso de estofado, estampada em xadrez verde e amarelo, com acabamento em madeira e braços gastos. Parecia qualquer outra coisa, menos um divã, mas ainda é o lugar onde ela espera que eu extravase tudo que está dando errado em minha vida. Embora eu sinta que isso pode levar dias.

– Bem – ela começa –, suas colegas de quarto me contaram que você teve um sonho ruim hoje de manhã. Alguma coisa sobre a qual você queira conversar?

Ela se senta em uma cadeira giratória de couro, completamente centrada na ponta de meu nariz por trás de um par gigante de óculos redondos. Grandes cachos prateados emolduram seu rosto.

– Não exatamente – digo.

Ela me examina por alguns segundos, de pernas cruzadas, os sapatos de velha balançando para frente e para trás na minha direção, as mãos cuidadosamente cruzadas em seu colo.

– Está tudo bem, Stacey – ela diz. – É normal experimentar tais pesadelos após ocorrer algum tipo de trauma em sua vida. É só um jeito de sua mente lidar com a situação depois do que aconteceu. Já se passou quase um ano desde os trágicos eventos. Isso deve ser bem difícil para você.

Essa mulher é um gênio.

– Talvez esse seja só o jeito do seu corpo explorar a experiência – ela continua. – Às vezes, quando algo importante ou traumático acontece, nossa mente e nosso corpo não têm tempo para fazer perguntas.

– Fazer perguntas?

– Precisamente – ela afirma, feliz pela minha participação.

– Ótimo! – sorrio. – Então, eu só preciso deixar meu corpo e minha mente fazerem as perguntas, encontrar as respostas e, então, tudo voltará ao normal?

Inclino a cabeça e a balanço afirmativamente, para efeito de alcançar o grau de animação que estou buscando.

– Eu sei que pode soar mais fácil do que realmente é, Stacey, mas pense nisso. Na próxima vez que você tiver um pesadelo, pergunte-se o que você acha que sua mente está tentando descobrir. Acho que você se surpreenderá com o resultado – ela sorri para mim e balança levemente a cabeça, confiante no trabalho bem-feito.

Uma vez que ela me faz prometer voltar durante a semana – embora eu saiba que isso não vai acontecer –, estou livre para ir à aula de computação do quarto período. O Sr. Lecklider nos separou em grupos para trabalhar nesses projetos imensos e abrangentes. Enquanto ele se senta no fundo da sala jogando partidas seguidas de *Free Cell*, meu grupo – composto por mim, Amber, Cory e Emma (um casal dos mais novos recrutas de Hillcrest) – está trabalhando em um novo *website* para a escola.

– Estou pensando se podemos escanear uma foto da pizza do refeitório – Amber diz. – Sabe, assim a garotada pode ver que tipo de comida temos aqui.

Ao ouvir isso, Emma assoa o nariz fazendo mais barulho do que o normal, embora entusiasmada com a sugestão.

– *Tá* brincando? – Cory pergunta. – Nós realmente queremos que a garotada venha para cá.

– Então, que tal escanear uma foto do meu traseiro? – Amber diz.

– Repito – ele diz. – Nós realmente queremos que a garotada venha para cá.

– Eu acho que a pizza do refeitório é boa – Emma resfolega entre uma assoada e outra.

– Mas *é* boa – Amber entrega à Emma um lencinho de papel limpo tirado da caixa, substituindo a bolinha que Emma reciclou pelos últimos dez minutos. – É, na verdade, a única comida gostosa que sai do refeitório.

– Esquece isso – Cory diz. – Já temos fotos suficientes.

Para nossa sorte, Cory é o maior *geek* de computador. Ele optou por essa aula só pela nota "A" fácil que receberia. Então, enquanto ele enche o *site* com tudo, desde descrições dos cursos até fotos do campus durante o pôr do sol dignas de cartão postal, eu posso pesquisar os cartões postais eletrônicos no *mensagenspravc.com*. Já que fui uma cadela de marca maior com o Chad naquela manhã, e já que não consegui vê-lo desde o último período do dia, decido que esse é o jeito mais rápido e mais conveniente de dizer "me desculpe".

Clico na aba de sentimentos – um ratinho guinchando "eu te amo", uma vaca mugindo "estou com saudade", peixinhos apaixonados se beijando, flores do não-me-esqueça, pantufas com a mensagem "você é ursinho", e diversos tipos de doces com "você é meu docinho". Decido por um que é piegas, mas bonitinho: dois ursinhos segurando uma placa que diz "beijinhos e abracinhos de ursinho", enquanto uma versão animada de *"A Kiss to Build a Dream On*[6]*"*, de Louis Armstrong, toca ao fundo.

Abaixo rapidamente o volume do meu computador, olho por sobre o ombro para me certificar de que não chamei a atenção do Sr. Lecklider – não chamei – e começo a digitar minha mensagem:

> Querido Chad,
>
> Este é apenas um bilhetinho para pedir desculpa.
>
> Eu surtei nessa noite. Estou feliz
>
> pela sua surpresa.
>
> Me liga mais tarde.
>
> Beijinho de ursinho!
>
> Amor,
>
> Eu.

Clico no ícone de enviar, sentindo-me uma pitadinha melhor. Fecho a janela e vou para minha conta de *e-mail*. Tem cinco mensagens – duas oportunidades de trabalhar em casa e ganhar cinco mil dólares por mês, uma oferta para aumentar as partes do corpo que eu escolher, a edição *on-line* deste mês da revista *Teen Reads*, e uma mensagem do Feiticeiro prateado198 dizendo: "Stacey, precisamos conversar". Fico tentada

---

[6] Tradução: Um beijo para construir um sonho (N.T.)

a mandar a mensagem para a lixeira, já que não conheço nenhum Feiticeiro prateado, mas, como sou curiosa, clico e abro o *e-mail.*

"Cara Stacey", diz a mensagem. "Eu não quis assustá-la naquela manhã na sala do aquecedor. Precisamos conversar. Encontre-me amanhã à noite às 23h30 no Café Enforcado."

Um sentimento horrível e pegajoso sobe borbulhando pela minha garganta.

– Stacey? Por que você está mais pálida que o meu bumbum? – pergunta Amber.

Aponto para a tela do meu computador. Amber rola a cadeira até perto de mim para ver.

– Nossa senhora – ela diz. – Você acha que é o mesmo cara?

– O que mais eu devo pensar?

– O que foi? – Cory pergunta. Ele se inclina na nossa direção, seus cabelos castanhos desgrenhados balançando ao lado de seu rosto.

– Coisas de garotas – Amber cobre a tela com as mãos, dois enormes adesivos do Gaguinho colados em seus pulsos.

– *Me* mostra – ele insiste.

– Acho que não – Amber responde.

– Bem, então eu acho que vocês duas não vão receber crédito por esse projeto. *Já fiz* todo o trabalho.

Emma demonstra preocupação.

– *Tá* bom – eu digo. – Olhe.

Viro o monitor em sua direção.

– Você sabe que o Enforcado fecha às 23h, não sabe? – ele diz.

Sinto os cantos da minha boca se curvando ainda mais para baixo. Havia me esquecido dos horários do café, já que é muito raro ficarmos por lá.

– Então, o que isso significa? – Amber quis saber. – Esse cara quer encontrá-la num horário bem tarde?

– Talvez seja um sucessor do Donovan – Cory apunhala o ar com uma faca invisível. – Talvez ele queira vingança.

– E talvez você seja, tipo, tão imaturo – Amber diz para ele.

– Você só não quer admitir o inevitável – diz Cory. – Eu acho que esse campus é amaldiçoado.

– Sério? – Amber ironiza.

– Pense nisso. Só o Café Enforcado...

– O que tem ele? – Amber pergunta.

– Você sabe que esse não é o nome verdadeiro dele, não sabe? Então, por que você acha que o pessoal o chama assim?

– Nós conhecemos a lenda – continua Amber. – Não somos sangue novo aqui, lembra?

– É por causa de uma garota que se enforcou lá, certo? – Emma estanca o nariz com o lenço de papel.

– Exatamente – diz Cory. Seus olhos estão arregalados de excitação e seus lábios estão praticamente espumando de deleite por essa conversa.

– Cinquenta anos atrás. Quando ela não conseguiu o papel principal da peça da escola. E, então, tudo o que aconteceu no ano passado com a Veronica, estirada no chão da sala de Francês...

– Cala a boca – digo, lutando contra o desejo de tapar os ouvidos.

– *Me* conta – ele insiste. – É verdade que, quando você encontrou Drea, ela estava amarrada em um galpão de ferramentas?

– Cala essa boca, seu *geek* – Amber sibila.

– Eu acho que ainda há mais por vir – continua Cory. – E, quando isso acontecer, só espero estar por perto para ver.

Amber puxa o cabo do computador de Cory, fazendo sumir todas as lindas fotos.

– Sua bruxinha. Sorte sua que eu salvo meu trabalho a cada três minutos.

Eis que o Sr. Lecklider vem na nossa direção, os saltos de seus sapatos estalando sobre o linóleo.

– Posso ver no que vocês estão trabalhando?

– A Amber acabou de desligar o cabo – Cory diz.

– Bem, então, por hoje darei um zero para todos vocês – o Sr. Lecklider responde. – E quero ver todos de volta às 14h30 para continuar o trabalho.

– *Oinc!* – Amber engole seco, quando Lecklider está fora de alcance.

Cory liga novamente o cabo e continua nosso projeto em silêncio. Embora o cara seja um idiota completo, seus comentários sobre toda a histeria que surgiu em Hillcrest não são nada fora do comum. Depois da morte de Veronica, uma pancada de garotos foi tirada daqui por seus pais. Em compensação, tivemos a maior transfusão de sangue novo, garotos como Cory – "fãs de fantasmas", como Amber gosta de chamá-los –, fascinados por toda a mídia negativa que nossa escola estava tendo, completamente encantados com a ideia de que a escola poderia ser assombrada. E, então, alguns pais viram esse esvaziamento enorme de alunos como uma oportunidade para que seus amados filhos, que tinham notas baixas, fossem aceitos.

É quase como se todo mundo estivesse apenas esperando alguma coisa acontecer.

Todo mundo, incluindo eu.

8

Quando chego ao refeitório, Drea, Amber e PJ já estão sentados em nosso lugar habitual perto da máquina de refrigerantes. Coloco minha bandeja na mesa e abro minha caixinha de leite achocolatado.

– Então, tudo em cima?

– Em cima? – Amber aponta para o teto com seus *hashis*.

– É – digo. – Sobre o que vocês estão conversando?

Ela pega um pedação de tomate no meio da salada e o enfia na boca.

– Sobre você – ela consegue dizer no meio da mastigação.

– Conversando o que sobre mim?

– O *e-mail* – diz Amber. Você vai lá hoje à noite?

Olho de relance para Drea, que está olhando fixamente para seu prato de macarrão.

– Eu digo para você ir – diz PJ enfaticamente, apontando-me um salgadinho de queijo. – Estaremos todos lá para cobrir sua retaguarda.

– Com certeza – emenda Amber.

– Talvez não devêssemos falar desse assunto agora – eu aponto para Drea, esperando que eles entendam.

– Qual é a da terapia de silêncio, hein, Drea? – PJ pergunta. – Você parece que está em coma desde que chegamos aqui.

– Nada – ela diz.

– Se não é nada, então por que você está com essa cara feliz de um molusco frito? – PJ pergunta.

– Talvez eu só esteja enjoada de ouvir vocês agindo como se isso fosse só um *videogame* idiota – ela diz.

– Não é um jogo. É uma busca. – Amber diz.

– A busca por um assassino – PJ gargalha. – E por quem será sua próxima vítima.

– E quem disse que é um homem? – Amber ergue uma sobrancelha.

– É verdade, minha pequena astuta – PJ encosta seu garfo no *hashi* de Amber, como se estivessem brindando.

– Qual é o seu problema? – Drea afasta a bandeja. – O último ano já está tão longe que vocês não se lembram de nada do que eu passei?

– Nós *todos* passamos – Amber a corrige.

– *Tá* certo, parem – digo, pelo bem de Drea. – Aquele *e-mail* que recebi deve ser de algum idiota tentando me assustar pelo que aconteceu no ano passado.

– Ele teve um trabalhão – Amber diz – tendo que aparecer lá na sala do aquecedor e tudo o mais. Escrevendo o "*M* de Morte" na janela.

– Eu não disse que era *M* de morte – olho para Drea. Ela está com as duas mãos apertando a testa, como se estivesse com dor de cabeça.

– Hum... você disse, sim – Amber me corrige.

– Não era você que achava que tudo isso não passava de uma brincadeira? Uma coincidência? O resultado de estar, parafraseando você, "em pânico"?

– Ainda acho que você está em pânico – diz Amber. – Mas você tem de admitir que, depois daquele *e-mail* que você recebeu, tudo isso parece ter a assinatura desses fãs de fantasmas que andam por aqui. E eu aposto qualquer coisa que isso é mais uma das brincadeiras deles, que estão loucos por qualquer emoção barata. Sem trocadilhos.

– Eu aceito uma emoção barata – PJ diz, levantando a mão.

– Tudo o que eu sei – digo – é que ando sonhando com gente que já está morta. E, se alguém me perguntar, digo que isso é muito mais seguro do que sonhar com gente que vai morrer.

– Acho que sim – Drea admite. Ela puxa a bandeja de volta e pega um pouco de macarrão.

Queria que Amber tivesse o bom-senso de não sair por aí falando das minhas coisas. Drea não está pronta para ouvir sobre *e-mails* estranhos, invasões suspeitas na sala do aquecedor, grafites esquisitos nas janelas e pesadelos frequentes. Que são o motivo pelo qual eu ainda não contei a ela sobre os vômitos. Porque penso que esses vômitos são mera coincidência. Acho que é um jeito do meu corpo tentar me dizer algo. Como no ano passado – quando molhar a cama se transformou no jeito do meu corpo me levar até onde eu encontraria Drea, amarrada em um galpão de ferramentas.

Olho de relance para Donna Tillings, sentada sozinha na ponta de nossa mesa. Seu cabelo, que antes era castanho e cheio de luzes, agora está preso com um elástico e sua cor desbotou para um marrom desanimado – como uma daquelas fotos do "antes" que vemos nas revistas. É estranho, ela nunca se arriscou a usar batom a menos de três metros da gente no ano passado e agora está sentada em nossa mesa, com um rosto provavelmente tão pálido quanto o meu.

Donna Tillings era a melhor amiga de Veronica Leeman – a maior fofoqueira da sala, o tipo de garota para quem só os outros *bullies*[7] tinham estômago. Depois da morte de Veronica, ela acabou se afastando de todos seus amigos cordeirinhos, que só vivem em rebanho. Ela tirou umas semanas para se recuperar e, em vez de continuar com as velhas amizades depois de voltar, tentou fazer novas, tentou começar de novo. Só que todo mundo que a conhecia não gostava dela. E, por alguma razão, o influxo de novos alunos deste ano não ajudou em nada sua situação.

Pisco meu olhar para longe dela e resolvo tentar comer algo do refeitório – pedaços grudados de macarrão com queijo com um poeirento farelo de pão, desses comprados pronto, por cima. Estou quase enfiando um garfo cheio na boca quando um par de mãos chega por trás e pousa sobre meus olhos.

Era Chad. Consigo sentir seu cheiro na mesma hora – o aroma almiscarado da sua colônia misturado com a essência do sabonete de maçã que dei para ele no mês passado.

– O que você está fazendo aqui? – posso ouvir a animação em minha voz.

Chad tira as mãos e puxa a cadeira ao meu lado.

– Recebi seu *e-mail.*

– Recebeu?

Ele confirma.

– Obrigado.

---

[7] Termo em inglês utilizado quando um ou mais indivíduos praticam atos de violência física ou psicológica, intencionais e repetidos, com o objetivo de intimidar ou agredir pessoa(s) incapaz(es) de se defender (N.T.)

– Eu não deveria ter surtado – digo.

– Não – ele argumenta. Eu deveria ter avisado que estava indo, em vez de aparecer daquele jeito.

– Eles não são fofos? – Amber arrulha, referindo-se a mim e Chad. Ela inclina a cabeça, toda sonhadora.

A interrupção que sua voz causa me lembra de onde estou e de quem está aqui. Posso sentir os olhos de Drea nos observando, vendo Chad me fazer cócegas.

– Ei, Drea – ele diz, notando meu desconforto, acho.

– Oi – ela balbucia, grudando também os olhos no macarrão.

– É melhor eu voltar para as aulas de Espanhol – ele me mostra o obsceno passe para banheiro, feito de madeira, que está em seu bolso – uma chave gigante, em um formato fálico que a Señora Sullivan insiste em dizer que se parece com um burrito de feijão – e então ele espia por sobre o ombro, certificando-se de que Sra. Amsler, a inspetora do refeitório, não o notou.

– *Te* ligo hoje à noite, depois do jogo de hóquei – ele me dá um beijinho na bochecha antes de sair escondido pela porta lateral.

Olho de lado para Drea, que está focada em seu prato, como se a massa do macarrão tivesse todas as respostas. Não tenho ideia do que a deixou mais chateada – Chad e eu ou todo esse lance dos pesadelos. Só sei que precisamos ter uma conversa séria.

9

Depois das aulas, Amber e eu fomos direto para a ioga. Imagino que uma hora de posturas corretas com a mente centrada pode ajudar a derreter a tensão que eu sinto crescendo dentro de mim. E, na maior parte do tempo, acho que funciona. Enquanto Keegan, nossa DR/instrutora de ioga, nos guia através de uma série de aquecimentos e depois pela *Vinyasa*, começo a sentir a tensão se dissipando.

Cubro-me com um cobertor de lã e me deito reta de costas em preparação para a *Savasana*. É irônico que, atualmente, seja minha parte favorita da ioga – irônico porque *Savasana*, às vezes, também é chamada de posição de cadáver. Fecho os olhos e tento esquecer dessa pequena informação inútil. Estou tão exausta que não fica muito difícil deixar minha mente adormecer. Concentro-me na música de fundo, misturada com o ruído do filtro do aquário, e lentamente começo a me sentir flutuando em um espaço encantador.

Mas então me lembro. Sento-me reta e olho para o relógio. Esqueci da detenção de Lecklider. Eu me desgrudo da esteira pegajosa, agarro minha mochila e saio voando pelas portas, sem ao menos me dar ao trabalho de dizer para Amber vir comigo. No meio do corredor, consigo enfiar meus tênis, ainda fazendo o possível para chegar até a classe. Mas quando chego lá, há um aviso escrito em uma folha de anotações colada na porta, anunciando que a detenção mudou para o porão.

Eu me apresso a descer os dois andares de escadas e corro até a porta de aço lá embaixo. Há uma placa onde se lê: DETENÇÃO PARA STACEY BROWN, pendurada na parede. Ela aponta para o longo e estreito corredor à minha frente.

Começo a seguir na direção indicada, perguntando-me o porquê de a placa só listar meu nome – o porquê de eu ser a única que ficará em detenção aqui embaixo.

As lâmpadas amarelas e bem espaçadas sobre minha cabeça iluminam um corredor cheio de restos de materiais de manutenção – latas de tinta, rolos de pintar, trapos, varetas para misturar tinta, um uniforme de faxineiro enrolado no chão. As paredes e o chão são verde-escuros, apenas uma demão de tinta sobre o cimento, e há portas à esquerda e à direita. Tento a porta mais próxima, à esquerda. Trancada. Tento outra. Também trancada. Continuo seguindo pelo corredor, tentando ouvir por algumas portas, experimentando as maçanetas. Mas parece que o lugar está completamente deserto.

Como se, talvez, isso tivesse sido um engano.

Estou prestes a dar as costas e ir embora quando ouço algo vindo do fim do corredor. É um som de batidas, como se o pé de alguém estivesse atingindo o chão de cimento.

– Olá? – grito.

As batidas param.

O fim do corredor está a vários metros. Eu me aproximo alguns passos, notando uma enorme porta cinza bem no final.

– Olá? – grito de novo.

Nada ainda.

Pergunto-me se tudo isso é outra brincadeira idiota, se alguém está me olhando agora, tentando segurar um ataque de risos. Olho ao redor, na direção do teto e para trás.

– Olá? – grito mais uma vez. – Isso não tem graça.

Nenhuma resposta.

Viro para ir embora, andando depressa no começo, mas ganhando velocidade.

O som das batidas recomeça, consigo ouvir ecoando pelas paredes. Eu me lanço através da porta de aço do porão a toda velocidade e escalo os degraus na mais completa escuridão, as luzes da escadaria estão todas apagadas. Há um conjunto de portas no topo. Sinto os puxadores e tento empurrá-los, mas parece que estão acorrentados. Como se eu estivesse presa.

Esmurro as portas, chuto os puxadores para tentar quebrar a fechadura, grito com toda a força que tenho para que alguém venha me ajudar. Mas está mortalmente calmo.

A porta de aço do porão se abre. O som dos passos vem em minha direção, subindo a escada. Eu me agacho no canto.

– Stacey – diz uma voz masculina. – Você está aí?

Não digo nada.

– Está tudo bem – ele diz. – Sou eu.

Forço a vista, tentando ver algum rosto, como se isso fizesse alguma diferença.

– Sou eu – ele insiste. – Sabia que te encontraria aqui.

– PJ? – grito.

Espero vários segundos antes de começar a descer as escadas.

– Onde você está? – sigo em direção à porta lá embaixo. Ainda não encontro ninguém.

– PJ? – grito. Consigo ouvir alguém rindo no fim do corredor. Por que ele está fazendo isso? Como isso pode ser engraçado?

Começo a seguir novamente pelo corredor, seguindo o som das risadas. Ele faz com que eu me aproxime do som de batida. Talvez deva simplesmente ir até ele. Talvez a maneira de sair daqui esteja atrás dele.

Focando na porta, acinzentada pelo tempo, pergunto-me se pode ser a saída. Parece cada vez mais escuro conforme me aproximo, as lâmpadas amareladas cada vez mais fracas e espaçadas. Continuo seguindo na direção da porta, o som das batidas ficando mais altos, tão perto agora. Dou vários passos, cerrando os olhos para ver o que são as sombras à direita da porta. Elas pulam para a frente e para trás no ritmo das batidas. Como se alguém estivesse ali. Esperando por mim.

– Olá – grito mais uma vez.

Estou a apenas alguns metros de distância, agora, posso distinguir uma sombra de alguém fazendo um movimento contínuo na porta. E bem à sua direita, riscado no chão com tinta vermelho-escuro, uma letra *M* gigante. Está olhando fixo para mim.

– Stacey – diz a voz de uma garota.

Eu congelo. Há uma bateria em meu coração, ressoando contra minha pele, congelando-me no lugar. Conheço essa voz. Eu a reconheceria em qualquer lugar. Mas não pode ser. Maura está morta. Ela está morta há quatro anos.

– Stacey – a voz de Maura repete.

As lágrimas rolam por meu rosto. Meu estômago borbulha de medo e dor. E quero vomitar. Seguro a ânsia e tento acalmar o tremor em meu estômago.

– Qual o problema? – ela pergunta. – Dor de barriga?

A sombra da pessoa em perpétuo movimento, indo de cima para baixo e, depois, rodando ao redor de si mesmo, como alguém pulando corda. E posso ouvir sua voz cantando aquela música que ensinei a ela – com exceção de que a letra está muito diferente.

Senhorita Marieta, eta, eta, de preto vestida, vestida vestida.
Tem uma faca, faca, faca, nas costas enfiada, enfiada, enfiada.
Não pode respirar o ar, o ar.
Não pode chorar, chorar, chorar.
Por isso pede, pede, pede para morrer, morrer, morrer.

– Quem está aí? – começo a chorar. – Quem está fazendo isso? Por que isso está acontecendo?

A cantoria para, mas então escuto Maura gritar. Esmurro e chuto a porta, mas estou ficando enjoada. Não consigo segurar.

– Stacey – uma voz masculina sussurra por entre o vão da porta. – Você manterá sua promessa?

– O quê? – eu guincho. – Do que você está falando?

– Em menos de uma semana – diz a voz.

Minha boca abre para gritar, mas se enche de bílis. Vômito. Jorrando de minha boca.

– Stacey!

Sinto um puxão em meu braço.

– Ela está aqui! – grito quando minha garganta fica livre.

– Stacey! – Amber repete, sacudindo-me para fora do mundo dos sonhos, de volta aos meus sentidos.

Olho ao redor, finalmente me recompondo, meu coração se despedaçando em meu peito. Ainda estamos na aula de ioga.

Keegan paira sobre mim, as pontas prateadas de seus cabelos longos e espiralados tocando em meu braço, dando-me arrepios.

– Você está bem?

– Sim – eu seco o vômito do canto da boca e vejo uma poça dele na esteira ao meu lado. – Mas acho que alguma coisa não me caiu bem.

Ela confirma.

– Por que não vai até o banheiro e se limpa?

– É como eu sempre digo – Amber começa. – A comida do refeitório, misturada com contorções corporais, não é uma boa ideia *mesmo*.

Levanto-me e vou até o banheiro, notando que interrompi o *Savasana* cadavérico até das mais dedicadas praticantes de ioga. Fecho a porta atrás de mim e jogo um pouco de água no rosto, fazendo o possível para acalmar meus sentidos, para lavar minha boca com os dedos. Olho no espelho e fito profundamente meus olhos castanho-dourados – olhos como os de minha avó. Os dela guardavam força e coragem, e não tinham medo de ver. Mas os meus estão simplesmente cobertos por uma vermelhidão, por veias nervosas que se alongam por sobre as pupilas. Olho para baixo, para o anel de ametista que ela me deu – uma pedra quadrada e grossa que quase chega ao nó do dedo. E, então, caio em mim.

Tenho menos de uma semana para descobrir por que estou sonhando com os fantasmas do passado. Porque, se eu não conseguir, alguém vai acabar morto.

10

Amber e eu estamos de volta ao nosso quarto, sentadas com as pernas cruzadas em minha cama, e eu já mandei goela abaixo praticamente uma garrafa inteira de água tônica.

Amber dobra o pano umedecido e me entrega.

– Então, precisamos conversar. Drea não está aqui. O que está acontecendo realmente?

– O que você quer dizer?

– Olha, Stacey – ela diz, revirando os olhos. – Não sou idiota. Eu sei que você adormeceu na aula de ioga. E sei que dormir, somado a funções corporais esquisitas, resulta em coisas nada boas para você.

– Hein? – esfrego minha cabeça, que está latejando.

– Não comece a ficar toda em negação a respeito dessas coisas para mim. Entre o *show* de horrores desta tarde e de hoje de manhã na sala comum... o que está acontecendo? E qual é, posso perguntar, a musiquinha esquisita que você estava cantando?

– Do que você está falando?

– Na aula de ioga... quando acho que você adormeceu. Você cantou uma versão um tanto macabra de "Senhorita Marieta".

– Cantei?

Ela confirma.

– Como se tivesse saído direto da lista de musiquinhas da Família Addams.

Desta vez, eu conto tudo para ela – todos os detalhes sobre o pesadelo que tive na aula de ioga e como, sim, é verdade, meus pesadelos me deixam com o estômago enjoado.

Ao contrário do comportamento que teve mais cedo, no refeitório com PJ, Amber parece tão desapontada quanto eu. Amber pega seu travesseiro com franja de plumas do chão e começa a arrancar uma pluma por vez.

– O que aconteceu com "a busca pelo assassino"? – pergunto. – Você parecia tão a fim disso hoje, mais cedo.

– Isso foi AV – ela disse.

– AV?

– Sim, você sabe – ela ergue uma pena para ser mais enfática. – Antes do vômito. O vômito proposital muda tudo. Agora sei que é uma coisa ruim. É como no ano passado, com seu xixi na cama nojento.

– É, bom, se não tivesse sido a cama molhada, eu poderia nunca ter salvo a Drea; poderia nunca tê-la encontrado.

– Então, como você acha que o vômito vai nos ajudar? – ela suspira. – E quem está encrencado desta vez?

– Eu não sei. Mas como disse antes, acho que é melhor sonhar com gente que já está morta do que com pessoas que vão morrer, você não acha?

– Tudo que eu sei é que isso deve ser um saco para você – ela diz. – Quer dizer, nem consigo lidar direito com a chegada do planeta vermelho mensal, nem quero saber como seria molhar a cama em um ano e vomitar inesperadamente no outro. Como você faz, Stacey? Como você consegue levantar da cama todo dia?

Umedeço os olhos com o pano, notando finalmente que ele é, na verdade, uma calcinha úmida e toda esfarrapada, com uma Mulher-Maravilha nervosa pintada na frente.

– O que é isso?

– Foi à única coisa limpa que consegui achar.

Nisso, a porta de nosso quarto se abre. É Drea. Rapidamente enfio a calcinha embaixo das cobertas.

– E aí? – ela coloca a mochila no chão e se senta na beira da cama, de frente para nós.

– Nada de novo – digo.

– Sério? – Drea franze os lábios. – Por que não acredito em você?

– Não sei – Amber enfia uma pluma atrás da orelha. – Talvez porque você seja paranoica.

– Talvez – Drea diz. – Ou talvez seja porque Stacey tenha vomitado na aula de ioga. Você acha que as pessoas não estão falando sobre isso?

– Ótimo – jogo-me na cama e enfio a cabeça no travesseiro, agarro a calcinha esfarrapada que está embaixo das cobertas e a coloco sobre meus olhos, numa vã tentativa de manter todo o resto bloqueado.

Enquanto as duas discutem os pontos altos do meu vômito, faço o possível para me concentrar no porquê meus pesadelos estão me deixando enjoada. E, então, ocorre-me. Não fiquei enjoada quando sonhei com Veronica. Então, o que faz aquele pesadelo ser diferente? Tento pensar, mas não consigo me concentrar.

– Espera – Amber grita. – Stacey, talvez você vomite de enjoo matinal.

– Ah, por favor... – eu gemo.

– O quê? – posso ouvir o sorriso na voz de Amber. – Faz todo o sentido, não faz? E é completamente possível, não é? *Não é?*

– Eu não quero falar disso – consigo imaginar direitinho a cara de Drea, a mandíbula travada, os dentes apertados, os olhos virados na direção do teto.

– Ah, vai – Amber suplica.

– Esquece – digo.

– Bem, isso responde à minha pergunta – ela suspira. – Se não consegue falar disso, é porque obviamente ainda não fez.

– Não que seja da sua conta – começo –, mas eu e Chad somos perfeitamente felizes com nossa relação liberada para maiores de 13 anos.

– Então, fale isso para *ele* – diz Amber.

Tiro a calcinha esfarrapada dos olhos e me sento rapidamente na cama. Drea já trocou seu uniforme por roupas civis – um par de *jeans* de cintura baixa combinando com a mais básica das blusinhas de gola olímpica azul-básico, o cabelo preso em uma dessas enormes presilhas de plástico. Então por que a maldita parece ser tão perfeita?

– Não vêm jantar? – ela pergunta, pegando a carteirinha da escola do bolso lateral de sua mochila.

Mas como definitivamente preciso de um tempo só, conto a elas sobre meus grandiosos planos de fazer uma versão de micro-ondas de sanduíche de queijo grelhado aqui mesmo – ainda que haja uma gigante parte de mim que não queira que uma Drea toda arrumadinha tenha tal acesso irrestrito a meu namorado.

Depois que elas saem, rolo na cama e fico olhando para a vela branca brilhante na mesinha de cabeceira, perguntando-me se este é um momento oportuno para acendê-la – já que me sinto tão só, já que eu daria tudo para conversar com minha avó agora. Mas, em vez disso, pego o telefone e ligo para minha mãe.

Ela atende.

– Alô?

– Oi, mãe – puxo a coberta até a bochecha e faço o possível para segurar as lágrimas que sinto se formando como uma tempestade dentro de mim. Nós conversamos por vários minutos sobre as coisas normais – sobre a escola e meus professores, sobre o primeiro episódio da nova temporada de *Gilmore Girls* e sobre as novas aulas de pintura que ela está tendo. Quase fico com vontade de contar a ela sobre meus pesadelos com Maura. Mas não conto. Porque sei que ela não vai entender. Porque nos damos melhor quando não falo sobre minhas visões – quando sou o mínimo possível parecida com minha avó, quando tento o máximo possível me manter longe das bruxarias.

Após uns bons vinte minutos sem pausa de conversa, despedimo-nos e desligamos – ela, completamente satisfeita com nosso relacionamento saudável; e eu, completamente reprimida por ele.

11

Em vez de jantar, decido fazer um pouco de chá profético. Puxo o livro de recortes de trás do meu armário, esperando encontrar uma boa receita. O livro foi dado pela minha avó apenas duas semanas antes de ela falecer. Está abarrotado de todo tipo de feitiço e remédios caseiros, versos de suas poesias favoritas e receitas secretas daqueles que vieram antes de mim.

Não uso o livro com muita frequência para ser franca, porque tenho a forte impressão de que os feitiços devem vir de dentro, que os mais eficazes são aqueles que criamos. Mas, às vezes, gosto de usá-lo. Gosto da sensação de conexão que o livro me traz. Gosto de percorrer meus dedos sobre as páginas escritas à mão e sonhar com as pessoas que as escreveram – como suas vidas devem ter sido, o que deve tê-los motivado a escrever um feitiço ou uma receita em primeiro lugar.

Coloco o pesado livro na minha cama e viro suas páginas amareladas. Em um pedaço de papel de seda meio queimado, encontrei uma receita para um chá profético escrito pela tia-bisavó, Delia.

Coloco uma tigela de água em cima da penteadeira e adiciono os ingredientes necessários: uma pitada de canela, duas colheres de chá de noz moscada para dar sorte, lascas de três limões espremidas e algumas folhas de açafrão seco.

Pego uma colher de madeira em minha gaveta dos feitiços, misturo tudo e então coloco a caneca no micro-ondas por cinco minutos inteiros. A água está fervendo quando a retiro. Sento-me encostada na cama com a caneca em meu colo e permito que as ondas de vapor atinjam meu rosto. O aroma da canela, como madeira doce, lavando e abrindo meus sentidos. Fecho os olhos e me concentro nas folhas de açafrão se misturando ao limão. O suco do limão vai ajudar a limpar qualquer energia negativa do ano passado que ainda possa pairar sobre mim, enquanto o açafrão ajudará a aumentar minha consciência psíquica.

Abro os olhos e misturo tudo mais uma vez com a colher, concentrando-me na união dos ingredientes e no que sua unificação significa. Levo a tigela até meus lábios e bebo um gole. Tem sabor de feriado, como lamber a tigela da batedeira depois de minha mãe ter feito a receita de bolinhos de canela da minha avó. Todo o processo me acalma, dá-me chão, faz-me sentir energizada como se eu conseguisse fazer tudo aquilo novamente.

Faltando apenas alguns goles, ouço a porta abrindo num rangido. É Drea.

– Oi – diz, sem realmente olhar para mim.

– Oi – sinto minhas costas se endireitando.

– Só vim buscar um livro – ela diz. – Vou me encontrar com um grupo de estudos na biblioteca.

– Podemos conversar?

– Estou mesmo sem tempo. Eles já estão me esperando – ela pega alguns livros em sua mesa e os enfia na sua mochila, ainda evitando contato visual.

– Por favor.

Ela para de guardar as coisas e crispa os lábios, olhando fixo para a área acima de minha cabeça.

– Amber me contou sobre o vômito, Stacey. Como ele rolou *depois* que você adormeceu, e como vocês duas estão convencidas de que algo a mais está acontecendo. Eu simplesmente não consigo lidar com isso agora.

– Entendo – digo, praticamente mordendo a língua. – Mas não é sobre isso que quero conversar com você.

– O.k! – ela diz. Então, é sobre o quê?

Sento-me rapidamente na beirada da cama.

– Só estou sentindo que há alguma energia estranha entre a gente ultimamente.

– Não sou um de seus feitiços fracassados, Stacey.

– Nunca disse que era – engulo o que restou do meu chá. – É que hoje no refeitório, quando Chad apareceu, e mesmo no início da manhã, quando ele veio me visitar, eu senti que você ficou meio...

– O quê?

– Não sei. Acho que ficou meio chateada ou algo do tipo.

– Eu não estou com ciúme do Chad, se é o que você está pensando.

– O.k! – digo. – Quer dizer, fico feliz. Porque acho que, se fosse comigo, eu ficaria com ciúme – me pego amassando e amassando de novo as lascas de limão da caneca vazia sem nenhuma razão aparente. – Estava tentando imaginar como é, sabe, ter a melhor amiga namorando seu ex.

– Isso não me incomoda – ela diz, enrolando um cacho de cabelo loiro no dedo. – Eu e Chad terminamos há séculos.

– Você tem certeza?

Drea baixa os olhos para finamente olhar para mim e, por quase um segundo, acho que ela vai chorar, mas em vez disso, confirma com a cabeça – uma leve, não muito crível balançada de cabeça para cima e para baixo. Olhamos fixamente uma nos olhos da outra até que somos interrompidas por Amber.

Ela bate a porta depois de entrar.

– Vocês não vão acreditar no que acabou de acontecer comigo – ela desenhou com lápis labial dois fantasmas rosas em suas bochechas com dois grandes Xs sobre eles.

– O quê? – Drea solta um suspiro de alívio, talvez em agradecimento pela interrupção.

– Bem – Amber começa. – Eu estava voltando das caixas de correio e um garoto que nunca vi antes, provavelmente algum idiota que foi transferido – um dos fãs de fantasmas –, tromba em mim, fazendo-me derrubar toda a correspondência. Aí, então, enquanto ele me ajuda a pegar tudo, deseja-me um feliz aniversário e pergunta como vou celebrar.

Meu olhar e o de Drea se fixam, e vejo um leve tremer em seu lábio. Ela o morde e desvia o olhar novamente.

– E aí, o que você disse? – pergunto.

– Perguntei do que ele estava falando. Quer dizer, eu sei que era do aniversário, só não estava pensando... e então ele me diz que ele e o amigo vão tentar invadir o O'Brian e fazer uma sessão espírita ou algo do tipo.

O'Brian é o prédio da escola onde Veronica foi assassinada. Aconteceu na sala de Francês da Madame Lenore, no primeiro andar. A administração lacrou a sala e fechou parte do prédio depois do crime. Mas a garotada, convencida de que o lugar estava assombrado, recusou-se a ter aulas em qualquer local perto do prédio. E até agora, ele está lá, como se fosse um lembrete constante do que aconteceu. Mas agora, com mais suporte monetário dos pais ricos e outros doadores, ele está sendo reformado – pintura nova, pisos novos, uma nova sala de informática –, como se uma reforma de um milhão de dólares fosse varrer os terríveis eventos do passado e fazer os pais felizes.

– Odeio essa escola – Drea diz. – Eu deveria ter sido transferida quando tive a chance.

Levanto-me e vou colocar os braços sobre os ombros de Drea, mas ela os afasta cuidadosamente.

– Aqui está sua correspondência – Amber retira um envelope grosso do monte e me entrega.

– Por que você está com a *minha* correspondência?

– *Por quê?* – Amber estoura seu chiclete de mirtilo. – Porque eu a peguei. Por que mais seria?

Apesar de confiar em Amber, odeio a ideia de alguém mexer nas minhas coisas. Pego o pacote de seus dedos, negando-me propositalmente a agradecê-la pelo gesto.

– De nada – ela diz assim mesmo, como se lendo minha mente.

Vou passando cada uma das cartas – uma conta de telefone, um catálogo de suprimentos para feitiços, a edição deste mês da revista *Teen People* e uma carta. É um envelope de tamanho normal, sem remetente. Tem apenas meu nome e o endereço da escola no centro.

Meus dedos tremem. Viro a carta e pressiono as dobras da aba colada. As vibrações negativas se movem pela minha palma e gelam minha pele, como se fosse um tipo de energia estática. Tento engolir, mas minha boca parece estar cheia de cola, como se eu não conseguisse respirar, como se fosse ficar enjoada. A carta escapa de meus dedos.

– Stacey – Amber me segura. – O que é isso?

Balanço a cabeça.

Amber se move para pegar a carta.

– Não! – grito.

– Por quê? – ela pergunta. – O que é?

Mas não consigo dizer, não quero admitir o que estou sentindo.

Pego a tigela de lavanda seca ao lado de minha cama e pressiono meus dedos contra os ramos. Respiro a essência tranquilizante, fazendo o possível para me lembrar de minha força interior.

Amber se aproxima e senta-se ao meu lado na cama, o que prontamente Drea também faz.

– Vai tudo ficar bem – Drea diz, tirando o cabelo do meu rosto.

Mas não tenho certeza.

Ainda com a lavanda e minhas companheiras combinadas, consigo respirar fundo, engolir normalmente e pegar a carta. Eu a seguro com as duas mãos, focando em meu nome, tão negro em contraste com o papel branco leitoso.

Corro o dedo por baixo da aba no canto e a rasgo até o topo.

– Você tem certeza? – Amber pergunta.

Confirmo, cuidadosamente mergulhando meus dedos dentro do envelope para retirar a carta. Drea segura meus ombros com força extra enquanto o desdobro.

VOCÊ MANTERÁ SUA PROMESSA?

Amber lê as palavras datilografadas em voz alta.

– O que isso quer dizer? Que promessa?

Balanço a cabeça, pois também não sei. As mesmas palavras foram ditas em voz alta em meu pesadelo. E eu não tenho ideia do que fazer a respeito disso.

12

Sento-me na beira da cama, tremendo, como se um arrepio gelado tivesse se aproximado e escondido sobre meu pescoço e minhas costas. Amber aninha o edredom sobre meus ombros e Drea coloca uma segunda caneca de água no micro-ondas para fazer um chá. Eu só quero jogar tudo para longe – ir dormir e ter sonhos vazios, que não me impressionem. Mas sei que isso simplesmente não vai acontecer.

Aperto com força a carta em minhas mãos e olho fixamente para as palavras, datilografadas em maiúsculas bem no centro da folha. Quase posso ouvir a voz em meu pesadelo dizendo essas palavras para mim.

– A carta foi carimbada aqui – Amber segura o envelope de modo que eu consiga ver o carimbo vermelho com o nome da cidade, Hanover, impresso sobre o selo.

– Talvez seja só alguém da escola – Drea diz. – Você sabe, outra brincadeira.

– Brincadeiras não emanam vibrações como essas – digo.

Drea me entrega a caneca de chá e o bebo em goles, saboreando o doce de laranja.

– Então, você não faz ideia a que a carta se refere? – Amber pergunta. – Que promessa é essa?

– Não – eu digo. – Mas as mesmas questões estavam em meu pesadelo.

– O que você quer dizer? – Drea pergunta.

– Quero dizer que, no meu pesadelo, ouvi a voz de alguém que me perguntou se eu manteria minha promessa. E também dizia "em menos de uma semana".

– Em menos de uma semana *o quê?* – Drea pergunta.

– Eu não sei.

– Como era o som dessa voz? – Amber pergunta. – Você a reconheceu?

– Era uma voz de homem, acho. Mas não me lembro de nada que pudesse distinguir. Poderia ser qualquer um.

– Então, nós obviamente precisamos descobrir o que é essa promessa – Amber diz.

– Eu sei.

– Você tem alguma ideia?

Encosto-me na cabeceira para pensar, imaginando se é algo que prometi para Maura ou para sua família que não estou me lembrando. Por qual outro motivo eu estaria sonhando com ela? Ou talvez seja alguma coisa mais recente. Será que prometi algo no ano passado, depois da morte de Veronica, algo que simplesmente deixei se apagar da minha memória?

– Eu simplesmente não sei – suspiro.

– Talvez você tenha prometido a alguém que o ajudaria – Drea diz.

Olho fixo para o teto branco.

– Isso é tão frustrante.

– Talvez você precise comer – Amber diz. – Geralmente isso *me* ajuda a pensar.

Ela pega uma caixa de cereais em sua mesa e me entrega como se fosse um *band-aid* comestível.

– Não, obrigada.

– Nós vamos descobrir isso – ela diz, jogando-se ao meu lado e despejando um punhado de cereais em sua mão.

– Só tem um jeito – volto a me sentar.

– Do que você está falando? – Drea morde suas unhas de acrílico.

– Tenho que ir lá esta noite.

– Onde? – pergunta Drea.

– No Enforcado – digo, sentindo meu peito se apertando. – Para conhecer seja lá quem tenha enviado esse *e-mail*. Para ver o que ele, ou ela, quer.

– Você tem certeza? – Amber pergunta.

Confirmo.

– Obviamente ele tem algo a me dizer.

– Bem, você não vai sozinha – Amber pousa uma mão em meu ombro.

– Obrigada – digo, conseguindo sorrir.

– Você também vem, *né*, Drea? – Amber pergunta.

Mas Drea está com o olhar perdido.

– Eu não sei se consigo – ela diz, com uma voz tão baixa quanto os estalos, as crepitações e os estouros que acontecem dentro da boca de Amber neste momento.

– Não – digo, virando-me para Drea. – Não espero que você vá. Na verdade, acho que é melhor você ficar aqui. Só para o caso de algo acontecer... saberemos que podemos chegar até você.

– E você saberá onde vamos – Amber completa. – Só para o caso de não voltarmos.

– Para – digo. – Vamos ficar bem.

– Você tem certeza? – Drea pergunta.

– Absoluta.

Drea sorri e sorrio de volta, como se talvez a tensão da situação tenha ajudado a aliviar um pouco da energia estranha que há entre nós.

– Qual foi o horário que ele disse, mesmo? – Amber quer saber.

– 23h30.

– Você ainda tem algumas horas – diz Drea.

– Então, o que vamos fazer? – Amber pergunta.

– Você quer ligar para o Chad para ele ir com vocês? – Drea pergunta. – Ou talvez devêssemos ligar para a polícia do campus para avisá-los.

– Só acho que preciso de um tempinho sozinha – com a carta ainda na mão, pego a manta de lã da minha cama e um punhado de casca de laranja desidratada do vidro na gaveta de feitiços. Vou até o sofá da sala comum. Preciso de silêncio total para me concentrar, para fluir minha energia pela carta e esperar que ela volte para mim através da lei das três – vovó costumava sempre me lembrar de que seja lá qual energia eu lance no universo, ela sempre voltará para mim três vezes.

Deixo a carta aberta na mesinha de café na minha frente e coloco ali as cascas de laranja. Disponho as cascas em formato de sol – um pedaço circular no centro com faíscas torcidas e pontudas irradiando dele, como raios. Eu me concentro na ideia de sol, na energia do sol e em sua habilidade de despertar meus sentidos. Minha avó costumava dizer que eu sempre estudava melhor do lado de fora porque a energia do sol me inspirava. E que, nos momentos em que não há sol, devo trazê-lo de volta de alguma maneira simbólica que me faça lembrar de seu poder e energia.

Esfrego cada pedaço de casca com a ponta dos dedos, pensando em como o sol transferiu sua energia para casca dando-lhe essa cor alaranjada, para dar à luz fruto ali dentro. Então fecho os olhos, junto as cascas em meu colo e percorro meus dedos sobre a carta, transferindo a energia do sol da minha pele para a textura do papel. Sinto os vincos individuais, a maneira como a carta foi dobrada três vezes. Por alguma razão, isso me causa o desejo de dobrá-la ainda mais. Sigo a sensação, dobrando a carta até ficar um quadrado do tamanho da palma da minha mão, dobrando e desdobrando as abas até que acabo com aquele joguinho de "com quem vou casar", que costumava brincar na escola.

– Deixe-me adivinhar – uma muito indesejada Trish Cabone chega e se joga no sofá ao meu lado. – Stacey Brown vai casar com Chad McCaffrey, eles terão três filhos, viverão em uma mansão e terão chimpanzés de estimação.

Eu finjo uma risadinha educada.

– Obviamente, você conhece o "jogo do namoro"?

– Totalmente – ela empurra algumas presilhas do cabelo – pequenos cachinhos negros com um toque de azul-escuro – e escora seu pé enfiado em uma pantufa de elefante na mesa.

– O jogo do namoro era o mais divertido. Claro, quando eu tinha 12 anos.

– Certo – digo, guardando a carta e as cascas de laranja. Não tenho ideia do que me fez dobrar a carta daquele jeito. – Acho que só estava vendo se me lembrava de como jogar.

– Você e Chad estão namorando sério, não é? Então, talvez vocês se casem.

Encolho os ombros.

Ela estica um pedaço de seu chiclete de melancia da boca e balança a cabeça enfaticamente, como se meu silêncio fosse algo profundo.

– Melhor eu ir estudar. Prova de história amanhã.

– Espere – ela diz, seus olhos grandes e redondos, anéis grossos e negros de lápis delineando as pálpebras. Queria lhe perguntar: o que aconteceu na outra noite? Você sabe... quando você começou a gritar aqui fora?

– Foi só um pesadelo – digo, levantando-me.

– Sobre o ano passado? – ela também se levanta. – Um monte de garotos anda falando sobre isso, você sabia?

Confirmo.

– Seu pesadelo foi como os que você tinha no ano passado? Sobre Drea?

– Não – controlo-me. – Foi diferente daqueles.

– Diferente como? – ela está puxando os cachos novamente. – Tipo, diferente porque você *se sentiu* diferente? Ou diferente porque você não estava sonhando com Drea dessa vez? Talvez você estivesse sonhando com outra pessoa?

– Acho que estou com dor de cabeça – giro nos calcanhares, tentando ir logo para meu quarto, mas as perguntas indiscretas de Trish me forçam a parar.

– Fiquei sabendo da aula de ioga – ela diz. – Você também sonhou lá? Sobre alguém pulando corda? Sobre alguém que estava preso, talvez? Você não gritou essas coisas? Você não ficou cantando um versinho estranho? – ela começa a cantarolar a melodia de "Senhorita Marieta".

Eu me volto para encará-la e ela para de cantarolar.

– Eles vão fazer uma cerimônia especial na capela quinta à noite, sabia? – ela diz. – Algumas pessoas andam se perguntando se você vai. Você vai?

Por que não fiquei sabendo de nenhuma cerimônia? Estive tão aérea esses dias que nem consegui prestar atenção no que aconteceu fora da minha cabeça.

– Podemos ir juntas, se você quiser – ela continua. – Quero dizer, eu não conhecia a Veronica, já que sou nova aqui e tal, mas achei que seria a coisa certa a fazer. A Drea vai?

Ela está falando sério? Será que ela espera que eu realmente vá com ela, uma evidente fã de fantasmas?

– Não acho que seja uma boa ideia – digo.

– Talvez não – ela diz. – Talvez sua presença possa chatear algumas pessoas, sabe? Deve ser difícil para você mostrar seu rosto lá depois de simplesmente deixar a Veronica morrer daquele jeito.

– Eu não a *deixei* morrer.

– Você também não tentou muito salvá-la.

Um golpe direto. Antes que ela consiga se enfiar ainda mais fundo em minha pele, viro-me, ando até meu quarto e fecho a porta.

13

Antes de irmos para o Enforcado, peço para Amber me ajudar a lembrar das palavras da musiquinha "Senhorita Marieta" que cantei na aula de ioga. Estávamos sentadas em minha cama com um caderno entre nós e uma letra *M* gigante escrita em vermelho no meio.

Drea faz o possível para nos ignorar. Ela está com o pé apoiado em um livro de pré-calculo enquanto lê uma *Cosmo Girl*, pintando as unhas do pé, e murmura acompanhando a música que vaza de seu *discman*.

– Totalmente arrepiante – Amber diz, lendo as frases da música. – Dá para imaginar o que as pessoas estão pensando.

– Eu já sei o que elas estão pensando – digo. – Que sou a Linda Blair possuída pelo demônio.

– Linda Blair?

– Sim, você sabe, de O Exorcista... A garota que vomita aquela gosma verde e a cabeça gira a volta toda.

– Nossa, muito – Amber dá uma risadinha. Ela pega seus óculos de armação preta quadrada e coloca o caderninho no colo.

– *Senhorita Marieta, eta, eta,* – ela canta. – *De preto vestida, vestida, vestida. Tem uma faca, faca, faca, nas costas enfiada, enfiada, enfiada. Não pode respirar o ar, o ar. Não pode chorar, chorar, chorar. Por isso pede, pede, pede para morrer, morrer, morrer.*

– *Me* questiono o que isso significa.

– Uma faca enfiada nas costas? – Amber pergunta. – *Me* pergunto se isso significa traição de algum tipo, sabe? Tipo, cuidado com a retaguarda.

Eu me encolho.

– Por que ela não consegue respirar ou chorar?

– Talvez ela esteja sendo mantida presa ou sufocada de alguma maneira.

– E por essa razão ela pede para morrer – engulo com dificuldade e foco na letra *M*, imaginando se ela realmente representa morte.

– Eu não sei – Amber diz. – Talvez estejamos analisando a música muito literalmente, sabe? Tipo, uma vez tive um sonho em que eu era perseguida por um sabugo de milho.

– E?

– E obviamente não achei que isso ia acontecer. Quer dizer, eu sequer *gosto* de milho.

– Talvez seja por esse motivo que ele a estava perseguindo – brinco.

– Exatamente – ela diz, baixando os óculos até a ponta do nariz, olhando-me por cima da armação. – Acho que foi o jeito de o meu cérebro dizer que eu deveria experimentar milho, sabe? Ser mais aventureira no meu consumo de vegetais.

– Então, esse seu pequeno sonho fálico tem um objetivo?

– O objetivo *é* que, às vezes, um sabugo de milho é somente um sabugo de milho.

– Tradução, por favor.

Amber revira os olhos.

– Por que fazer uma leitura tão profunda? Quer dizer, talvez essa seja só uma maneira de o seu cérebro dizer que você está assustada. Simplesmente em todos os filmes de terror há pelo menos *uma pessoa* que recebe uma facada nas costas – geralmente a loira desajeitada com os peitões – mas, *mesmo assim*, assusta.

– Mas eu *sei* que estou assustada – seco o canto do olho e desvio o olhar.

– Eu sei – ela puxa um lencinho do decote de sua camiseta e o segura, oferecendo-me.

– Não, obrigada – respiro fundo e arranco a página do caderninho. Faço uma bolinha com ela, o menor que consigo.

– O que está fazendo? – Amber pergunta.

– Deixando o pesadelo mais manejável – pego um pedaço de gaze, um frasco de tomilho desidratado e uma vareta de incenso de sândalo na minha gaveta. Coloco a bolinha de papel no centro da gaze e então despejo um pouco do tomilho nela – até sentir meu medo diminuir, até me sentir confiante para dominá-lo. Os grãos verdes e marrons do tomilho, junto com os pequenos galhos secos, formam um monte sobre a bola de papel. Embrulho tudo na gaze e o amarro com um elástico.

– É um sachê de coragem – digo, levantando-o para Amber ver. – Para usar esta noite.

– Talvez *spray* de pimenta funcione melhor – Amber diz, enfiando o lencinho de volta no sutiã.

– Muito engraçado – acendo o incenso e energizo o sachê, passando-o três vezes pela fumaça, o cheiro doce de floresta ajudando a acalmar ainda mais meus nervos. – Tudo bem – digo, finalmente. – Estou pronta.

❁ ❁ ❁

Indo contra o que Drea julgava melhor, Amber e eu seguimos sozinhas para o Enforcado. Parecia mais fácil deste jeito, mais do que envolver outras pessoas. Além do mais, se a pessoa que me enviou aquele *e-mail* me vir arrastando um cortejo, com a polícia inclusa, posso ter certeza de que ele irá sumir. Quem não sumiria?

E assim, com o sachê da coragem na não, Amber e eu nos arrastamos pelo campus, andando por entre os prédios para evitar áreas abertas, fazendo o possível para evitar os seguranças da polícia do campus que poderiam estar vigiando a área. Até demos a volta pela biblioteca, fazendo o caminho mais longo possível – tudo para não passar pelo edifício O'Brian à noite.

– Não acredito em como está frio esta noite – Amber diz, quebrando a tensão. Ela enfia as mãos nos bolsos.

– Estamos quase lá – digo.

O Café No Palco, mais conhecido entre os estudantes como "o Enforcado", está bem à nossa frente. Uma construção semelhante a uma casa pintada da cor creme com um telhado em V onde antigamente era o teatro da escola. Mas depois que aquela garota se enforcou, ele se tornou a cafeteria/ponto de encontro de estudantes do campus – um pensamento meio sombrio.

– Você acha que ainda estão servindo chocolate quente? – Amber pergunta.

– Não se estiverem fechados – digo.

– Talvez quem tenha enviado o *e-mail* trabalhe ali e consiga deixar a gente entrar. Talvez até já tenha chocolate quente preparado para nós.

Ignoro os desejos de Amber e continuo em direção à porta de vidro. Consigo ver que há luzes acesas no fundo, perto da caixa registradora, mas está completamente escuro na área das mesas, tanto na parte elevada do palco como na parte mais baixa da plateia.

– Devemos bater? – Amber sussurra.

– Ele pode nem estar lá dentro – olho por sobre o ombro na direção do caminho de onde viemos.

– Isso seria, tipo, tão cruel – Amber diz. – Atrair-nos aqui com o pensamento no chocolate quente e biscoitos, apenas para nos fazer apodrecer no frio.

– Você está falando sério? – sussurro de volta. – Você esqueceu por que estamos aqui?

Amber revira os olhos.

– Isso se chama tirar o melhor da situação – ela se aproxima da porta e bate.

– Não! – digo sem mexer a boca.

– Por quê? Eu não posso esperar esse bocó a noite toda – ela continua esmurrando a porta, os pelos falsos do casaquinho de leopardo apertado em seu corpo.

– Não! – repito. – Você vai atrair a atenção para nós.

– Olha, Stacey – Amber acende a luz do seu relógio em forma de joaninha para iluminar a hora e o levanta para que eu veja. – Já passou das 23h30. Ou esse idiota aparece e leva isso a sério, ou eu vou cair fora. Acho que minha língua está congelando.

Tenho de admitir que ela tem razão a respeito do clima. Acho que é o novembro mais gelado que já tivemos. Mas isso não significa que eu queira ser pega aqui fora depois do toque de recolher.

– Tá bom – digo, apertando meu sachê da coragem. – Vamos fazer um trato. Que tal você parar de bater e esperar aqui para ver se alguém aparece. Vou verificar a área ao redor do prédio. Se não virmos nada, vamos embora.

Pego uma lanterna na mochila.

– Tudo bem – Amber concorda.

Caminho para a lateral do edifício e aponto a lanterna por sobre os arbustos, entre as árvores espalhadas no gramado e na direção do caminho de tijolos que segue em curvas até os edifícios principais. Mas tudo parece vazio. Talvez Drea esteja certa. Talvez tudo seja uma grande brincadeira. Talvez o aniversário de tudo o que aconteceu no ano passado traga à tona o pior das pessoas – talvez até traga à tona o pior nos meus pesadelos.

Eu me viro para voltar para a frente do edifício. Quando noto duas grossas faixas de luz avançando pelo chão, como fachos de grandes lanternas. Espio pela lateral do prédio e vejo Amber, obviamente tentando se explicar para dois oficiais da policia do campus.

– Acho que deixei minha blusa lá dentro – ouço-a dizer. – É a minha favorita. Uma Stella McCartney original. Não posso simplesmente deixá-la aí. Com certeza alguém vai roubá-la.

– Você está aqui fora sozinha?

– Sim – ela olha por sobre o ombro, na minha direção. – Totalmente sozinha.

Infelizmente, sua tentativa falsa de mentir dá a dica aos policiais. Um deles aponta a luz na minha direção um segundo antes de eu conseguir abaixar a cabeça.

Ótimo.

Em vez de sucumbir à humilhação de ele me arrastar para frente do prédio, eu vou de vontade própria.

– Desculpe – digo para o maior dos dois. – Minha amiga esqueceu a blusa lá dentro e eu vim atrás para que ela não ficasse sozinha.

– Então, o que você estava fazendo na lateral do prédio? – ele pergunta?

Uma boa pergunta.

– Estava tentando espiar pelo vidro lateral, para ver se a encontrava.

O guarda mais jovem, aquele que parecia ter acabado de sair das páginas do catálogo de moda – rosto bronzeado, peito largo, cabelo escuro ondulado que balançava sobre um par dos mais deliciosos olhos castanho-achocolatados –, aponta sua mãe-de-todas-as-lanternas para dentro do prédio, iluminando um rosto.

O rosto de Cory.

– O idiota do computador! – Amber exclama.

Ele está usando um avental, como se ele realmente trabalhasse aqui. Ele tira um molho de chaves do bolso e destranca a porta.

– O que está acontecendo? – ele pergunta, olhando por um segundo para os fantasmas ainda desenhados no rosto de Amber.

– Eu estava limpando lá atrás.

– Onde está o Sr. Gunther? – pergunta o Sr. Modelo. – Ele não é o encarregado de fechar o café?

O Sr. Gunther é o professor de Álgebra de Hillcrest que usa suspensório, faz barulho nas juntas quando anda e passa perfume muito além da conta.

– Ele não estava se sentindo bem esta noite e teve que sair mais cedo – Cory diz, fazendo uma careta, como se tivesse acabado de arranjar uma encrenca para o Sr. Gunther.

O guarda Modelo rabisca os detalhes em seu bloco de notas antes de olhar novamente para Cory.

– Alguém vai vir fechar para ele?

– Não – Cory diz. – Quer dizer, não é difícil. Tudo o que tenho a fazer é apagar as luzes e trancar a porta. O Sr. Gunther sabe que sou responsável.

O oficial balança a cabeça, acho que pensando se acredita ou não na história.

– Brrr... – Amber cruza os braços. – Bem que eu poderia colocar mais uma blusa.

Ela olha para a jaqueta do guarda Modelo.

– Ou talvez devêssemos todos entrar e discutir o assunto tomando uma xícara de chocolate quente. Sei que *eu* tenho tempo – ela projeta os lábios para a frente, no melhor estilo *supermodel*, arqueia as sobrancelhas em apoio ao seu peito estufado e o olha nos olhos. Mas *mesmo assim* falha em tentar roubar sua atenção, o que a impulsiona para sua próxima tentativa desesperada. Ela começa a fazer aquela dancinha ridícula para mostrar *quanto* frio está sentindo – os pés batendo no chão, a cabeça inclinando de um lado para o outro, os braços batendo como asas de galinha.

– Você por acaso encontrou uma blusa lá dentro enquanto estava limpando? – o oficial pergunta a Cory, completamente imune à ideia de sedução de Amber.

Cory balança a cabeça e faz uma careta – bochechas afundadas e boca inclinada para baixo –, como se ele estivesse completamente confuso com a cena.

– Ótimo – o oficial diz. – Você já está acabando?

Cory confirma.

– Sim, estou quase terminando.

– Bem, espero enquanto você termina e depois lhe dou uma carona até seu dormitório.

A cara de Amber cai. E sei exatamente por quê. Não é pela possibilidade de ter sido Cory quem nos enviou aquele *e-mail*. Nem por ter sido ele quem me forçou a deixá-lo ler o *e-mail* em primeiro lugar, sabendo o tempo todo que nós apareceríamos aqui neste exato momento. É porque o Sr. Oficial guarda Modelão vai ficar e esperar para dar uma carona até o dormitório para Cory, enquanto nós seremos escoltadas pelo guarda com cara de pai.

Lanço para ela meu olhar mais indignado, porém ela apenas balança a cabeça concordando, como se estivéssemos na mesma onda, como se eu estivesse tão desapontada quanto ela por essa virada nos acontecimentos.

E então, enquanto seguíamos pela via principal em direção às motos, tive de me segurar para não esganá-la por essas besteiras e dei uma última olhada para trás, na direção do Enforcado. Parecia que o guarda havia entrado para evitar o frio. Enfio a mão nos bolsos e estou prestes a continuar quando *o* vejo – o cara que vim encontrar. Eu travo. Uma sensação esquisita de formigamento percorre minha espinha, aquecendo meu sangue, como se houvessem agulhas e alfinetes quentes por baixo de minha pele. Sei que é ele. Posso sentir, posso pressentir com todo meu ser.

Ele está parado ao lado do prédio, coberto pela escuridão, apenas o pequeno e fino brilho de uma lanterna apontado para seu rosto, aperto os olhos para ver seus traços e tentar identificar quem é.

– Stacey – Amber grita da moto. – Depressa. Preciso de um chocolate quente.

Viro em sua direção, para ver se ela também consegue enxergá-lo. Mas ela está muito ocupada fazendo aquela dancinha com sapateado, balanço de cabeça e bater das asas para se concentrar em qualquer outra coisa.

– Amber – murmuro, sem querer dizer mais nada, sem querer tirar a atenção do oficial de sua moto.

– O quê? – ela para de se sacudir.

Eu me viro para olhar novamente para a lateral do prédio. Mas, desta vez, não há ninguém lá.

14

Quando voltamos ao quarto, Drea está encolhida na cama, o telefone carinhosamente pressionado contra seu ouvido. Ela ri para seja lá o que a pessoa do outro lado diz – uma enorme, espumante risada que ilumina seu rosto. Mas então ela nota nossa presença e seu comportamento muda.

– Ah, oi – ela diz olhando em nossa direção. Ela se senta e puxa as cobertas por cima de suas pernas nuas.

– Hum, é – ela diz para o telefone. – Elas voltaram. Você quer falar com ela?

Ela aperta do botão de mudo e oferece o telefone para mim.

– É o Chad. Ele ligou a noite toda procurando por você.

– Você pode dizer que eu ligo de volta? – suspiro, pensando em como mal consigo me lembrar da última vez em que Chad e eu rimos desse jeito.

Drea enrola uma de suas tranças em seu dedo, o trejeito que sinaliza que está prestes a mentir e então ela diz a Chad que fui direto para o banheiro e terei que retornar a ligação para ele.

– Ele não está feliz – ela desliga o telefone e senta-se na cama.

– É, bem, ele não é o único – respondo rápido.

– O que aconteceu? – Drea pergunta, aparentemente alheia à minha frustração.

– Aconteceu? – Amber diz com uma voz aguda. – Nada. Foi um fracasso total. O *geek* do Cory fechando a loja. Ninguém à vista. Não conseguimos um mísero bolinho de chuva depois de carregar nossos traseiros até lá, embaixo de, sei lá, cinco graus abaixo de zero. O melhor da noite foi encontrar esse oficial lindinho, que nem se deu ao trabalho de nos oferecer uma carona de volta.

– Eu o vi – digo, meu coração querendo abrir caminho a socos por meu peito só por mencionar isso – *ele*.

– Do que você está falando? – Amber revira os olhos. – Nós *duas* o vimos. Alto, moreno, com uma beleza de menino.

– Não estou falando do guarda – digo. – Eu vi o cara da sala do aquecedor. O cara que me mandou o *e-mail*.

– Quando? Onde?

– Tentei lhe contar, mas não pude, com o policial ali. Quando estávamos indo para a viatura, olhei para trás. E ele estava lá.

– Como ele era? – Drea vai até a beira da cama.

– Eu não sei. Não consegui ver bem seu rosto – digo. – Estava muito escuro. E, depois, ele sumiu.

Amber puxa seu marca-páginas – uma vareta longa e grossa de doce de morango – do meio de um dos livros da aula. Ela a tira da embalagem e arranca um enorme pedaço.

– Se você não conseguiu ver o rosto dele, como sabe que era ele?

– Eu apenas sei. Pude sentir.

– Tem certeza de que não era o Cory? – Drea pergunta.

– Não poderia ser – digo. – Ele e o oficial entraram no Enforcado assim que nos viramos. Esse outro cara estava na lateral do prédio.

– Então, você viu os dois entrando? – Drea pergunta.

– Bem, não.

– Eu não sei – Amber dá uma sorriso falso, entre mordidas no doce. – Eu não vi nada disso.

– E daí? O que isso significa? Que você não acredita em mim?

Amber solta um longo e exagerado suspiro.

– Significa que queria que você tivesse me dito algo. Talvez pudéssemos ter feito alguma coisa, distraído o guarda, talvez. Agora é tarde.

Desmorono em minha cama e enfio a cara nas cobertas.

– Eu disse para o Chad que você ia ligar em seguida – Drea me lembra.

Enterro o rosto um pouco mais fundo, juntando um monte grosso de edredom sobre minha cabeça, imaginando que uso um desses chapéus de burro gigantes. Irrita-me que Drea esteja tão preocupada com os sentimentos de Chad agora, quer dizer, sei que Chad e eu deveríamos ter conversado esta noite. Ia ligar para ele depois do jogo de hóquei para saber como ele havia se saído, mas com tudo o que está acontecendo, eu devo ter simplesmente apagado da minha mente – como não ir para a detenção de Lecklider e não lembrar de terminar meu dever de Inglês, pelo qual recebi um grande zero.

– E sua mãe ligou – Drea completou.

Ótimo. Arrasto-me para fora das cobertas e disco o número de Chad, preparando-me para servir uma bandeja pesada de sopa de desculpas.

– Você está bem? – ele diz.

– É meio que uma longa história.

– Estava esperando falar com você hoje – ele diz. – Depois do hóquei.

– Eu sei – digo. – Desculpe. É que estão acontecendo mais coisas esquisitas. Aliás, como foi o jogo?

– Espere – ele diz. – Que coisas esquisitas?

Viro para olhar Drea de relance, segurando cada palavra. Levanto e espio pela porta para ver se a área comum está livre. Mas, infelizmente, Trish Cabone está acampada no sofá de vinil. Ela sorri quando me localiza – um tipo de sorriso grande, brilhante, olha-acabei-de-fazer-clareamento. E como se isso não fosse suficiente, ela começa a acenar com os braços como se não me visse há meses.

Respondo fechando a porta.

– Stacey? – Chad pergunta.

– Sim? – digo.

– Que coisas esquisitas? – ele repete.

– Foi só um *e-mail* esquisito de algum cara. Pelo menos, tenho certeza de que é um cara. Aliás, acho que pode ser o mesmo cara que esteve na sala do aquecedor aquela noite em que você e o PJ passaram por aqui.

Olho para Drea, agora escrevendo em seu diário, e decido voltar à semiprivacidade das minhas cobertas para lhe contar tudo – tudo sobre os pesadelos e os vômitos, o *e-mail*, a letra com o carimbo de Hanover e, finalmente, sobre a jornada desta noite até o Café Enforcado.

Chad não diz nada e, por vários embaraçosos segundos, nós meio que só seguramos o telefone, ouvindo a respiração um do outro.

– Bem – digo, finalmente. – Diga alguma coisa.

– Como o quê?

– Como tudo vai dar certo. Que tudo vai ficar bem.

– Não consigo acreditar que esteja acontecendo de novo – ele diz.

– Nem eu.

– Você acha que existe alguma maneira de existir qualquer explicação para tudo isso? – ele pergunta.

– O que você quer dizer?

– Eu não sei – ele diz. – Só acho que isso é muito esquisito.

– Você não acredita em mim?

– Não, é claro que acredito em você – diz ele.

– E então o quê? – desconto minha agressividade crescente em um pedaço do edredom, apertando e apertando mais, até que as dobras dos meus dedos começam a doer.

– É o que eu disse, acho que é esquisito essas coisas estarem acontecendo de novo. E não ficaria surpreso se isso fosse apenas a ideia que alguém tem de diversão.

– Está falando sério? – tiro os cobertores da cabeça e me sento ereta.

– Stacey, relaxa – ele diz.

– Relaxar? Como eu posso relaxar? Depois de tudo o que aconteceu, você não acredita que consigo pressentir as coisas? Não acha que eu saberia se isso tudo fosse uma enganação? Estou vomitando meu *cérebro*, pelo amor de Deus. Estou sonhando com *gente morta.*

– Eu sei – ele diz, sua voz toda macia, como se tentasse me atrair para longe do peitoril. – Acredito que você possa pressentir as coisas, e sei que você não vem se sentindo muito bem. Mas muito já passou e estar aqui, nesta época do ano... Não deve ser fácil para você.

– Não acredito nisso – digo. – Você está falando igual à psicóloga da escola.

– Stacey – ele suplica.

– Tenho que ir. Falo com você amanhã – desligo, sentindo-me completamente frustrada e profundamente machucada pelo ferrão de sua dúvida, por ele não ser capaz de acreditar em mim... Quando preciso tanto acreditar em mim mesma, neste momento.

– Problemas no paraíso? – Amber pergunta. – Eu não sei, Stacey, vocês dois parecem estar meio atribulados.

Olho para Drea, pensando no quanto o tom da minha conversa com Chad soava diferente da conversa entre os dois. Ela mantém a ponta da caneta no ar, sobre seu diário, esperando que eu responda ao comentário de Amber. Mas como não me sinto capaz de responder a nenhum deles no momento, pego a vela branca em minha mesa de cabeceira e pressiono meus dedos, na cera, querendo mais do que tudo acendê-la para sentir aquele momento mágico do qual minha avó havia me falado – embora a ideia de qualquer coisa remotamente mágica me pareça bem distante neste momento. Seco as poucas lágrimas desgarradas que caem de meus olhos, puxo as cobertas novamente por sobre minha cabeça e finjo estar sozinha.

15

Quando Amber e eu chegamos à aula de Informática desta manhã, o Sr. Lecklider nos dá um longo e enrolado sermão sobre faltarmos na sua detenção, finalmente nos recompensando com uma sentença ainda maior: limpeza da sala de Informática – completa, com limpa-vidros, panos molhados, baldes e esfregões – todos os dias da semana seguinte, após as aulas. Em vez de tentar contestar, sento-me perto de Cory e Emma para continuarmos o que parece ser um trabalho em grupo eterno.

– Uau, isso realmente foi um saco – Emma diz, referindo-se ao nosso castigo. Ela assoa com força extra em seu lenço para demonstrar simpatia – um gesto de gentileza, acho.

– Obrigada – digo, vendo de relance o desenho que está em seu caderno: coraçõezinhos bobos com o nome de Cory no meio, bem no estilo 5ª série.

– É – Cory diz, interrompendo meu momento de perplexidade. – Vocês deveriam ter vindo ontem. Lecklider só nos segurou por dez minutos.

Como se eu realmente quisesse que isso acontecesse.

– Esqueci – digo.

Cory encolhe os ombros e continua clicando no *web site* que "nós" estamos desenvolvendo para a aula, agindo como se a noite passada nunca tivesse acontecido.

Enquanto isso, Amber lida com Lecklider, tentando fazê-lo aceitar a desculpa de que eu não estava me sentindo bem e que ela fazia o possível para me deixar saudável. Mas julgando pela postura de Lecklider – completamente curvado sobre a cadeira, suas costas tão arqueadas em direção a ela que quase parece que ela conversa com a bunda dele –, não parece que ela está tendo sorte.

Num esforço para fingir participação no grupo, pego minha mochila e puxo de lá o livro de Informática pela primeira vez este ano – até a lombada do livro estala levemente quando o abro no meio. Mas o que eu realmente quero é extrair algumas informações de Cory.

Eu me aproximo muito, fingindo estar interessada nas imagens em que ele está trabalhando.

– Isso está realmente ótimo – digo, olhando para o livro e procurando alguma palavra-chave que me ajude a soar nem que seja remotamente entendida de internet.

– Nós vamos colocar algum SQL nisso?

– Hã?

– SQL? *System Query Language*, uma linguagem de consulta estruturada?

O rosto de Cory se contorce e o meu também – consigo senti-lo, lendo desesperadamente a palavra em negrito no meu livro, certificando-me de que a falei corretamente. Cory volta a olhar para o computador e fecho meu livro. Em todo caso, fui idiota de achar que me ajudaria. Em vez disso, tento uma abordagem mais direta.

– Ouvi dizer que estão pensando em colocar alguns computadores no Enforcado. Como em um *cybercafé*.

Ele encolhe os ombros e me lança um sorriso irônico, provavelmente detectando a obviedade do meu número.

– Há quanto tempo você trabalha lá? – pergunto.

– Por quê?

– Só curiosidade.

Ele balança a cabeça, como se já soubesse por que estou perguntando. Como se pudesse ler meus pensamentos e conhecesse minhas suspeitas.

– Na verdade, é um bico bem recente.

– Estava cheio ontem à noite?

Ele encolhe os ombros, o sorriso de quem sabe tudo ainda em seu rosto.

– Então... Você estava trabalhando sozinho? Ou tinha alguém com você? – tentei soar natural.

Ele responde rindo de mim – uma risada completa, com balançada de barriga e tudo, como se estivesse completamente ciente do porquê de eu fazer todas essas perguntas, como se meus esforços em ser sutil fossem tão desperdiçados quanto os dele em ser normal.

– Qual é a graça? – pergunto. – Tinha alguém trabalhando com você ou não?

Mas ele continua a rir, sua língua para fora, o espaço entre seus dentes da frente. E já que não estou desesperada o suficiente para servir de entretenimento para ele, rodo minha cadeira para longe e vou ver no que Emma está trabalhando: mais corações.

Respiro fundo e, silenciosamente, conto até cinco. Obviamente é uma perda de tempo tentar arrancar alguma coisa de Cory. Talvez eu só tenha de começar a ficar mais no Enforcado para ver se descubro algo, ver se aquele cara volta. Ou talvez Chad esteja certo. Talvez a mensagem no *e-mail* faça parte de alguma piada. Talvez eu precise me concentrar na carta, agora. Olho para Amber, que parece ter ganhado o castigo de ter que sentar ao lado de Lecklider pelo resto do período e ler um manual de Informática. Talvez uma faxina completa na sala de Informática não seja tão ruim, no fim das contas.

Passo o resto da aula terminando o dever da minha próxima aula – o ensaio sobre *Candido,* que eu deveria ter corrigido na noite passada. Se não começar a levar a sério meus estudos, sei que vou acabar sem faculdade e é por essa razão que, depois das aulas, depois da detenção de Lecklider, vou direto para a biblioteca em vez de ir para a aula de ioga – o que realmente não é um sacrifício supremo, levando em consideração minha recente contribuição para a *Savasana.*

Peço à bibliotecária uma das salas de estudo privadas que ficam no fundo, do tipo com uma porta que pode ser fechada, para que eu não seja interrompida. E é lá que fico sentada pelas próximas horas, trabalhando duro para acabar com minha lista de tarefas, passando o olho sobre capítulos que deveria ter lido há semanas. Até saco meus marcadores rosa e amarelo para sinalizar coisas que parecem importantes. Mas chega um ponto em que começo a desenhar meus próprios coraçõezinhos – grandes, rosados e redondos –, corações que deixariam Emma com vergonha.

Fico imaginando o que Chad deve estar fazendo agora. Imaginando se ele está bravo comigo pela conversa que tivemos noite passada. Talvez ele esteja um pouco enjoado de toda bagagem que pareço carregar para todos os lados.

Viro a página das anotações do laboratório para voltar a me concentrar. É quando ouço uma batida na porta. Olho pela janela de vidro inquebrável que percorre verticalmente a parede ao lado da porta, mas não há ninguém ali, apenas uma fila de mesas privadas ao longe. Alguns segundos depois, novamente a batida.

– Quem é? – levanto-me e ando em direção à porta, fazendo o possível para enxergar de um ângulo em que consiga ver a frente da porta. Outra batida. Aproximo um passo e consigo ver a área à direita da maçaneta.

– Estou ocupada – grito na direção do vidro.

Mas, seja lá quem for, bate novamente.

– Amber? – agarro a maçaneta e rapidamente abro a porta. Ninguém. Dou alguns passos para fora, para a área de estudo. Alguns garotos estão trabalhando em algum projeto ao redor de uma mesa à esquerda, um par de garotos mexem em seus *laptops* à direita, e alguns poucos estudantes estão jogados em poltronas, lendo coisas parecidas com os livros das matérias.

Olho ao redor para cada rosto individualmente, para ver se algum deles está observando minhas reações. Mas, tirando alguns calouros que obviamente, acham-me interessante o bastante para interromperem seus instigantes cálculos, ninguém parece amedrontado por mim.

Viro para voltar à sala de estudos e me sinto pular. Amber e PJ estão parados bem atrás de mim.

– Ei, amiguinha – PJ diz.

– O que você acha que está fazendo? – engasgo. – Quase me mijei de susto.

– Ih!, eu reformularia essa frase – PJ diz, passando os dedos sobre as pontas azuis-eletricidade de seus cabelos cor de ameixa arrepiados. – Ouvi dizer o que aconteceu com você na ioga. Eu seria supercuidadoso com esse desprendimento de suas funções corporais. As pessoas podem levá-la a sério.

– O que você quer? – suspiro.

– Por que você está agindo tão esquisita? – PJ pergunta. – Nós só viemos pegar alguns livros e vimos essa sua bunda preguiçosa. Pensamos que deveríamos cumprimentá-la.

– Stacey tem estado sob um pouco de pressão ultimamente – Amber explica para ele.

– As novidades, por favor – PJ diz.

– Não tem novidades – falo. – Só não gosto de gente que fica tentando me assustar. Por que tenho que explicar isso para todo mundo?

– Hum!, seja um pouco mais clara, por favor – PJ pede.

– As batidas na porta – digo. – Estou tentando estudar.

– Que batidas? – Amber pergunta.

– As batidas, vocês estavam batendo na porta enquanto eu tentava estudar.

– Não, não estávamos – Amber responde.

– Certo – digo.

– Bizarro – PJ diz, seus olhos alargando para fazer drama.

– Tenho que ir.

– Espera – Amber diz. – Tem certeza de que está bem? Quer que a gente fique e espere por você?

– Estou bem – digo, olhando ao redor. É óbvio que há dois grupos de demônios na minha vida agora: aqueles que tentam me assustar para sua própria diversão e aqueles que podem realmente me causar algum mal.

Suponho que deva esperar por um segundo.

– Vejo vocês no jantar – sigo em direção à porta da sala de estudos e noto um pedaço enorme de cristal em meu pé. Pego do chão. Uma pedra de cristais agrupados – do tipo usado para proteção, para quebrar as energias negativas. Os cristais individuais que a formam meio que cresceram juntos, curando os pedaços irregulares, fazendo um pedaço sólido que cabe na palma da minha mão.

Eu o aperto, concentrando-me em sua energia, sentindo uma onda calorosa de vibrações subindo pelos meus braços, sobre meus ombros e descendo pelas minhas costas, praticamente me transformando em uma massa mole. É como se de repente eu tivesse sido mergulhada em uma banheira de hidromassagem cheia de uma sedosa água quente, os jatos borbulhantes pulsando sobre minha pele, massageando meus músculos.

Respiro fundo para recobrar minha compostura e então olho ao redor para ver se alguém notou tudo isso, incluindo a quentura que certamente deve estar visível em todo o meu rosto. Fecho a porta da sala de estudo e me encosto nela para me manter em pé, meu coração cheio de uma mistura esquisita de medo e excitação pela simples ideia de ter encontrado esse cristal.

16

Depois do jantar, volto direto para o quarto. Tiro a rocha de cristais do bolso e a coloco na cama à minha frente, junto com a carta de ontem. Não faz sentido que os dois tenham vindo da mesma pessoa. Considero a possibilidade de que seja lá quem tenha deixado esse cristal possa não saber de suas qualidades protetoras. Mas isso também não faz sentido. Rochas de cristal são coisas difíceis de obter – alguém definitivamente teria que procurar por uma.

Há uma pequena centelha de esperança no fundo da minha mente de que o cristal, na verdade, tenha vindo do Chad – talvez seja a sua maneira de consertar as coisas que aconteceram ontem. Imagino a cena: Chad indo a uma loja de produtos esotéricos, pedindo para a pessoa atrás do balcão algo especial, algo protetor. Só que não é o estilo de Chad apenas deixar coisas como esta na porta. Com certeza, ele teria me entregado pessoalmente – a não ser que, é claro, ele achasse que ainda estou brava com ele.

Pego o telefone para checar as mensagens, ver se ele ligou. Como não estava no refeitório, acho que ele e seus colegas de time ficaram treinando durante a pausa para o jantar. Disco o número para ouvir as mensagens. Tenho uma.

– Oi, Stacey – a gravação da voz da minha mãe começa a tocar. – Sou eu, só queria saber como você está. Drea disse que liguei ontem à noite? Eu queria muito falar com você. *Me* ligue quando ouvir isso. Tchau.

Desligo o telefone e me largo de qualquer jeito na cama. Depois de alguns minutos pensando e amuando, respiro fundo e ouço novamente mais uma vez a mensagem de minha mãe. Sua voz soa um tanto insistente, como se talvez ela tivesse mesmo algo para me dizer. Coloco o fone no gancho para dar linha e disco o número. Sem dúvida, alguma coisa deve estar acontecendo. Normalmente, quando minha mãe liga e Drea atende, ela também fica feliz em falar com ela, já que têm tanto em comum – uma vez que as duas amam coisas como revistas de moda e sapatos caros enquanto chicoteio feitiços de proteção e lanço cinzas ao vento. Embora eu tenha de admitir, depois de tudo o que aconteceu no último ano, as coisas melhoraram entre minha mãe e mim. Nós conversamos mais, não discutimos tanto. E, neste ano, ao contrário dos outros na hora de vir para a escola, quando nos despedimos, eu me senti diferente – foi mais difícil.

Depois de alguns toques, ela atende.

– Oi, mãe – digo.

– Stacey, estou tão feliz que você tenha ligado.

– O que está acontecendo? – pergunto. – Tem alguma coisa errada?

– Não – diz ela. – Nada. Só queria falar com você.

– Ah! – pego o travesseiro de plumas de Amber do chão e começo a arrancar as penas.

– Não tenho novidades – minto. – Tenho um trabalho enorme de Inglês para entregar na próxima semana e ainda nem terminei o livro.

– Mas está tudo bem? – ela pergunta. – Quer dizer, você está bem?

– Sim – respondo, com um enorme ponto de interrogação pairando sobre minha cabeça.

– Isso é bom – ela diz. – Eu só queria checar.

– Por quê? Drea disse alguma coisa quando você ligou ontem à noite?

– Não – ela diz. – Ela deveria ter dito?

– Não. Está tudo bem – repito, embora saiba que não estou enganando ninguém. Consigo ouvir em minha voz – o tom vacilante, os guinchos da culpa em minhas palavras.

Minha mãe não responde e acho que é porque ela sabe que mentirosa terrível eu sou. E assim fico sentada com um silêncio constrangedor no telefone em minha cama de mentiras, até que não consigo mais aguentar:

– Estou tendo pesadelos de novo – digo.

– O que você quer dizer com *de novo*?

Ela está brincando? Quando eu tive pesadelos com Maura quatro anos atrás, contei a ela sobre eles. Contei a ela que não queria mais dormir, que estava tendo pesadelos todas as noites sobre a mesma coisa, sobre a mesma pessoa – só nunca contei a ela quem era essa pessoa. Minha mãe não fazia perguntas. Ela apenas respondia com canecas de chá de camomila antes de dormir e me disse para tentar pensar em coisas mais pacíficas antes de adormecer, como arco-íris e estrelas-do-mar.

E então, no ano passado com Drea, houve mais pesadelos. E embora não tivesse sido eu quem contou para minha mãe sobre eles, quando houve o julgamento, ele virou notícia dos jornais. Quando fui interrogada no julgamento sobre como eu sabia que Donovan havia levado Drea para a floresta, não tive alternativa a não ser contar a todo mundo que havia sonhado com isso. E então o telefone voltou a tocar... pessoas – estranhos – ligando-me, perguntando se eu estava tendo pesadelos com eles. Tivemos que mudar nosso número duas vezes. Minha mãe sabe disso. É por tudo isso que não consigo entender como ela pode me perguntar sobre o que estou falando quando digo que tenho tido pesadelos de novo.

– Stacey? Você ainda está aí?

– Sim?

– Bem, o que quer dizer com estar tendo pesadelos *de novo*?

Eu realmente não quero entrar nisso tudo, jogar esse jogo idiota com ela, sendo que não tenho ideia de por que ela está jogando. Ela ainda tenta me transformar na filha líder de torcida feliz que não sou e nunca serei. Será que ela está presa em alguma negação distorcida sobre quem eu sou?

– Na verdade, mãe, Drea acabou de chegar e ela precisa usar o telefone. Posso conversar com você amanhã?

– Claro, querida – ela diz. – *Me* ligue ou eu ligo para você.

– Tudo bem.

– Tudo bem – ela repete. – Tchau!

Desligo, sentindo-me pior do que antes. Duas mentiras em uma noite, e nada como uma iminente dose de carma para me agradecer por isso.

17

Depois do telefonema para minha mãe, estudo no meu quarto por duas horas, tentando me convencer de que a estrutura de um neurônio – axônio, dentritos e tudo o mais – é o material mais atraente em que eu poderia me focar no momento. Mas também estou esperando que Chad me ligue. Já que passou das 21h e ainda não falei com ele hoje, pergunto-me se talvez ele não esteja guardando rancor. Mas, mesmo que esteja, não há desculpa. Ele sabe que estou sob uma quantidade enorme de estresse ultimamente – mesmo que ele não acredite que seja pós-traumático. Então, por que ele não pode simplesmente colocar o rancor de lado e ligar para mim como qualquer outro bom amigo faria?

Depois de duas ligações sem sorte para seu quarto, decido esperar até 21h15 por sua ligação antes de sair. Às 21h15, enfio a rocha de cristal no bolso, encho a mochila com um punhado de ingredientes para feitiços e sigo para dentro da noite. Acho que o que realmente preciso agora é limpar um pouco minhas energias e de algumas respostas definitivas, e não consigo pensar em lugar melhor para encontrar as duas coisas do que lá fora, sob a lua gelada – especialmente porque a ideia de descer até meu altar na sala do aquecedor está bem longe de ser atraente neste momento.

Como todo o campus é cercado por acres de floresta, não é difícil encontrar um espaço ideal. Apesar do que aconteceu no ano passado, ainda amo a floresta, especialmente à noite, sob a lua e o céu salpicado de estrelas. Toda essa atmosfera ajuda a me centrar, ajuda a me reconectar com o espírito da natureza e colocar as coisas em perspectiva.

Usando minha pequena lanterna como guia, dou a volta em nosso dormitório, atravessando o gramado e entrando na floresta pela trilha que todos usam quando vão beber. Viro para a esquerda e encontro um ponto tranquilo nos limites da floresta – apenas o suficientemente embrenhada para ficar escondida, mas não tanto que não consiga ver a convexa lua pálida bem acima de mim. É absolutamente perfeito, falta só um dia para a lua cheia – tão incrível que não posso acreditar que passei tanto tempo engaiolada em meu quarto.

Sento-me em um pedaço de gramado e faço o possível para inalar a energia da lua, para engolir e permitir que a luz impregne minha pele. Depois de alguns minutos de paz, pego o cristal no bolso e o coloco no chão, na minha frente. Não pode ser mera coincidência que alguém o derrubou bem do lado de fora da minha sala de estudo. Sei que alguém o deixou lá para mim. Só preciso descobrir quem é esse alguém antes que seja tarde.

Apoio a lanterna em uma pedra e começo a tirar os ingredientes da minha bolsa. Com uma tesoura, começo com meu cabelo. Pego uma das longas camadas laterais, corto cerca de dez centímetros, e faço um nó no cacho cortado na ponta para evitar que ele se espalhe e eu precise fazer um segundo corte desnecessário. O tufo de cabelo parece esquisito em minha mão, quase surreal, como se não fosse meu. Eu o coloco na tigela de metal que uso de vez em quando em feitiços feitos longe de casa, e então despejo algumas gotas de óleo de cravo-da-índia – o líquido, que normalmente é laranja claro, está agora com uma coloração castanho-escuro em tamanha escuridão. Continuo com as unhas da mão. Usando uma tesoura de unhas comum, eu as corto sobre o conteúdo da tigela, certificando-me de que cada pedaço caia lá dentro. Então, despejo mais algumas gotas de óleo, a essência forte enchendo o ar ao meu redor.

Toco a lateral do meu cabelo onde o cortei. Apesar da minha tentativa de ser cuidadosa, consigo sentir onde está faltando um pedaço, bem acima da minha orelha. Tomara que o restante seja longo o suficiente para cobri-lo. Se não, terei que fazer o possível para misturá-lo. Olho para minhas unhas, cortadas bem rentes à carne, algumas até começaram a sangrar. Coloco na boca para estancar o sangue e as mergulho na tigela para misturar. Usando os dedos, misturo o cabelo com persistência ao óleo de cravo, concentrando-me na habilidade de a mistura aumentar a consciência psíquica de mim mesma.

– Pele e sangue, óleo e osso – sussurro. – Ah! Lua, eu vos suplico: Deixe a verdade aparecer.

Puxo uma batata, cortesia da moça do refeitório que estava de serviço hoje de manhã, e faço um ponto com o marcador preto que estava no bolso lateral da minha mochila. Na casca da batata crua, entalho minhas perguntas: IREI MANTER MINHA PROMESSA? e QUAL DEVERIA SER MINHA PROMESSA?

Coloco a batata na tigela da mistura e despejo o restante do óleo de cravo sobre ela, aproximadamente duas colheres de sopa. Viro a batata na mistura, certificando-me de que fique umedecida, que o entalho das letras se encha de meu espírito.

Depois de alguns minutos de mistura e concentração, estendo uma enorme folha de papel de cera no chão e despejo a mistura nela, as perguntas entalhadas viradas para a lua. Salpico um pouco de terra por cima, no formato da letra *M*, e embrulho tudo no papel de cera, prendendo-o com um elástico.

– Ofereço a você, Lua, pedaços de mim mesma – meu corpo, meus ossos – embrulhados no amor e no espírito, e peço a ti para que em troca me ajude a ver com mais clareza, aumente minha consciência natural.

Usando uma colher, cavo um buraco de cerca de quinze centímetros de profundidade no pedaço de terra à minha frente, meus dedos doendo enquanto me esforço para romper a terra quase congelada. Deposito o presente lá dentro, jogo a terra por cima e coloco a rocha de cristal sobre o ponto.

– Abençoada seja – sussurro, olhando na direção da lua.

Com o feitiço feito, sinto-me completamente renovada, como se de repente estivesse mais desperta, mais sintonizada comigo mesma e com a natureza. Eu me apoio nos cotovelos e noto o pinheiro que há bem ao meu lado. Adoro folhas de pinheiro – o cheiro que exalam, a textura macia e frágil que sinto quando as passo pelos meus dedos, sua capacidade de proteger e dissipar energias negativas. Pego alguns galhos do chão para usar no futuro. É quando ouço um farfalhar vindo de alguns metros atrás de mim.

Jogo os galhos na mochila, junto com os suprimentos para feitiços e agarro o cristal. Provavelmente são só alguns garotos querendo se embebedar antes de dormir. Espero alguns segundos por mais barulho, mas não ouço nada. Desligo a lanterna e me levanto. Agora consigo ouvir o som de gravetos estalando, como se alguém estivesse fazendo uma fogueira.

Ligo novamente minha lanterna, mas mantenho a luz apontada para baixo, e dou alguns passos na direção do som. Consigo ver um brilho alaranjado à distância, as pequenas centelhas saltando ao vento. Mas não ouço mais nada. Nenhuma voz ou risada. Nenhum barulho de latas de cerveja se abrindo ou garrafas se quebrando.

O cristal apertado em minha mão, aproximo-me da fogueira a apenas alguns metros de distância. Consigo ver uma figura masculina, sentada em uma clareira parcialmente cheia de pedras, o lado esquerdo de seu corpo iluminado pelas chamas da fogueira. Ele enfia a mão em sua mochila e começa a colocar seja lá o que houver ali dentro em seus braços. Levanta-se e espalha os objetos ao redor do perímetro do fogo. Pedras, eu penso. Faço o possível para contar quantas ele está distribuindo, para ver se ele marca todas as oito direções, de norte a oeste. Mas não consigo ter certeza. Ele volta a se sentar, mexe no fogo algumas vezes com uma vara e então puxa algo do bolso lateral de sua mochila. Um jarro. Ele chacoalha o conteúdo algumas vezes e segura o jarro no alto para olhar. Há uma substância poeirenta, amarronzada dentro, como areia, destacada pela luz das chamas. Ele desenrosca a tampa e despeja algo em um pequeno recipiente. Uma substância líquida. Ele mistura tudo com uma vareta que pega no chão, mergulha seu dedo dentro e esfrega a mistura do lado do rosto e na parte de trás do pescoço.

Toda essa imagem, de mais alguém além de mim executando um ritual à luz da lua, faz-me sentir completamente esquisita. E não só porque acho que sou a única pessoa no planeta que faz coisas como essas – é só que, tirando minha avó e algumas bruxas de faz de conta que aparecem na TV, eu nunca vi de verdade outra pessoa fazer coisas como essas. E mais, fora a parte de me sentir esquisita, há a parte de me sentir intrigada, curiosa... Quase esperançosa, e não sei ao certo por quê. Aperto o cristal, notando como agora ele está quente em minha mão, como não consigo parar de tremer.

Mesmo curiosa como estou e mesmo que gostaria de vê-lo mais, de repente me sinto culpada, como se invadisse seu espaço sagrado, como se a lua me observasse fazer isso. Dou alguns passos para trás e aponto a luz da lanterna para o chão para encontrar a saída dali. Há um grupo de arbustos na minha frente. Seguro meu estômago, seguro o colarinho do casaco e deslizo entre tudo o mais discretamente possível, evitando fazer qualquer barulho. Mas, em meu segundo passo, escuto um barulho alto, de algo se quebrando. Eu paro. Olho para baixo. Veio do chão. Um galho longo e seco partido ao meio, meus sapatos Doc Martens falsos pressionando as pontas dos pedaços partidos.

Meu coração começa a bater tão forte que acho que ele conseguirá ouvi-lo também. Desligo a lanterna e faço o possível para tapar a respiração.

18

Fecho os olhos e me abaixo entre os arbustos o máximo que meus joelhos permitem.

– Quem está aí? – ele grita, dando um passo.

Respiro com tanta dificuldade que mal consigo pensar direito. Encolho-me ainda mais, entocando minha cabeça entre os joelhos, esperando que ele vire e vá embora, como se tivesse cometido um erro.

Consigo ouvi-lo se movendo em minha direção, seu corpo desviando dos arbustos, os passos estalando os galhos do chão – a apenas alguns passos de mim agora.

Mesmo assim, não me mexo. Vejo-me como parte desses arbustos, misturando-me a eles, imaginando meus braços como galhos grossos, minhas costas como um tronco.

Ele dá outro passo. E então outro. Espio por entre os dedos, mas não consigo ver muito desse ângulo, só arbustos arranhando meu rosto.

– Sei que está aí – ele diz, a apenas alguns centímetros de mim agora; consigo ouvir a proximidade de sua voz.

Respiro fundo, reúno a coragem da lua e me endireito. Ele está parado bem na minha frente. Ligo a lanterna e aponto para ele. Ele faz o mesmo.

– Stacey? – ele diz. – O que está fazendo aqui?

Ele olha fixo para mim, com os olhos bem abertos, quase reluzindo. A cor é visível na luz da minha lanterna, apanhada em algum lugar entre cinza e o mais claro azul.

– Como você me conhece? – pergunto, a lanterna tremendo em minha mão.

Há uma marca em seu rosto. Do feitiço, acredito eu. Uma linha grossa e tremida em sua bochecha.

– Já nos encontramos – ele diz.

Minha voz explode.

– Onde?

– Não se lembra?

Aperto a lanterna para firmar a tremedeira e travo a mandíbula, conjurando a outra noite, na sala do aquecedor. O cara me perseguindo, subindo as escadas, chamando meu nome.

– Eu não chamaria exatamente aquilo de *encontro* – digo, através dos dentes cerrados.

– O que você quer dizer?

– Invadir a sala do aquecedor do dormitório das garotas no meio da noite e quase me matar de medo não é um encontro.

– Encontramo-nos antes disso. Não se lembra?

Analiso seu rosto por um momento – pele marrom-amarelada, acho; cabelos bem negros, um pouco compridos em cima. Tento relembrar da voz de meu pesadelo, a voz por trás da porta acinzentada pelo tempo do porão, para decifrar se é a mesma. Mas não consigo dizer.

– Nós trombamos um no outro – ele diz. – Em setembro, durante a orientação.

– Acho que não – digo, dando um passo para trás.

– É verdade – ele diz, movendo-se para a frente. – Eu estava saindo da tesouraria. Você estava subindo as escadas depressa, dois degraus por vez...

Levo alguns minutos, mas então começo a me lembrar de ter trombado com alguém, uma pessoa sem face. A avalanche de livros saindo de minha mochila e descendo escada abaixo, os lápis e outros materiais escolares se espalhando. Lembro-me de estar com tanta pressa, apenas me arrastando pelo chão, tentando pegar tudo e enfiar de volta na mochila. Vagamente, lembro-me de alguém fazendo o possível para me ajudar.

– Foi você quem me mandou aquele *e-mail*? – pergunto, mudando de assunto.

– Precisamos conversar, Stacey – ele diz.

– Foi você quem me deu isso? – seguro o cristal, mostrando-o

– Não tem problema?

– Problema?

– Sim – ele diz. – Eu queria que você ficasse com isso. Ia lhe dar pessoalmente, sabe, em vez de simplesmente deixar ali perto da porta. Mas eu vi seus amigos chegando e não queria que virasse uma festa. Foi assim no Enforcado também. Eu queria falar com você sozinho.

– Então, estamos sozinhos agora – digo. E, no momento em que digo isso, arrependo-me. Não quero que ele saiba que estou sozinha. Aperto a mão em volta do cristal, fechando o punho caso eu precise lutar.

– Não quero machucá-la, Stacey – diz, como se estivesse lendo minha mente.

– Então, o *que* você quer?

– Apenas o que eu disse, precisamos conversar.

– Então converse.

– Agora não. Não aqui.

– Então vou embora – viro-me para ir.

– Não, não vai – ele dá outro passo na minha direção, seus olhos se abrindo ainda mais.

Aponto a luz da lanterna na direção do gramado do campus, só alguns metros de distância, os refletores do alto iluminando os bancos de cimento ali perto. Se eu quisesse, poderia gritar por socorro e alguém definitivamente me ouviria.

– Não vai – ele diz. – Eu quero falar com você. Só que agora estou no meio de algo.

Olho por sobre seu ombro, para a fogueira ainda viva e queimando, algumas brasas flutuando do calor.

– O que você está fazendo?

– Acho que você já tinha alguma ideia – ele olha profundamente para mim, seus olhos azuis-ardósia se derramando diretamente nos meus, de forma tão intensa que desvio o olhar.

– Podemos conversar amanhã? – ele pergunta.

Não digo nada. Porque quero falar com ele. Porque quero descobrir o que ele tem a dizer. Só não quero que ele saiba disso.

– Podemos tentar nos encontrar no Enforcado novamente – ele diz. – Depois da hora de fechar. Mas a essa hora você pode vir sozinha?

– Por que tão tarde? – pergunto.

– Porque o que tenho a dizer é particular. Não pode ter ninguém por perto.

– Sobre o que é?

– Você – ele diz.

– O que sobre mim?

– O cristal que lhe dei – ele começa. – Você sabe o que significa, certo?

Mas em vez de responder, olho para a risco cintilante em sua bochecha – uma mistura de sândalo e dente-de-leão, talvez.

– Encontro-o na biblioteca – digo. – Na mesma sala de estudos. Às 20h. Podemos deixar a porta fechada.

– Você promete que estará lá?

– Prometer? – pergunto, a palavra pesando em minha mente. Como em “você vai manter sua promessa?”.

– Sim – ele diz, olhando-me de um jeito engraçado. – Você promete que estará lá?

Confirmo com a cabeça, tentando entendê-lo, tentando decidir se foi ele quem mandou a carta.

– Mas não vou esperar por você. Às 20h05, vou embora.

Um pequeno sorriso se forma em seus lábios, como se estivesse aliviado e satisfeito ao mesmo tempo. Ele para um momento para analisar meu rosto, meu queixo, meus lábios. E então fixa seus olhos nos meus mais uma vez.

Ficamos parados ali por um momento num silêncio constrangedor – eu, sem saber se já terminamos, se devo ir embora; ele, esperando meu próximo passo. Fujo de seu olhar e me viro, voltando pela floresta, voltando ao campus relativamente seguro. Mas ainda posso senti-lo, seus olhos, observando-me.

Sigo a lua de volta à frente do dormitório. Onde estou sozinha. Onde é seguro soltar a respiração e desamarrar os nós do meu coração. Encosto-me na porta da frente, meu coração batendo livremente agora, latejando dentro do meu peito. Meu corpo todo treme, o sangue correndo rápido dentro das minhas veias, sobre meus ossos e embaixo da pele. Minha mente fazendo perguntas rapidamente: *O que há de errado comigo? Quem é esse cara? Por que nem sequer perguntei seu nome?*

Cubro os olhos com as mãos, esforçando-me para cessar com a colisão das perguntas, mas isso só me faz ficar mais tonta. Porque tudo que consigo visualizar ali, no escuro e na umidade de minhas palmas, são seus penetrantes olhos azuis-ardósia.

19

Tateio a chave na porta do dormitório, tentando fazer o máximo para que meus dedos funcionem corretamente, para deixar os acontecimentos de vinte minutos atrás, que ainda embaralham minha mente, lá, bem lá para trás. O que eu preciso agora é conversar com Chad, dizer a ele que fomos idiotas por brigar ao telefone, para sugerir que passemos um bom tempo junto para nos resolvermos.

E daí que ele não ligou antes? Ele devia estar ocupado com seus colegas de time. Talvez ele até tenha pensado que eu precisava de espaço. O que provavelmente precisava. Só espero que ele não tenha ligado enquanto eu não estava, porque não sei se posso lidar com outra mentira esta noite, especialmente se for para mentir para ele.

Depois de diversas tentativas, a fechadura abre e eu entro. Passo rápido pelo *lobby* e vou direto para a sala comum. E lá está ele, sentado no sofá de vinil, com um buquê de flores na mão, como o namorado perfeito que é.

– Olha quem decidiu aparecer – ele diz, levantando-se.

Mas, em vez de dizer alguma coisa, eu simplesmente corro para seus braços no melhor estilo melodramático, como se tivesse saído diretamente de um desses filmes preto e branco, do tipo em que tocam muita música de orquestra e as garotas usam vestidos longos e esvoaçantes. Chad me abraça, seus braços rodeiam minha cintura, o plástico que embrulha o buquê amassa ao ser pressionado contra minhas costas.

Espio por sobre seus ombros para Drea, sentada na ponta do sofá, os cantos da boca levemente curvados para baixo.

– Oi, Drea – dou um passo sutil me afastando de Chad, mas mantenho a mão apertada em seu ombro.

Ela sorri um olá, mas desvia o olhar.

– Então, onde você estava? – ele me entrega o buquê de flores. – Estava esperando-a.

– Ah!, verdade? – pergunto, olhando para Drea, perguntando-me há quanto tempo ele esperava, quanto tempo ele e Drea passaram juntos.

– Sim – Chad diz. – Mas não tem problema. Eu e Drea estávamos falando sobre os velhos tempos – ele ri e olha para Drea, que compartilha o sorriso.

– Velhos tempos? Como as coisas que aconteceram no ano passado? – pergunto.

– Por Deus, não – Drea diz. – Os *bons* e velhos tempos. Coisas do primeiro grau, coisas engraçadas.

– É – Chad diz. Ele prossegue me contando alguma história sobre alguma excursão da escola ao zoológico e como um elefante espirrou água em Drea com a tromba. Aparentemente, a água molhou todo o seu peito e ela estava usando apenas uma camiseta rosa. E então a professora, que estava sempre alerta, puxou uma blusa de senhora da sua bolsa de artigos para emergência – uma blusa dos anos 70 com um colarinho gigante, franzidos nos pulsos e animais do zoológico estampados em tom pastel por todo o tecido de poliéster. Ela obrigou uma mortificada pré-adolescente com conhecimento de moda a vestir aquilo pelo resto do passeio.

Drea e Chad riem da história como se fosse a coisa mais engraçada do mundo, mas só consigo pensar em como isso não é nada engraçado.

– Bem, desculpa por lhe fazer esperar todo esse tempo – digo a Chad, acabando bruscamente com a história da blusa feia. – Não temos nenhum plano para esta noite, temos?

– Não – ele diz. – Não tem problema. Só pensei que iria pegá-la aqui. Você normalmente já está no quarto neste horário.

Olho para o relógio: 23h10. Passou da hora do toque de recolher.

– Ah!, meu Deus, onde está a Keegan?

– Relaxe – Drea diz.

– Onde ela está?

– Dormindo – Drea levanta e puxa a barra do seu *short* de flanela do pijama – levantado, imagino eu, para o benefício de Chad: e puxado para baixo, certamente para o meu.

– Ela estava com dor de cabeça e foi para a cama mais cedo.

Começo a sentir uma pontinha de dor de cabeça se aproximando de mim também. Esfrego a dor nas têmporas e noto como meus dedos estão sujos por conta do feitiço. Eu os limpo o mais discretamente possível nas calças, mantendo os olhos nas pernas nauseantemente perfeitas e torneadas enquanto ela volta para nosso quarto e fecha a porta atrás de si.

– Você estava na biblioteca? – Chad se vira para mim.

– Eu só estava caminhando – digo, colocando o cabelo atrás da orelha para que ele não perceba o pedaço faltando.

– Caminhando?

– Sim. Fui olhar para a lua.

– Sozinha? – ele pergunta.

Confirmo. Afinal, eu fui lá sozinha.

– Qual é o problema?

– Nenhum – ele diz. – Acho que só estou surpreso, só isso. Você esteve meio no limite ultimamente. Achei que seria cautelosa ao ir a qualquer lugar sozinha.

– Não foi você quem disse que eu precisava deixar o passado para trás e continuar minha vida? – sinto que estou ficando irritada novamente e consigo sentir isso em minha voz.

– Eu não quis dizer isso, Stacey. E se foi assim que pareceu, desculpe. Só estou preocupado com você.

– Eu sei – digo, respirando fundo. – Podemos começar de novo?

– De onde? – ele pergunta.

– Do abraço – eu levanto os braços e Chad me enlaça aliviado, acho, por eu ter escolhido manter as coisas na Terra da Luz – onde relacionamentos são simples e descomplicados, onde as coisas graves e sérias não têm lugar.

– Muito melhor – ele se inclina levemente e se aproxima para um beijo. E eu também, exceto que inclino a cabeça para o lado errado e o beijo pousa na minha narina esquerda.

Chad sorri e me aperta. Acho que ele está certo em deixar as coisas mais simples. Assim é tão melhor, tão mais fácil, do jeito que os relacionamentos deveriam ser – cheios de flores e abraços gostosos. Talvez seja disso que eu precise agora.

– Odeio ter que ir embora – Chad diz, soltando o abraço. – Mas tenho que ir. Caso a Keegan se levante.

– Nós deveríamos marcar alguma coisa para amanhã – sugiro. – Algo divertido. Talvez irmos comer alguma coisa fora do campus. Ou ir ao cinema.

– Com certeza – ele diz. – *Te* ligo?

– Não – digo. – Vamos deixar marcado. Sem esperar por telefonemas.

– O.k! – diz. – Que tal eu passar aqui depois do treino de hóquei?

– Que horas?

– 20h30?

– Que tal às 21h? – digo. – Estou fazendo um trabalho em grupo de Biologia.

– Tá bom – ele sorri. – Marcado.

Passamos os próximos cinco minutos ou mais em um beijo de despedida no sofá, tentando ignorar os chiados do vinil enquanto nossos corpos se esfregam e se torcem em cima dele. Sinto-me tão bem perto dele, enlaçada por seus braços, com nossos lábios colados, respirando junto – como se fosse normal. Normal quando ser normal parece tão distante. Deito minha cabeça em seu peito e penso em como seria ótimo se pudéssemos ficar assim a noite toda.

Mas não podemos e é por esse motivo que Chad vai embora alguns minutos depois. Vou com ele até a porta, lembrando-o de nosso encontro de amanhã à noite, e então volto para dentro da sala, aliviada por finalmente tudo entre nós voltar a ser como deveria.

20

Drea e Amber ainda estão na cama quando acordo na manhã seguinte. Rolo na cama para ver o buquê de flores que Chad me deu – agora está em um vaso, junto com as folhas de pinheiro que peguei na noite passada. Sorrio para o buquê ao lembrar de Chad aparecendo daquele jeito para me fazer uma surpresa.

Calço meu par de chinelos felpudos cor de pêssego e cambaleio até a copa para o necessário copo de café instantâneo – quase intragável, mas que funciona. Está um silêncio funesto. Todas as portas dos outros quartos estão fechadas, como se todo o mundo decidisse continuar a dormir, como se as aulas tivessem sido canceladas por hoje. Enfio duas fatias de pão na torradeira e olho para fora pela janela na direção do estacionamento. Mas tudo parece estar normal – nenhuma nevasca devastadora para nos manter presos em casa. Então onde está todo mundo?

Decido tirar total vantagem dessa preguiça deles. Engulo as torradas e o café, pego meus produtos de banho e sou a primeira pessoa a chegar ao banheiro, fazendo-me ser umas das poucas que conseguirá tomar uma chuveirada de água quente nesta manhã – um prazer raro e delicioso.

De volta ao quarto, visto meu uniforme de Hillcrest, passo um pouco de óleo de patchuli atrás das orelhas e na frente do pescoço, e pego meus livros. Drea e Amber ainda estão dormindo, as cobertas puxadas até as orelhas como se não quisessem ser perturbadas. Mas em vez de respeitar seus pedidos de silêncio, eu rapidamente abro as persianas da janela, permitindo que um surpreendentemente brilhante sol de novembro clareie o quarto.

– Levante e brilhe – digo.

Ainda assim, sem acordo – as duas levantam e brilham tanto quanto um pão sírio. Então talvez eu precise recorrer à força. Troto até a beliche e sacudo as duas.

– Levantem. Vocês vão se atrasar.

Olho de novo para o relógio de pulso; são 7h45, falta só meia hora até o sinal do primeiro período.

– Dia da saúde mental – Amber reclama, rolando na cama para me evitar.

– Eu também não vou – Drea diz, repetindo a ação.

– Ótimo – não tenho tempo para discutir, a não ser que eu também queira me atrasar. Levanto o zíper do casaco, passo pelo *lobby* e sigo para a porta da frente.

É quando a vejo. Uma faixa. Com certa de seis metros de comprimento, esticada entre dois ciprestes na frente de nosso dormitório, como se estivesse apenas me esperando.

Vários estudantes estão parados ao redor. Eles balançam a cabeça e tapam a boca – Cory e um amigo, Keegan, Emma, todas as meninas do nosso dormitório, o Sr. Lecklider, Sr. Gunther, Srta. Halligan, um dos zeladores da escola. Até mesmo Donna Tillings. Ela está vestida de preto – desde o chapéu, que parece uma tigela com o véu que desce cobrindo seu rosto, até as grossas meias negras e os sapatos de bico quadrado. Parece que ela está chorando, um pequeno buquê de flores em suas mãos. Ficam todos parados ali, olhando para a mensagem e para mim, esperando minha reação.

Mas como posso reagir quando sequer sei o que fazer, quando minha mente não concorda com o que aquilo diz ou com o que significa? Lentamente, começo a descer os degraus do dormitório, olhando para seus rostos em vez de olhar para as palavras, como se não fossem reais, como se a mensagem fosse mudar quando eu chegasse ao final dos degraus.

Mas não muda. Olho mais uma vez, as letras penduradas juntas, a mensagem se torna clara:

EM MENOS DE UMA SEMANA, STACEY
BROWN, VOCÊ VAI IMPLORAR PARA MORRER!

Sinto um nó na garganta, cortando minha respiração. Uma lâmina afiada cortando lentamente fatias da minha espinha. Aproximo-me alguns passos na direção da faixa, minhas pernas, parecendo gravetos, prontas para se quebrarem sob mim.

– Stacey?

É ele, o cara da floresta, aquele que me deu o cristal. Ele se aproxima vindo de trás da multidão, uma listra cintilante cor de pérola riscada na lateral de seu rosto e aqueles olhos azuis-ardósia, como cera de vela derretida, queimando direto nos meus.

Ele desenrola meu punho e coloca um pedaço de papel dobrado no centro da minha palma – o jogo do namoro. Olho para aquilo, mas agora é uma cobra feita de origami. Ele fecha minha mão ao redor dela e olha para mim esperando resposta. Mas não consigo falar. Não consigo respirar. E quero vomitar. Há uma sensação gelada e pegajosa ao meu redor, na minha boca, entupindo minha garganta.

Ele se inclina até meu ouvido e sussurra:

– Eu sei como você vai passar seu aniversário.

Abro a boca para gritar. Sinto que estou me sentando. Sinto o vômito jorrar de minha boca.

– Stacey! – Drea grita, apressando-se em sair debaixo das cobertas.

– O que aconteceu? – Amber salta da cama de cima.

Mas nem preciso dizer nada. A resposta está pingando no espelho da cômoda, em forma de *burrito* de feijão misturado com cereais – a ideia do refeitório de autêntica culinária mexicana. Ele escorre por sobre o reflexo de meu rosto, bem na minha frente.

21

Limpo a boca, jogo as cobertas para o lado e sigo até a porta. Amber e Drea gritando atrás de mim, mas tenho que ver pessoalmente. Giro a maçaneta da porta principal e corro para fora, para uma gelada manhã de novembro.

Mas está tudo normal. Nenhuma faixa. Nenhuma multidão de estudantes reunidos ao redor dela. Apenas eu – embora tenha a sensação de ter sido tão real.

– O que está acontecendo? – Drea pergunta. Ela e Amber estão paradas atrás de mim, agora no degrau de cima – Drea, amarrando o cinto de seu robe; Amber, totalmente vestida com um pijama tamanho grande da Mulher Maravilha.

– O que você acha que está acontecendo? – Amber pergunta para ela. – Não captou o vômito do exorcista no espelho? Ela está soltando tudo de novo. Pesadelos, certo?

Confirmo.

– Sorte que a nossa cama não é em frente à sua – Amber diz.

– Muito engraçado – digo.

– Ah!, deixa disso – Amber diz, cutucando o nariz. – Temos que olhar para o lado bom da situação.

– O que está acontecendo? – diz uma voz atrás de nós. – Vocês estão bem, garotas?

É Keegan. Está parada na porta.

– Achei ter ouvido um elefante passando pela sala comum.

– Esse é o seu jeito de dizer que temos de emagrecer um pouco? – Amber aperta seu cinto dourado.

– Esse é o meu jeito de perguntar o que está acontecendo.

– Só estamos tomando ar – Drea diz.

– Sim – Amber concorda. – Um pouco de água para a velha traqueia. E não venha me dizer que não aprendi algumas coisas nas aulas de Física do ano passado.

– Você não quis dizer Biologia-I? – Drea corrige.

– Tanto faz – Amber diz. – São praticamente a mesma aula.

– Deveríamos voltar para dentro – digo.

Passo raspando em Keegan apenas para encontrar mais espectadoras intrometidas: Trish Cabone, Emma "muco no paninho" e algumas das outras garotas do andar.

– Está tudo bem? – Trish pergunta. Ela puxa seus cachos para dar volume, falhando em perceber que o lado amassado pelo travesseiro é o de trás da cabeça.

– Ótimo – digo. – Apenas verificando a temperatura.

É uma mentira ridícula mas que parece realmente funcionar. Exceto por Trish e Emma, todas as outras garotas, incluindo Keegan, voltam para seus quartos para saborear os últimos minutos de sono antes das aulas.

– Sentimos sua falta na cerimônia da capela, ontem à noite – Trish diz, sem se mover do lugar onde está, a centímetros de meu rosto.

Balanço a cabeça, confirmando.

– Mas eles vão deixar a capela aberta a semana toda – ela continua. – Sabe, caso você queira dar uma passadinha lá, caso precise de um lugar para ir.

Ela vira o olhar para um lado e para o outro, entre Drea e mim.

– Agora precisamos nos arrumar para a escola – lembro. – Não posso me dar ao luxo de pegar mais nenhuma detenção.

Emma sorri para nós entre as assoadas de nariz, talvez sentindo o dom de sua colega de quarto de causar tristeza.

Amber, Drea e eu estamos prestes a entrar no quarto quando ouço uma voz masculina atrás de mim. Rodopio e encontro Cory e um de seus amigos-clone. Com os tênis na mão, Cory se despede de Emma com um abraço enquanto o amigo-clone dá um beijo na bochecha de Trish.

– Ei, *geek*? – Amber grita.

Cory para e olha para trás, para nós.

– Você não viu nada, o.k?

– O diabo que não vimos – Drea cruza os braços.

– Para sua informação, nós dormimos no chão – o amigo-clone diz. – Só estávamos estudando juntos para a prova de Inglês.

– De onde eu o conheço? – Amber pergunta.

– Eu não sei – o clone responde, sua sobrancelha esquerda se erguendo. – Sou conhecido por ficar circulando por aí.

Ele coça o tufo de cabelo cor de mel na cabeça e pisca para Amber, atirando nela com uma pistola imaginária.

– Espera – Amber dá um passo em sua direção. – Você é o cara da sala da correspondência. O que me perguntou como vou passar o aniversário.

– Não me lembro disso – ele joga a cabeça para o lado, fingindo espanto.

– Vocês realmente deveriam ir embora – Trish diz, acenando para que Cory e o Clone-y saiam. – Nossa DR vai aparecer a qualquer segundo.

– Tá bom – o clone diz. – Estamos indo.

Ele olha para nós.

– Foi bom finalmente conhecer vocês, moças.

– O que você quer dizer com "finalmente"? – pergunto.

– É que ouvi falar muito de todas vocês.

– Deixe-me adivinhar – Amber suspira. – Você é um dos novos recrutas dos fãs de fantasmas.

– Fãs de fantasmas?

– É – Amber balança a cabeça. – É como gosto de chamar o pessoal daqui que não consegue nenhuma ação ao vivo, então fica procurando os mortos.

– Quem disse que não consigo nenhuma ação ao vivo? – o garoto-clone pergunta, olhando de relance para Trish.

– Se o caixão servir – Amber diz.

– Vamos – Drea diz, puxando o braço de Amber.

Amber se solta.

– Qual seu nome?

– Hummm! – diz o garoto-clone, esfregando seu cabelo frisado. – Pergunta difícil.

Dito isso, ele e Cory começam a rir – uma risada estúpida, ilógica, típica das piadas internas, como uma reprise instantânea da cena de ontem na aula de Informática. Trish também ri junto, mas ainda está tentando acompanhá-los até a saída.

– A propósito – clone diz quando *finalmente* consegue se conter. – Como vocês garotas *vão* passar seus aniversários?

– Keegan! – Drea grita, fazendo com que os dois corram porta afora de uma vez por todas.

Keegan emerge de seu quarto.

– O quê? O que foi isso? – ela pergunta.

Emma olha para nós, seu rosto pelo menos cinco tons mais pálido do que há alguns momentos. Ela oculta seu óbvio nervosismo com a mão cheia de lenços.

– Nada – digo, percebendo que não tenho moral para reclamar de namorados que aparecem na hora errada.

Keegan não diz mais nada nem a gente. Apenas voltamos para nosso quarto e trancamos a porta atrás de nós.

– Que nojo – Amber diz, referindo-se ao vômito no espelho. Ela se aproxima para olhar mais de perto.

– Você comeu biscoitos de *marshmallow* ontem à noite?

– Não vamos analisar o vômito – Drea diz. – Vamos apenas tirar isso daqui. Stacey, você precisa de limpa-vidros?

Mas estou ocupada demais olhando fixo para o que está em cima da minha cama – um gravador portátil e um envelope.

– Stacey? – Drea repete.

Há meu nome datilografado na frente do envelope, mas não foi enviado pelo correio e não há endereço de remetente.

– O que é isso? – Drea pergunta. – Como isso veio parar aqui?

Pego o envelope com os dedos tremendo, as vibrações espetando minha pele – tão reais, frias e penetrantes quanto da última vez.

– Você está bem? – Drea pergunta.

Balanço a cabeça, mas abro a carta mesmo assim. Há algo dobrado dentro. Eu retiro – uma cobra feita de origami.

– Que estranho – Amber diz.

A cobra de origami presa em minha palma, sinto uma sensação fria queimando e subindo pelos meus braços, fazendo minhas mãos tremerem.

– Sonhei com isso – digo. – Senti isso, dobrando o papel. Na sala comum, a última carta... eu dobrei o papel.

– O que quer dizer? – Drea passa os braços por sobre meus ombros.

Balanço a cabeça. Sei que não estou falando nada com nada.

– Olha – Amber diz, pegando o gravador. – Há uma fita dentro. Devo tocá-la?

Minha cabeça está girando tão rápido que nem consigo responder. Desdobro as abas do papel, fazendo o possível para me concentrar no que estou fazendo, para sentir a mensagem ali dentro. No mesmo minuto, Amber aperta o *play* e a música cheia de estática se filtra no quarto.

– Ah, meu Deus – digo, reconhecendo a melodia.

"*Senhorita Marieta, eta, eta* " – a voz de uma criança canta no gravador. "*De preto vestida, vestida, vestida. Tem só botões, botões, botões, em suas costas, costas, costas. Não pode ler, ler, ler. Não pode escrever, escrever, escrever. Por isso fuma, fuma, fuma, o cachimbo do seu pai, pai, pai...* "

– Desliga isso – grito. – Agora!

Drea atende ao pedido.

– É a versão verdadeira – Amber diz.

– Quem está fazendo isso? – minha mão treme sobre minha boca.

Drea tira o origami meio desdobrado da minha mão e me ajuda a sentar na cama.

– Vai ficar tudo bem – ela tira o cabelo do meu rosto, parando um momento no pedaço mais curto do lado onde cortei.

– Como você sabe? – respondo rapidamente.

Ela respira fundo e termina de desdobrar, e o que uma vez era uma pequena cobra é agora uma carta inteira com dobras e vincos.

– O que é isso? – pergunto. – O que diz?

Drea tapa a boca, deixando a carta cair em seu colo.

Eu a pego. As palavras me encarando no meio da folha:

> EM MENOS DE UMA SEMANA, STACEY
> BROWN, VOCÊ VAI IMPLORAR PARA MORRER!

22

Meu peito parece que vai desabar, como se todo meu ser fosse entrar em colapso em uma única respiração. Drea dá um tapinha nas minhas costas, sussurrando diversas vezes que tudo vai dar certo.

– A gente cuida disso – Amber diz. Ela se mete a pegar a carta da minha mão, joga-a longe da minha vista e se debruça na janela, colocando a cabeça para fora.

– Não vejo nada – ela fecha a janela e a tranca.

– Por que ela não estava trancada antes? – pergunto.

– Tenho certeza de que estava – Amber diz. – Não que faça diferença. Se alguém quiser entrar, vai conseguir.

– Talvez não tenham invadido pela janela – Drea diz. – Talvez seja alguém que mora aqui. Eu não fechei a porta quando saímos.

– Bom, então por que a janela estava aberta? – Amber pergunta. – Não estava aberta antes.

– Isso não faz sentido – digo. – Não faz sentido que alguém se mantenha tão próximo de nós que saiba o momento em que todas saímos do quarto. Que consiga abrir a janela, pular para dento, deixar coisas e pular para fora antes que qualquer uma de nós volte. E mais, como essa pessoa, seja ela quem for, sabe qual é a minha cama?

– Eu não sei, Stacey – diz Amber, olhando de relance para minha mesa de cabeceira. – Se o cristal e vaso de ervas secas não deram a dica, talvez tenha sido o santuário com as velas, essas coisas cônicas esquisitas ou esse negócio tipo bico de Bunsenque que você tem ali.

– As coisas cônicas são incensos – explico. – E aquilo é um queimador de argila para acendê-los.

– Algo que todo o mundo precisa ter – diz Amber.

– O.k!, talvez não seja tão difícil dizer qual é a minha cama.

– Bem, certamente não tem como não acertar qual cama é a minha – Amber pega o boá rosa pendurado na cabeceira da sua cama. Ela o joga sobre os ombros e se vira para olhar para a cama de Drea.

– Sua cama está um pouco inóspita ultimamente, Drea. É isso que acontece no período de seca?

– Melhor ficar na seca do que ter a reputação de chover em todo lugar – Drea diz.

– Podemos parar com as brincadeiras por cinco minutos? – pergunto.

– Quem está brincando? – Amber responde.

– Não é a voz da Maura na fita, é? – Amber pergunta, decidindo ignorar Amber.

Balanço a cabeça.

– Achei que não – ela diz. – Soa como uma gravação recente. Como um CD para crianças de verdade, que você pode simplesmente ir a algum lugar e comprar.

– Sim – Amber concorda. – Mas foi gravado em outra fita ou CD ou algo do tipo por causa da estática e dos sons no fundo.

Ela aperta o botão de ejetar e retira a fita.

– O que é isso? – pergunto, notando como seus lábios se retorceram como se ela tivesse tirado uma nota ruim na prova.

Amber mostra o cassete para mim, as palavras na etiqueta me encaram: ESTOU TE OBSERVANDO.

– Isso não significa nada – Drea diz. Ela está balançando a cabeça, pressionando os dedos contra a têmpora, querendo mais do que tudo, acho, ela mesma acreditar nisso.

– Significa que estou sendo observada.

– Não era "Estou te observando" a frase de impacto do Donovan no ano passado? – Amber pergunta.

– Exatamente – Drea diz. – E olha para as letras. Também são iguais às do ano passado: maiúsculas e vermelhas. Deve ser algum copiador engraçadinho. Sabe? Um dos fãs de fantasmas...

– Pode ser – Amber diz. – Embora "Estou te observando" seja muito EIO.

– EIO? – pergunto

– Sim, sabe, uma expressão de oportunidades iguais. É bem genérico. Pode ser só uma coincidência. Até porque, para mim, já chega de chamar isso de brincadeira.

– Para mim também – engulo com dificuldade e olho para Amber, esperando uma de suas piadas estúpidas, esperando que Drea me diga que tudo vai ficar bem. Mas tudo permanece quieto entre nós por vários segundos.

Finalmente, Amber coloca a fita de volta no gravador e aperta a aceleração rápida algumas vezes, seguida pelo botão de reprodução.

– Nada – ela diz. Ela vira a fita e tenta o outro lado também.

– Está vazia com exceção daquela música.

Eu tiro a fita e a aperto em minha mão, tentando ao máximo me concentrar, sentir alguma coisa.

– A letra *M* – digo, imaginando-a impressa em meus olhos. – Como a primeira vez que sonhei com ela.

– Agora, seria *M* de Maura ou *M* de Morte? – Amber pergunta. – Ou talvez seja *M* de Marieta, da música.

Ela enfatiza a pronúncia do *M* do título.

– Estou um pouco esgotada de todo esse negócio de seguir pista em dia de chuva, Stacey.

– Do que você está falando?

– Seus estalos súbitos – ela diz. – Eles são muito nublados.

– Isso não é exatamente fácil para mim.

– Não é fácil para nenhuma de nós – Drea diz.

– Eu sei – digo, abraçando Drea, notando como seus olhos ficaram molhados.

Ela seca as lágrimas que escorrem pelos cantos de seus olhos e respira fundo.

– Estou bem.

– Tem certeza? Talvez Amber e eu possamos falar sobre isso em outro lugar.

– Não – Drea diz, sentando-se para endireitar a postura. – Eu quero ajudar. Precisamos entender esse negócio, tipo, por que uma cobra feita de origami?

– Ela estava em meu sonho – digo, lembrando o detalhe. – Eu também a previ.

– Você previu a cobra de origami? – Amber esvoaça o boá ao redor de sua cabeça, estilo turbante.

– Bem, não exatamente – corrijo. – Quando recebi aquela primeira carta estranha, consegui sentir as dobras do papel.

– Tem certeza de que não foi o papel higiênico? – Amber pergunta.

– Hilário – digo.

– Sim, mas por que uma cobra? – Drea pergunta, ignorando Amber. – Porque não um rato ou uma cabra? E por que essa música da "Senhorita Marieta"?

– É fácil – diz Amber. – Porque quando Stacey adormeceu na aula de ioga, ela começou a cantar uma versão distorcida dela.

– E agora todo mundo fica cantando essa musiquinha idiota para mim – suspiro. – É isso e os sacos de vômito no meio do caminho.

– Humilhante – Amber diz.

– Dessa vez, você também estava sonhando com Maura? – Drea pergunta.

– Não – digo. – Meu pesadelo essa manhã foi diferente.

Pego um punhado de toalhas de papel e um frasco de limpa-vidros e começo a esfregar o espelho. Entre as esfregadas, conto a elas tudo sobre a faixa e os estudantes reunidos ao redor dela, e então menciono meu pequeno encontro com o cara na floresta. Conto que foi ele quem me enviou o *e-mail* e invadiu a sala do aquecedor.

– Foi ele também quem me entregou a cobra de origami em meu sonho – digo. – Ele quer me encontrar mais tarde.

– Nós vamos junto! – Amber declara. – Que horas?

– Não – digo. – Acho que devo ir sozinha. Ele quer conversar comigo em particular.

– Você está louca? – Drea pergunta.

– Ninguém vai a lugar algum sozinha – Amber diz. – Não por umas boas duas semanas.

– Não – digo, procurando na minha gaveta de feitiços um frasco de óleo de canela. – Eu ficarei bem.

Molho o dedo com um pouco de óleo e toco os quatro cantos do espelho para ajudar a restaurar sua energia positiva.

– Além do mais – continuo –, ele saberá se vocês estiverem comigo. Obviamente ele está me observando.

– Espera – Drea diz. – É ele quem lhe manda todas essas coisas?

– Obviamente – Amber diz. – O cara é um psicopata total.

– Na verdade, eu não sei de quem vêm essas coisas. Preciso falar com ele sobre isso. Mas acho que vêm de outra pessoa.

– Por quê? – Amber pergunta, fumando de mentira uma das penas do boá.

Olho de relance para o cristal em minha mesa de cabeceira, imaginando se devo explicar sobre suas qualidades de cura, sobre como a pessoa que o deu para mim não pode ser a mesma pessoa que me mandou coisas tão ameaçadoras. Mas então mudo de ideia, considerando quão ridículas as palavras soam em minha cabeça – quão ridículo seria tentar explicar tal teoria, quando invadir a sala do aquecedor no meio da noite não é nada menos ameaçador. Quando o cara que me deu o cristal é, de fato, a mesma pessoa que me entregou a cobra de origami no meu pesadelo.

– Olha – eu digo. – Preciso ir sozinha. Não posso perder tempo aqui. Só tenho uma semana.

– Menos de uma semana – Drea diz, mordiscando uma de suas unhas de acrílico.

Confirmo, engolindo o caroço de medo que surge em minha garganta.

– Eu ligo para vocês assim que terminar de conversar com ele. Mas não posso deixar que vocês fiquem me rodeando, ele pode vê-las. Combinado?

Amber range os dentes. Ela arranca de propósito um punhado de penas de seu boá e as joga no chão, como se fosse esmagá-las.

– Que coisa chata – ela diz.

– Sinto muito – digo. – Mas não consigo enxergar outra opção aqui.

– Sempre há outra opção – Amber diz, voltando para a cama.

– Nós só queremos que nada aconteça com você – Drea diz. – Quer dizer, se você for lá sozinha e algo de ruim acontecer, você acha que vamos conseguir nos perdoar?

Drea morde com tanta força uma de suas unhas de acrílico que ela solta um sonoro estalo, mesmo assim, isso não parece perturbá-la. Ela balança a cabeça e cobre a boca, como se pudesse desmoronar a qualquer momento.

– Eu não sei – digo, olhando para meu anel de ametista. – Tudo o que sei é que, neste momento, tenho de me preocupar comigo mesma, especialmente porque não há mais razão em negar tudo isso. O perigo que chegará em menos de uma semana está definitivamente apontado para mim.

23

Faço uma tentativa autêntica de me concentrar na escola. Trago todos os meus livros, chego às aulas na hora e até faço o possível para ouvir o que os professores estão dizendo em vez de olhar para a área acima de suas cabeças, vagando pelo espaço. Mas com tudo o que está acontecendo em meu mundo, simplesmente não consigo parar de pensar em hoje à noite – em encontrar o cara da floresta, descobrir o tanto que eu conseguir, e ver se consigo qualquer ajuda para reunir os detalhes dos meus pesadelos em algum tipo de lugar.

Só espero conseguir espremer tudo isso na janela de tempo que tenho antes de me encontrar com Chad. Eu poderia adiar nosso encontro para esta noite, apenas meia hora ou algo do tipo, mas com toda a energia negativa acumulada entre nós ultimamente, decidi que não posso me dar ao luxo de adiar nosso mais do que necessário tempo sozinhos por nem mesmo cinco minutos.

Então, depois de todo o almoço e o jantar gastos em tentar convencer Drea, Amber e PJ a darem um tempo enquanto vou encontrar o Garoto Misterioso, penso que as coisas estão indo muito bem – isto é, até que a conversa no jantar toma um rumo inesperado.

– Você pelo menos vai contar para o Chad que está indo? – Drea pergunta.

– Eu não planejei isso exatamente – digo.

– Acho que ele deveria saber – Drea diz.

– Eu poderia contar para ele – PJ sugere. – Sou conhecido por sempre dar uma passadinha nos treinos de hóquei, sabe, para oferecer aos rapazes um conselho ou dois.

– Vamos encarar a verdade – Amber diz. – Você não tem exatamente muitos conselhos para oferecer.

Amber levanta o dedinho para ele, serpenteando-o sutilmente enquanto toma um gole de seu suco de caixinha.

PJ catapulta uma garfada de purê de batata em retaliação, mas em vez de atingi-la, ele acerta Donna Tillings, sentada à mesa vazia atrás da nossa. Ela se vira, os círculos escuros abaixo de seus olhos sublinhados pela cor pálida de sua pele.

– Ah, desculpa – PJ diz, baixando o garfo. – Mira ruim.

Os lábios de Donna se abrem – lábios brancos como giz com pontos avermelhados onde provavelmente esteve sangrando. Ela balança a cabeça devagar, seu olhar desce na direção do chão, e então ela vira e continua a jantar.

– *Show* de horror – Amber diz só mexendo os lábios.

– Não – sussurro, lembrando de como Donna fez uma aparição em meu pesadelo na noite passada. – É meio triste o jeito como ela mudou tanto.

– Concordo com Amber – PJ sussurra. – É total *show* de horror. Quer dizer, é, sua melhor amiga se deu mal... É um saco com cheiro de leite de cabra total. Mas por que isso faria você se tornar uma garota zumbi? A vida continua. Sabe o que quero dizer?

– Que você *nunca* teve um melhor amigo que morreu? – eu sibilo.

Ele balança a cabeça.

– Bem, venha falar comigo quando tiver.

A mesa fica em um silêncio de biblioteca.

– Que horas você tem que encontrá-lo hoje à noite? – Amber pergunta, depois de uma pausa pesada.

– Vinte horas. E como eu disse, não estou contando sobre isso a ninguém. Fim de história.

– Com exceção da gente – Amber corrige.

– Ainda acho que Chad gostaria de saber – Drea diz.

– Discordo.

– Como você pode dizer isso? – Drea pergunta. – Ele se importa com você.

– Eu sei que se importa. E sim, acho que na teoria ele quer saber se estou em algum tipo de perigo.

– Você *acha?*

– O.k!, eu sei. Mas também sei que ele acha que esse tipo de coisa é a ideia que alguém faz de uma boa brincadeira, que eu deveria contar à administração ou à polícia do campus sobre o que vem acontecendo, e que as aparições de Veronica Leeman em meus sonhos são o cimento que serve de base para provar que venho sofrendo um estresse pós-traumático depois do ano passado.

– Talvez você não esteja dando a ele crédito suficiente – Drea diz.

– Você não vai contar a ele – digo.

– E se ele ligar? – ela pergunta.

– Ele não vai – digo. – Ele estará no treino até a hora em que vier me pegar.

– Mas e se vier? – ela pergunta. – E você ainda não tiver voltado?

– Diga a ele que saí por um segundo.

Drea balança a cabeça para mostrar que desaprova e continua empurrando a comida pelo prato. Odeio pedir para que ela minta por mim. Mas vou odiar mais se Chad e eu começarmos outra briga.

24

Chego à biblioteca pontualmente às 19h45 – tempo suficiente para me preparar, deixá-lo ver que estou realmente sozinha e, o mais importante, repassar a lista de perguntas na minha cabeça para que eu não deixe nenhuma de fora. Estou com esperanças de que não demore muito, já que ainda tenho de me encontrar com o Chad às 21h00 no dormitório. Mas, só por segurança, deixei um estoque de mentiras com Drea. Se Chad chegar para me buscar antes de eu voltar, ela vai dizer que estou terminando um trabalho em grupo de última hora na biblioteca e que volto o mais rápido possível.

Fecho a porta da cabine de estudos atrás de mim e me sento à mesa para esperar. A rocha de cristal descansa em meu bolso. Eu a pego e me concentro nos cantos quebrados, que foram arrumados com pedacinhos de cristal feito de vidro. Fico imaginando quanto tempo levou o processo para arrumar isso e o que inspirou tal transformação, por que em vez disso não o quebraram em milhões de pequenos fragmentos.

Depois de vários minutos de espera, encontro-me batendo os dedos no tampo macio da mesa de mogno, apenas olhando para a parede branca na minha frente, para um par de moscas pousadas ali. E imagino que elas são Amber e Drea – as duas fazendo o possível, incluindo um feitiço de automutação, para se certificarem de que não ficarei sozinha.

Eu sorrio pensando nisso, e então olho em meu relógio de pulso. São 20h07, meu limite para ir embora. Enfio o cristal de volta no bolso e me levanto. É quando a maçaneta da porta gira e ele entra. Ele fecha a porta atrás de si e fica ali parado, encarando-me, aqueles olhos azuis-ardósia ainda mais brilhantes sob as luzes fluorescentes.

– Você está atrasado – eu o enfrento. – Já estava indo embora.

– Fiquei um pouco enrolado – diz, olhando para a mesa. – Você quer se sentar?

Sentamos um de frente para o outro.

– Então? – eu digo. – Sobre o que é tudo isso?

– Você – ele diz.

– Eu?

Ele confirma.

– O que tem eu?

Ele olha para seus dedos, como se não estivesse pronto para me contar. Suas mãos são magras, mas fortes, cada músculo contornado por uma pele macia, lisa.

– É meio difícil para mim – começa. – Já que mal nos conhecemos.

– Apenas diga. Já esperei tempo suficiente.

– Poderíamos, talvez, apenas conversar um pouco primeiro? – ele pergunta. – *Nos* conhecermos um pouco? Você nem sabe qual é meu nome, sabe?

– Qual é o seu nome? – pergunto.

– Jacob.

– Então tá, Jacob, o que você tem a me contar?

– Talvez você esteja pensando no que eu fazia na floresta na outra noite? – ele fixa os olhos nos meus, forçando-me a desviar o olhar – para qualquer outro lugar, qualquer outro. Fixo os olhos em seu queixo e no contorno de suas bochechas, o jeito que os ângulos de seu rosto formam um maxilar forte e definido.

– Um pouco, talvez – desviando completamente o olhar.

– Talvez você já saiba – ele se aproxima num movimento rápido, permitindo que eu sinta seu cheiro. Ele tem cheiro de grama de trigo e cera de vela.

– Você vai me contar? – pergunto, inclinando-me para trás, prendendo os pés nas pernas da cadeira.

– Eu quero que *você* me conte – ele diz.

Respiro fundo e tento relembrar do porquê estou ali – como ele pode me ajudar, como existe a possibilidade de ele me oferecer alguma informação que me ajudará a colar os pedaços desse quebra-cabeça.

– É você quem tem me deixado aquelas coisas? – pergunto.

– Quais coisas?

– As cartas e a fita – digo, um pouco relutante. – E a mensagem na janela da sala do aquecedor.

Ele balança a cabeça.

– Mas você sabe quem foi – digo, mais como uma declaração do que como pergunta.

– Não.

– E então? – pergunto. – O que estou fazendo aqui?

– Acho que você já sabe essa resposta. Não sabe? – ele se inclina, aproximando-se mais e olha fixo para mim, seus olhos quase me desafiando.

– Acho que já perdemos muito tempo – digo, minha voz falhando nas palavras. Levanto-me e sigo em direção à porta.

– Quem é Maura? – pergunta, antes que eu tenha a chance de girar a maçaneta. – E por que ela a está perseguindo nos pesadelos?

Eu viro.

– O que você acabou de dizer?

– Acho que você me ouviu.

– O que você sabe sobre isso?

– Eu sei muito sobre você, Stacey.

Jogo-me na cadeira à sua frente.

– Você obviamente ouviu sobre o julgamento do ano passado. Quando contei a todo mundo sobre minha experiência com pesadelos.

– Estou falando sobre os pesadelos que você está tendo *agora* com Maura – ele diz.

Sinto meu queixo tremer. Não sei o que dizer ou como responder.

– Você também está tendo pesadelos com Veronica Leeman – ele continua. – Você teme acabar exatamente como ela. É por tudo isso que está sonhando com ela, você sabe. Ela representa a morte para você.

Como ele sabe essas coisas? Será que Amber ou Drea deixaram isso vazar? Ou será que foi o PJ? Lembro-me do pesadelo que tive com Veronica Leeman, como todas as garotas do meu andar se juntaram ao meu redor, incluindo Trish Cabone, que até me perguntou sobre isso depois.

– Quem lhe contou sobre essas coisas? – pergunto.

– Ninguém me contou – ele diz. – Ninguém precisou contar.

– O que você quer dizer com *ninguém*?

– Quero dizer que estou tendo pesadelos sobre *você*, Stacey.

25

Levo alguns segundos para recuperar o fôlego. Jacob me olha com intensidade, esperando minha reação. Mas não sei por onde começar. Olho para minhas mãos, evitando seu olhar.

– Que tipo de pesadelo? – pergunto, finalmente.

– Igual aos que você tem. Igual aos que você teve sobre Maura antes de ela morrer. Igual aos que você teve no ano passado com Drea.

Mordo o lábio para impedi-lo de tremer. Tudo o que ele está dizendo é tão difícil de engolir. Ele nem me conhece e, mesmo assim, parece saber tanto sobre mim.

– O que acontece quando você sonha? – pergunto.

– O que quer dizer?

– Quero dizer, alguma coisa acontece com você?

– Acontece? Como o quê?

Continuo a olhar fixo para minhas mãos como se elas segurassem todas as respostas. Não sei se há um jeito indiferente de perguntar se os seus pesadelos causam efeitos colaterais bizarros como molhar a cama ou vomitar, então eu me contenho.

– Sou mais parecido com você do que pensa – ele diz.

– O que quer dizer?

– Quero dizer que consigo ver coisas em meus sonhos.

– E o que você tem visto? – pergunto, sentindo-me tragada.

Mas em vez de me responder diretamente, ele leva seu tempo e começa bem do começo. Ele me conta que em algum ponto do final do ano passado, bem antes das férias de verão, ele começou a ter pesadelos comigo – só que ele não sabia quem eu era. Não sabia onde eu vivia, ou qual era meu nome, ou se eu era apenas uma invenção de seus sonhos. Mas os pesadelos se tornaram mais intensos, mais ordenados, revelando-lhe qual escola eu frequentava. E então ele começou a fazer uma pesquisa, o que supostamente o levou até tais detalhes sobre o ano passado. Ele alegou que sentiu um desejo insuportável de se transferir da sua escola particular no Colorado para Hillcrest.

– E seus pais não se importaram? – perguntei.

Ele deu de ombros.

– Sim, quer dizer, eles foram contra no começo, mas se acostumaram com a ideia.

– Por quê? Isso não faz sentido.

– Porque sou diferente deles. E talvez eles estivessem um pouco cansados disso. Acho que foi quase fácil para eles me mandarem para o outro lado do país – conveniente. Acho que eles talvez pensem que eu vá voltar em breve e tenha virado um jogador de futebol ou o rei do baile. Talvez achem que algum professor inspirador me faça ficar em pé em cima de alguma mesa ou ouvir Mozart – transformando-me no próximo membro da sociedade dos poetas mortos.

Eu concordo, sabendo muito bem o que ele quer dizer.

– Tudo o que sei é que tive de seguir os avisos de meus pesadelos – ele continua. – Independente do que os meus pais queriam. Já aconteceu esse tipo de coisa comigo antes; pesadelos, quero dizer. Talvez não tão intensamente como desta vez, mas, mesmo assim, eles se tornaram realidade. Eu simplesmente não seria capaz de me perdoar se algo acontecesse com você e eu não fizesse nada para impedir. Embora não soubesse quem você era... Sei que parece loucura, mas eu tinha de fazer algo, tinha de tentar encontrá-la.

Ficamos em silêncio por alguns minutos. É tudo o que posso fazer para continuar sentada, para não virar a cadeira e sair correndo da sala. Não faz o menor sentido. Como podemos ser tão parecidos.

Olho novamente para ele, perguntando-me se está sendo sincero, se posso sequer confiar nele. Meu coração bate mais rápido só de imaginar a possibilidade de sua honestidade, da ideia de alguém ser tão ligado a mim desse jeito.

– Quando você chegou aqui? – começo. – Como soube quem eu era? Como você conseguiu saber que eu era a garota com quem você tem sonhado?

– Eu soube quando nos trombamos aquele dia. Pude sentir – ele engole seco. – Em todo meu ser.

Engulo seco, também.

– Você sabe como é essa sensação? – ele pergunta. – Sentir as coisas tão intensamente que seu sangue parece quase ferver e evaporar por suas veias?

Estou quase sentindo isso. Aperto as mãos e franzo os lábios, tentando manter tudo no lugar, manter-me sob controle.

– E então? – digo, finalmente.

– Então – ele diz. – Agora que estou aqui, meus pesadelos estão mais fortes do que nunca.

– E o que eles revelam?

Ele desvia os olhos, como se não quisesse me contar.

– Eu tenho de saber. O que você vê?

– Vejo você – ele diz, soltando minhas mãos e segurando uma delas entre as suas. Ele a acaricia gentilmente com o polegar, fazendo meu sangue ferver nas veias e borbulhar por sobre meus ossos.

– Deitada em um caixão.

26

Antes de nos despedirmos, Jacob escreve seu telefone em um pedaço de papel e pede para eu ligar para ele caso precise de alguma coisa. Mas o que preciso mesmo agora é ligar para Drea e Amber e dizer a elas que estou bem. Corro até o telefone do *lobby*.

– Onde você esteve? – Drea pergunta.

– O que você quer dizer? Eu estava aqui, na biblioteca.

– Liguei para a biblioteca. Eles chamaram seu nome.

– Não ouvi ninguém me chamar – digo.

– Eu e Amber ficamos totalmente surtadas – ela diz. – Amber tirou o PJ do quarto dele. Eles estão a caminho da biblioteca para procurar você.

– Estou bem – digo.

– E aí, você o encontrou? – Drea diz. – Ele estava lá?

– Sim.

– E?

– E precisamos conversar sobre isso. Mas depois. E não aqui – olho rapidamente ao redor do *lobby*. Há uma aglomeração de estudantes verificando livros na mesa da recepção e parados perto da porta.

– Chad chegou umas quinze para as nove para buscá-la – Drea diz.

Olho para o relógio. São 21h20.

– Ah!, meu Deus – digo. – Ele está bravo? O que você disse a ele?

– Ele estava mais frustrado do que bravo – ela diz. – Ele esperou por, tipo, uma meia hora e foi embora. Eu disse que você estava fazendo um trabalho de grupo, mas não sei se ele acreditou.

– Tenho de ligar para ele agora – digo. Olho na direção da porta no momento em que Amber e PJ entram apressados.

– Ah!, meu Deus – Amber diz, com um salame grande e grosso enfiado embaixo do braço. – Graças a Deus, você está bem. Eu estava totalmente encucada.

– O que é isso? – pergunto, apontado para talo de 70 centímetros de carne processada.

– Minha arma – ela diz, dando uma bastonada como se quisesse mandar a bola para fora do campo.

– É – diz PJ, puxando uma pistola de água do bolso da jaqueta. – Viemos salvar você.

– Tenho que desligar – digo a Drea. – A cavalaria chegou.

Desligo e começo a discar o número de Chad.

– *Très rude* – Pj diz, pegando o fone e desligando. – Nós viemos até aqui para salvar o seu lamentável ser e é assim que retribui? Fazendo telefonemas na *nossa* vez?

Ele esguicha água algumas vezes em sua baça com a pistola – um líquido azul-esverdeado.

– Precisamos ir – digo. – Conversamos sobre isso mais tarde.

– Então, você falou com ele? – Amber diz, arrancando a embalagem do seu salame. – Detalhes, por favor.

– Mais tarde – insisto.

Amber suspira, mas não faz objeção. Seguro os dois pelo braço enquanto sigo em direção à porta de saída, mas, infelizmente, somos interrompidos por Cory antes de chegar lá. Ele está com seu amigo, o cara que passou a última noite em nosso dormitório.

– O que as garotas procuram aqui numa sexta à noite? – Cory pergunta.

– Infelizmente, esse seu rabo horrível – PJ diz.

O amigo de Cory ignora PJ e se inclina na minha direção.

– Conta para a gente, Stacey, que tipo de bruxaria você está fazendo esta noite?

– Uma que faça a sua hombridade diminuir – Amber diz, segurando o salame como exemplo. – Importa-se em ser o primeiro?

– É! – PJ diz, tomando posição atrás de Amber, com sua pistola de água apontada e pronto para a luta.

– Agora é sério – o amigo de Cory continua, agora falando para mim. – Vamos fazer alguma coisa. Alguma coisa louca: beber o sangue de alguém, sacrificar uns dois cordeiros... Fiquei sabendo que existe uma fazenda enorme não muito longe daqui.

– Acho que você está falando com a pessoa errada – digo, empurrando e passando por ele e Cory, que agora gargalham balançando para a frente e para trás.

– Aliás, meu nome é Tobias – o amigo de Cory diz. – Sou novo aqui.

– Por que não nos disse isso ontem? – pergunto.

– Não senti vontade – ele diz. – Queria permanecer enigmático.

– Ficou mais para ignorante – digo, parando para ver o que estava impedindo Amber e PJ. Ele tinha conseguido derramar todo o líquido azul-esverdeado da sua pistola no chão. Amber o ajuda a secar com um dos enchimentos do seu sutiã antes que a bibliotecária veja.

– Acho que poderíamos elaborar uns planos bem bacanas juntos – Tobias continua, piscando o olho esquerdo para mim.

– Vamos embora! – grito para Amber e PJ, ignorando a sugestão de Tobias.

– *Me* fala, Stacey – Tobias me interrompe. – Todas as bruxas fazem xixi na cama e vomitam na aula de ioga? Ou só aquelas que são péssimas em salvar as pessoas?

Eu congelo, mas sinto minha boca abrindo. Olho para ele, para o grande e estúpido sorriso em seu rosto.

– Tsc!, tsc!, Stacey – ele diz. – Você deveria ter ido à cerimônia da Veronica Leeman na capela. Você não tem muito respeito pelos mortos, tem?

– Vai se danar – Amber diz para ele. Ela me segura pela mão e me puxa rapidamente pelo segundo grupo de portas.

Tobias nos segue para fora.

– Só estou cuidando dos interesses da Veronica, Stacey. E ela quer que você vá!

– Do que você está falando? – Amber se vira para ele.

– Nós falamos com ela.

– Deve ter sido uma conversa meio unilateral – Amber diz. – Caso você tenha se esquecido, a garota está morta.

– Falamos com o espírito dela – Cory grita atrás de nós, enquanto nos afastamos. – E ela está muito brava.

27

Tento ligar para Chad assim que chego ao quarto, mas ele não atende, mesmo depois de sete tentativas consecutivas. Ótimo! Contemplo a ideia de atravessar o campus até seu dormitório, mas como não sinto que devo sair da segurança da minha cama e de perto da minha tigela medicinal de pétalas de lavanda neste momento, e já que ele obviamente não quer falar comigo, decido apenas deixar algumas mensagens e esperar o melhor. Sinto-me realmente mal por ter perdido nosso encontro, mas minha vida amorosa não é exatamente minha prioridade agora – nem dá para ser. Nem posso me dar ao luxo de me preocupar com Cory e sua pretensa sessão espírita. Preciso me concentrar em mim mesma, na possibilidade de terminar em um caixão antes que a semana acabe.

Conto para Drea e Amber tudo sobre meu encontro com Jacob, os mínimos detalhes, desde a rocha de cristal até o caixão. Menos, é claro, a parte sobre seus olhos e o jeito com que ele tocou minha mão e a maneira estúpida, *estúpida* como me senti toda nervosa perto dele.

– Então o que isso deve significar? – Amber pergunta. – Ele é algum feiticeiro? Você realmente acredita nessa merda?

– Não um feiticeiro – digo –, um bruxo. Feiticeiros são pessoas que quebram o juramento.

É estranho rotulá-lo, colocar uma definição semipronta em sua testa para que os outros possam compreendê-lo.

– Tanto faz – Drea diz. – Um cara bruxo?

– Não é uma religião sexista – digo. – E você não tem que ser mulher para pressentir as coisas.

– Acho que um cara bruxo *pode* ser meio *sexy* – Amber diz, coçando o queixo ao pensar. – Mas isso ainda não prova nada. Todo mundo nesse campus meia-boca sabe sobre seus pesadelos com Maura. Você falou sobre eles no julgamento do ano passado, quando lhe perguntaram sobre suas primeiras experiências com as premonições.

– Eu sei – digo, esmagando as pétalas de lavanda com o polegar, absorvendo a essência suave. – Mas quando falei sobre esses pesadelos com a Maura, referia-me àqueles que tive três anos atrás. Isso é diferente. Ele sabe que estou tendo pesadelos com ela *agora*. Ele também sabe que tenho pesadelos com Veronica Leeman.

– Então quem mais, além de nós, sabe dessas coisas? – Amber pergunta.

– Só você – digo.

– E Chad e PJ – Drea completa.

Confirmo.

– Então eles devem ter espalhado por aí – Amber diz. – Principalmente o PJ.

– Pode ser – digo. – Mas por que Jacob veio lá do Colorado até aqui para me dizer que estou em perigo? O que ele teria a ganhar?

– Talvez ele seja um dos fãs de fantasmas – Amber diz.

– Você não acha que há alguma chance de ele estar dizendo a verdade sobre as premonições? – pergunto.

– Sequer sabemos se ele está falando a verdade sobre sua transferência do Colorado para cá – diz Amber. – Pelo que sabemos, ele pode ter vindo da cidade vizinha.

– Claro que há uma chance – Drea interrompe. – Olhe para Stacey. Veja como ela é capaz de prever as coisas.

– É, acho que é possível – Amber diz. – Mas me parece bem tosco, sabe? Ele está se esforçando para conquistar o lado bom de Stacey. Só acho que deveríamos ter certeza.

– Acho que sim – digo. – Acho que devemos tentar descobrir se ele realmente *veio* do Colorado, e então perguntar a PJ e Chad e ver se eles disseram alguma coisa.

– Não acho que Chad sairia espalhando essas coisas – Drea diz.

– Você está certa. – Ele não faria isso. Especialmente porque ele acha que meus pesadelos são psicossomáticos.

– Sendo *psico* a palavra ativa – Amber diz.

– E faz todo o sentido para mim – digo, ignorando o comentário de Amber. – Por que alguém viajaria toda essa distância enorme para avisar uma pessoa que sua vida está em perigo? Um jeito de se salvaguardar de anos de culpa iminente.

– É, mas por que ele esperou tanto para falar com você? – Drea pergunta. – Quer dizer, se ele supostamente tem tido pesadelos desde o verão...

– Boa pergunta – digo, mordendo o lábio.

– Por agora, acho que deveríamos ficar longe desse cara – Amber diz. – Pelo que sabemos, ele até poderia ser outro clone do Cory.

– Não sei – Drea diz. – Talvez ele realmente possa nos ajudar. Digamos que ele realmente tenha *vindo* do Colorado; por que ele se importaria em viajar toda essa distância se não está falando a verdade? Você acha que alguém pode ser tão fanático?

– Olhe para o *show* de horror Trish Cabone – Amber diz. – Ele veio até aqui lá de Rhode Island.

– Hum!, mas isso só fica a um estado de distância – Drea diz. – Quando foi a última vez que *você* olhou para um mapa?

Amber dá de ombros.

– Talvez ele tenha vindo até aqui pelo prestígio que Hillcrest tem – Drea diz.

– É. Tenho certeza de que todos os futuros universitários são doidos para entrar no colégio Morte-Crest – ironiza Amber.

– Olha – começo. – Tudo o que sei é que estou tendo pesadelos que me dizem que terei de implorar para morrer em menos de uma semana. Estou recebendo cartas que dizem a mesma coisa. E, enquanto isso, um cara afirma sonhar com meu funeral.

– Não esqueça das visitas à sala do aquecedor no meio da noite, a música infantil diabólica e as letras *M* em vermelho – Amber lembra.

– Certo – digo. – Estou pensando em levar isso a sério.

– *Bem* a sério – Drea diz.

Amber pinça uma pétala de lavanda e a coloca por dentro da camiseta.

– Acho que devemos ficar de olho em Cory e em Tobias também – diz.

– E em Trish e Emma – Drea completa.

– Você acha que é verdadeiro aquele papo besta de sessão espírita? – Amber pergunta.

– Do que vocês estão falando – Drea pergunta. – Que sessão espírita?

– Aparentemente, Cory e seus clones fãs de fantasmas evocaram o espírito de Veronica – Amber diz. – Eles disseram que ela está louca da vida com Stacey.

– Tente não se estressar com isso – digo. – Quer dizer, sei que é fácil falar, mas concordo com Amber nisso: essa sessão espírita dele é um papo besta.

– Como você sabe? – Drea respira fundo e pega uma barra de chocolate na mesa de cabeceira. – Eu não acho que estou pronta para isso.

– Nós vamos resolver – Amber diz.

– As últimas palavras são mais famosas – Drea diz, roendo sua barra de conforto sabor chocolate.

28

Fico acordada deitada na cama, tentando descobrir na minha cabeça sobre o que minha mente e meu corpo estão tentando avisar, o que as mensagens e a canção significam, assim como tudo o que Jacob disse. Mas em vez de se tornar mais claro, apenas me sinto mais confusa, mais em pânico, como se minha cabeça fosse um globo de bingo gigante e essas perguntas sem fim que giram lá dentro fossem as bolinhas rodando. Não consigo me concentrar mais do que dois minutos. Parece que sempre que tento, minha mente começa a vagar. Por mais que eu queira, simplesmente não consigo parar de pensar em Jacob – o que me deixa completamente furiosa, porque estou pensando nele e não em Chad. E o que me enfurece ainda mais é que eu não deveria pensar em nenhum dos dois. Deveria estar resolvendo as coisas.

Por tudo isso, decido fazer um feitiço esta noite, um que promova a claridade, que me ajude a obter uma compreensão melhor das coisas. Coloco o livro de recortes da família aberto em cima da cama para me dar inspiração e referências e sigo adiante, fazendo cópias das cartas na biblioteca caso eu precise delas posteriormente como evidências. Coloco as cópias na minha caixinha de joias por precaução e deixo as originais para o feitiço.

Amber e Drea concordam em me ajudar. Elas se sentam aos pés da minha cama – Amber, ocupando-se em energizar todos os itens do feitiço, passando um por um pela fumaça do incenso; e Drea, cortando as cartas em pequenos quadrados.

Sinto-me bem com Drea me ajudando assim, falando sobre a situação como se fosse nosso problema e não apenas meu. Sei o quanto isso deve ser difícil para ela, não apenas por colocar de lado qualquer energia negativa entre nós, mas por colocar meu bem-estar acima de seu próprio.

Usando uma lâmina, entalho no topo de uma vela amarela grossa, fazendo o possível para chegar perto do pavio mas sem cortá-lo, e para cavar um espaço côncavo grande o bastante para que a cera derretida se junte ali. Acendo a vela e a coloco em um prato de cerâmica. Preciso capturar a essência de Jacob de algum jeito. Normalmente usaria um cacho de cabelo ou uma lasca de unha – como sugere o livro de recortes –, mas como não tenho essas coisas, preciso de outros recursos. O cristal me vem à mente. Eu o coloco na palma da mão, imaginando se isso vai dar certo, mas ele realmente não o capturou – seu espírito – do jeito que preciso. Preciso de algo mais pessoal, mais íntimo. Torturo meu cérebro em busca de alguma ideia, mas a única que me vem à mente, a única que sei que pode virar, são aqueles olhos azuis-ardósia e o que eles me fazem sentir, fazendo com que eu quase queira arrancar meus próprios olhos com uma caneta esferográfica. Quer dizer, *o que* há de errado comigo? Mesmo assim, como é a única coisa em que consigo pensar no momento, não tenho escolha. Acendo minha vela azul mais brilhante e a coloco do lado.

– Então – Amber começa –, esse cara, Jacob, admitiu ter enviado essas cartas?

– Não – digo. – É estranho. Ele parece saber sobre as coisas que estou recebendo, mas quando perguntei se vinham dele, ele apenas balançou a cabeça.

– Então, se não é ele – Drea diz. – Pode ser qualquer um.

– Brilhante, hein Sherlock? – Amber diz.

– Não, quero dizer que pode ser *qualquer um*. Até mesmo uma garota. Nós pensamos desde o começo que era um cara, certo? Por causa da invasão. Porque Stacey ouviu uma voz masculina e viu uma figura masculina aquela noite na sala do aquecedor. Mas se aquele era o Jacob, e se foi o Jacob quem mandou o *e-mail*, então não temos outras evidências de que seja um cara que esteja atrás dela, certo?

– Então me fala, ó sábia – Amber entoa. – Se você fosse uma perseguidora maluca, realmente admitiria para seu alvo que é você quem manda todas essas coisas psicóticas?

– Seu eu fosse uma perseguidora maluca – Drea diz. – Sequer admitiria *saber* sobre as coisas psicóticas.

Faz muito sentido. E é por essa razão que acreditei em Jacob quando ele disse que as mensagens e a fita não vieram dele.

– Você acha que uma garota enviou essas cartas? – Amber pergunta, passando o carretel de linha negra pela fumaça do incenso.

– É possível – Drea diz. – Quer dizer, não precisa necessariamente ser um cara.

– Sem chance – Amber diz. – Essas cartas são cromossomo Y. Ameaças de morte feitas por uma garota teria muito mais estilo.

– Aí está uma teoria brilhante – Drea corta a última das cartas e joga os pedacinhos quadrados de papel na tigela. – Nós não podemos excluir ninguém mesmo.

– E não vamos – digo, despejando a tigela de cera de vela amarela no prato de cerâmica. Deixo a cera da vela azul-claro pingar sobre ela e então misturo as duas cores com o cabo da colher – amarelo, para claridade; e azul, representando Jacob.

Depois que a cera leva o tempo suficiente para esfriar, eu a pego com os dedos e esculpo o formato de um corpo.

– O que é isso? – Amber pergunta.

– Uma efígie – repito. – Um figura de cera, basicamente.

– Como no vudu? – Drea pergunta.

– Tipo isso – digo – vai ajudar a deixar as coisas mais claras.

Desenrolo vários metros de linha do carretel e a enrolo na cintura da efígie o tanto de vezes que acho ser necessário, até sentir no coração que obtive controle total sobre ela. E então continuo a trabalhar com a linha ao redor da figura – sobre os ombros, por toda a perna e ao redor dos tornozelos, concentrando-me na ideia de aplacar minha confusão e superá-la.

– Você acha que ele gosta disso? – Amber pergunta.

– Se eu acho que *quem* gosta *do quê*? – pergunto.

– O Efi – ela diz, dando um nome ao meu boneco de cera. – Você acha que ele gosta de ser amarrado desse jeito? Sabe, será que ele fica excitado?

– Alguém tem que arrumar uma ajuda médica para essa menina – Drea suspira.

Não posso evitar uma risadinha em resposta.

Depois de enrolá-lo mais algumas vezes com a linha, sinto-me realmente fortalecida, como se finalmente estivesse apta a entender minhas perguntas. Deito o boneco em um lencinho de algodão energizado e dou uma última e longa olhada para o corpo – que está com uma coloração esverdeada agora, uma mistura da claridade e do mistério, agora freado por minha atenção. Espalho os pedaços das cartas sobre ele.

– Assim ele não vai ficar com frio? – Amber pergunta.

– Assim os pedaços serão unidos em meus sonhos – corrijo. – Quando você tem um meio melhor de lidar com as coisas, os pedaços surgem de maneira mais completa.

– Hum! é isso que eu sempre digo.

Sorrio para o sarcasmo de Amber e, cuidadosamente, enrolo a efígie no lenço. Eu a coloco sob meu travesseiro, confiante em ter sonhos reveladores esta noite.

29

Sigo por um corredor extenso e estreito no porão do edifício O'Brian. Está escuro, exceto por algumas lâmpadas amarelas alinhadas sobre minha cabeça, e quieto, salvo por alguns canos que vazam, pingando por todo o teto – o som da água atingindo o chão de cimento.

Cruzo os braços para acalmar o frio e continuo em direção ao fim do corredor, o chão repleto de latas e outros artigos de reparos. Há portas enfileiradas nas duas paredes. Pressiono meu ouvido contra uma delas, mas não ouço nada. Tento a maçaneta. Trancada.

Há um som vindo de uma das últimas portas. Um som rítmico de batidas, seguido pelo retumbar de passos contra o pavimento. Como se alguém pulasse corda.

– Olá? – grito, minha voz ecoando pelas paredes de concreto.

Mas ninguém responde.

– Maura? É você?

Dou alguns passos a mais, fazendo o possível para escutar qualquer movimento no fim do corredor. Mas há tão pouca luz, as lâmpadas acima estão muito separadas e fracas para permitirem que haja mais do que sombras. Posso ver uma sombra na parede, bem à direita da porta no fim do corredor – uma sombra que faz um movimento contínuo girando ao redor de si mesma.

Continuo a andar na direção do movimento, na direção do som, e então ouço uma voz – a voz de Maura – cantando:

> *Senhorita Marieta, eta, eta, de preto vestida, vestida, vestida.*
> *Tem uma faca, faca, faca, nas costas enfiada, enfiada, enfiada.*
> *Não pode respirar o ar, o ar.*
> *Não pode chorar, chorar, chorar.*
> *Por isso pede, pede, pede para morrer, morrer, morrer.*

Um arrepio percorre minha nuca. Meu coração começa a bater mais forte em meu peito. Dou outro passo e paro. A sombra de seu corpo, pulando corda, está a alguns metros agora.

– Maura?

Ela me ouve. Eu a assustei, acho. A cantoria para. A sombra para no meio de um giro da corda e a corda cai no chão.

– É a Stacey – digo.

Sua sombra se agacha no chão, como se quisesse se esconder. E então vejo a sombra do movimento de seu braço; ela desenha alguma coisa no chão – a letra *M* com giz de cera vermelho-escuro.

– Maura? – pergunto. – Seu nome? É isso que significa o *M*?

Mas em vez de responder, ela foge – sua sombra corre ao longo da parede, até se perder de vista. Deixando-me sozinha.

Vou para a direita para segui-la, mas paro, notando a corda no chão – não apenas a sombra, mas a corda real. Pego e a cheiro. Tem cheiro de doce de morango e pipoca amanteigada. Como ela. Do jeito que me lembro dela.

– Maura? – chamo.

Posso ouvi-la – o som fraco de seu choro. Vem de trás da porta. Encosto meu ouvido no vão da porta e consigo ouvi-la claramente; está chorando, resmungando meu nome entre os soluços, suplicando para deixá-la sair.

Giro a maçaneta, mas está trancada. Eu a puxo, chuto, coloco o pé na parede para me dar maior impulso e empurro a maçaneta com toda minha força. Mas é inútil, a porta não vai se mover.

– Maura – grito. – Você pode me ajudar? Pode abrir a porta e me deixar entrar?

Enfio os dedos no vão da porta e faço o possível para tentar abri-la assim. Mas não consigo enfiar meus dedos o quanto é necessário. Eles ficam escorregando, alguns sujos de sangue por conta das farpas.

Maura chora mais alto, quase gritando – um choro assustado, horrível e sem esperança. Coloco as mãos nos ouvidos e me escuto chorar também.

– Stacey – ela me chama entre os soluços.

– Estou aqui! – grito no vão da porta. – Não vou abandoná-la.

Escuto o corpo escorregando contra a porta. Seu choro na altura do meu joelho, agora. Agacho-me para ficar mais perto dela.

– Consegue me ouvir? – pergunto.

Mas o choro para de uma vez.

– Maura? – levanto-me e bato na porta. – Você ainda está aí? Você está bem?

– Ainda estou aqui, Stacey – responde uma voz de homem, uma voz que não reconheço.

– Onde está a Maura? – eu grito.

– Seja bem-vinda de volta – ele diz.

– Onde ela está? – chuto e bato na porta com toda a energia que me resta.

– Esperando ansiosa por nosso encontro? – ele pergunta. – Esperei por muito tempo.

– Quem é você? – afasto-me da porta, esperando alguma resposta, mas não há. Depois de vários segundos, começo a analisar a porta: as dobradiças, o vão embaixo, a maçaneta. É quando noto o buraco da chave. Passo meus dedos por cima do batente da porta e a encontro: uma chave enferrujada respingada de tinta verde. Eu a enfio na fechadura e tento a maçaneta. Desta vez, ela gira.

Dou um passo para dentro. Está ainda mais escuro aqui, o cheiro é uma mistura de poeira e mofo. Movimento as mãos, sentindo a parede em busca de um interruptor, mas não consigo encontrar. Algo afiado na parede machuca um dos dedos que já estão sangrando. Enfio o dedo na boca e abro bem a porta para deixar entrar um pouco da luz do corredor.

Parece que é algum tipo de galpão. Há ferramentas penduradas por toda a parede, uma bancada à minha direita e prateleiras de metal à esquerda. Aproximo-me mais um passo, olhando para os pedaços de papel dobrados e alinhados nas prateleiras de metal – dúzias e dúzias de peças de origami – todos os tipos de pássaros, gatos, coelhos, sapos, cobras...

– Maura – eu chamo. – Você está aí?

Entro mais e a porta se fecha, com uma batida forte. Sinto minha respiração acelerar, meu coração batendo forte em meu peito. Está completamente escuro agora.

Há um som de algo se movendo no canto.

– Maura – sussurro.

Consigo ouvi-la tossindo, com ânsia. Como se ela estivesse se sufocando ou algo do tipo.

Também sinto ânsia, meu estômago está gorgolhando, fechando-se como um punho. Com os braços esticados, sigo em direção ao canto onde acho que ela está se escondendo. Mas há algo me bloqueando de chegar até ela. Não consigo passar – não consigo dar a volta nem pular por cima. Uma máquina pesada de algum tipo. Minhas mãos e meu pescoço estão suando. Minha boca está seca, uma membrana grossa, pastosa envolve minha língua.

Há um som de campainha em algum lugar atrás de mim. Um telefone na bancada, acho. É Jacob. Ele tem alguma informação para mim, algo que precisa me dizer. Eu simplesmente sei que é isso.

Seguro o estômago e me viro para achar o telefone. Mas no lugar disso encontro ferramentas. Minhas mãos vacilantes tateiam sobre elas – um martelo, uma chave de fenda, alguns pregos enferrujados, um extintor. Coisas que posso usar para dar o fora daqui – para derrubar a porta.

Maura ainda está passando mal no canto. O único jeito de ajudá-la é encontrar o telefone e descobrir o que o Jacob tem a me dizer. Mas o enjoo no estômago me deixa presa no lugar.

– Stacey – uma voz grita. – Você poderia atender esse telefone? Está perto de você!

É a voz de Amber.

– Stacey?

Acordo de sobressalto e me sento na cama. O telefone está tocando na minha mesa de cabeceira.

Amber também está sentada na cama.

– Você quer que eu atenda? – ela pergunta.

Balanço a cabeça e pego o telefone, meu coração ainda está acelerado em meu peito, meu rosto ainda suando.

– Alô? Jacob?

– Não, Stacey. É a mamãe. Quem é Jacob?

– Oi, mãe – digo, constatando o gosto amargo e viscoso em minha boca. Se Amber não tivesse me acordado, eu provavelmente estaria coberta de vômito agora. Faço um sinal de o.k. para Amber e ela responde se jogando na cama. Ela se vira para o outro lado e puxa as cobertas, cobrindo a cabeça.

Olho para o relógio. Passa da meia-noite.

– Você está bem? – pergunto para minha mãe.

– Só não estou conseguindo dormir. Desculpe por ligar tão tarde. É que estou preocupada com você. Quem é Jacob?

– Só um cara. Um amigo. Espera... Por que você está preocupada?

– Por causa do que você disse, sobre os pesadelos.

Respiro fundo e solto o ar bem devagar. Eu realmente não quero entrar nesse assunto de novo com ela. Não agora. Neste momento, quero ligar para Jacob. O sonho parecia tão real. Como se ele realmente tivesse algo a me dizer, algo que eu precisasse saber.

– Acho que talvez você devesse se ocupar com algum *hobby* – ela diz.

– *O quê*?

– Um *hobby* – ela repete, sua voz vacilando.

– Você está falando *sério*?

– Se envolver com algum clube do colégio, talvez... Algo relacionado às artes – ela continua depois de uma pausa. – Ou tentar um esporte. Talvez se você se socializar com jovens que tenham interesses diferentes isso a ajude a relaxar um pouco. Fiz muita pesquisa na internet sobre os pesadelos e me pareceu que eles acontecem muito com pessoas que não têm outras maneiras de canalizar o estresse.

Um *hobby*? Algo relacionado às artes? É quase maldita meia-noite e meia. Será que ela está fora de si?

– Podemos falar sobre isso depois? – pergunto.

– Claro, querida. Só quis ligar e lhe dizer isso. E dizer que estou pensando em você. E que a amo.

– Eu sei que me ama, mãe.

– Tá bom, querida.

Por vários segundos, há um silêncio entre nós. É quase como se ela tivesse mais alguma coisa para me dizer, como se tivesse alguma outra intenção. Mas apenas ficamos quietas, ouvindo a respiração uma da outra. Parte de mim quer dizer a ela que também a amo, mas estou muito irritada. E sei que isso provavelmente é egoísmo, que ela obviamente se preocupa comigo para me ligar a essa hora, para se sentir tão atormentada com isso. Mas há outra parte de mim que se sente amargurada, ressentida por ela não me levar a sério. Especialmente depois de tudo o que passei.

Desligamos um pouco depois. O pedaço de papel que Jacob me deu com seu número anotado está em cima da cômoda. Disco seu número.

– Stacey? – ele atende.

– É – eu sussurro. – Como você sabe?

– Eu tentei ligar, mas estava ocupado. Imaginei que ia me ligar.

– Precisamos conversar – digo.

– Sim – ele concorda. – Precisamos. Podemos nos encontrar esta noite?

Meu coração começa a bater mais depressa. Porque estou assustada. Porque ele parece tão urgente. Porque é ele e não sei o que esperar. Olho de relance para Amber e Drea, dormindo em suas camas.

– Tá bom – respondo – Onde?

Combinamos de nos encontrar na lavanderia perto do dormitório das garotas do primeiro ano. Enfio algumas roupas em uma fronha para deixá-la parecida com uma travesseiro, enfio meus pés em um par de tênis e agarro o casaco e a lanterna. Em silêncio, sigo através do *lobby* e passo pela porta da frente, notando imediatamente que a porta não está trancada. Mas não tenho tempo para ficar nervosa com isso porque, bem na minha frente, amarrado no galho de um dos ciprestes em frente ao nosso dormitório, há um tipo de corda. Os refletores no alto o iluminam, balançando ao vento.

Desço os degraus e me aproximo. Sei que é para mim e sei o que é isso. E estou certa. É só uma corda de pular – como aquela do meu sonho. Mas esta está amarrada com um nó de forca.

30

A corda com nó de forca está presa a um galho bem acima da minha cabeça, as duas alças de plástico balançando em frente aos meus olhos. Afasto-me alguns passos e cubro a boca, balançando a cabeça como se não fosse real, como se não pudesse ser verdade. Um som parecido com o de um assovio se precipita por minha boca. Meu nome está escrito com caneta preta em cada uma das alças, então não há dúvida de que isso é para mim – de que alguém quer me matar.

– Stacey? – diz uma voz atrás de mim. Uma voz de homem, não a reconheço imediatamente.

Sinto meus ombros enrijecerem, minha mandíbula trava.

– Sou eu – ele diz.

Viro para olhar. É Jacob, parcialmente coberto pelas sombras.

– Você está bem? – ele pergunta, dando um passo adiante. Ele olha para a forca e então vai em sua direção.

– O que é isso? – ele pergunta.

– O que você está fazendo aqui? – seguro mais firme o saco da lavanderia, sentindo o peso no fundo. Se eu precisar, posso usá-lo para lutar.

Ele puxa a corda do galho e passa os dedos pelas alças, talvez tentando sentir algo do meu nome.

– Eu *disse*: o que você está fazendo aqui?

– O que você quer dizer? – ele pergunta. – Nós tínhamos de nos encontrar.

– Na lavanderia – digo. – Do outro lado do campus.

– Eu sei. Só achei que você não deveria andar sozinha por aí no meio da noite.

– Quanta consideração – digo, olhando para a forca em sua mão, perguntando-me se não foi ele quem fez isso para mim.

– Assim que desliguei o telefone, corri para cá para encontrá-la – ele diz, agora tentando sentir algo nas fibras da corda. – Você tem alguma ideia de quem pode ter colocado isso aqui?

– Talvez você possa me dizer – digo, notando que ele está totalmente vestido, que seu cabelo está levemente molhado, ou com gel – como se ele não estivesse na cama.

– Hum! – ele diz, parando na parte com nó, ignorando minha observação.

– O quê? – pergunto.

– Você se importa se eu pegar isso? Pode ser que consiga usar. Pode ser que eu consiga descobrir quem colocou isso aqui.

– Acho que não – digo, tirando a corda de sua mão. Também sinto as alças, as pontas dos meus dedos ainda estão formigando por terem sido machucada e espetadas no meu sonho. Verifico se há cortes, mas não há. E não sinto nada, a não ser meu próprio medo.

– Devemos conversar. Mas não aqui. Você ainda quer ir até a lavanderia?

Balanço a cabeça. Tudo o que realmente quero é voltar para dentro, enfiar-me no abrigo de minhas cobertas e recomeçar esta noite. Seguro mais firme a corda, querendo espremer qualquer sinal, qualquer pista, qualquer *coisa* daquilo. Mas é como se minha mão estivesse dormente, insensível.

– E que tal a sala do aquecedor em seu dormitório? Eu sei como entrar.

Como se eu fosse capaz de esquecer.

– Acho que não – digo.

– Então onde? – ele pergunta.

Por apenas um segundo, penso em pedir para que ele vá embora, que não temos nada a dizer um ao outro. Mas considerando tudo, sei que devo ouvi-lo. Meus sonhos e a carta me dizem que tenho menos de uma semana para descobrir o que está acontecendo. Menos de uma semana – apenas alguns dias. Ou menos. Pelo que me consta, pode ser amanhã. Ou esta noite.

Olho por sobre os bancos do gramado, a luz forte dos refletores iluminando-os.

– Ali – digo. Antes que Jacob possa responder, agarro a rocha de cristal em meu bolso e começo a andar até o ponto.

– Você sabe, podem nos encontrar aqui. Já passou muito do toque de recolher.

– Eu realmente não ligo. Nem sei por que temos de nos encontrar. Por que simplesmente não conversamos ao telefone?

– Posse sentir mais sobre você quando estamos juntos – ele responde.

– E o que está sentindo agora?

– Que você está correndo perigo.

Paro e olho para ele.

– É por esse motivo que você tentou me ligar esta noite?

– Eu poderia perguntar a mesma coisa. – Por que *você* ligou para *mim*?

Sento em um dos bancos.

– Porque achei que precisávamos conversar.

Jacob se senta ao meu lado. Ele concorda, seu olhar tão penetrante, como se pudesse ver dentro de mim, dentro daquele canto longínquo dentro de mim, o lugar que nunca revelo – nem mesmo para Chad. Chad. Desvio o olhar e tento sugá-lo para minha mente – para me lembrar que é ele quem amo, que é com ele que me importo. E, ainda assim, nosso relacionamento tem sido uma completa e total desgraça, depois de meses e meses da quase perfeição.

– Tive outro pesadelo com você esta noite – Jacob diz, sugando-me de volta ao lugar.

Arrisco-me a olhar para seu rosto, notando pela primeira vez a verruga abaixo de seu lábio inferior.

– Sonhou o quê?

– Que você passava mal.

– Passava mal como?

– Mal do estômago. Como se estivesse de ressaca, com vômitos.

– Você provavelmente sonhou isso porque vomitar se tornou um tipo de modalidade esportiva para mim ultimamente. Acho que o pessoal me apelidou de a garota do exorcista.

Ele se encosta no banco e olha para o nada, como se tivesse outra coisa na mente, algo que não pudesse me contar.

– O quê? – pergunto.

– Nada – ele diz.

– Nada de nada?

– Apenas acho que há mais que isso, só.

– Como o quê? Com o que mais você sonhou?

– Mãos – ele diz, olhando para mim.

– Mãos?

Ele concorda.

– Ao redor do seu pescoço.

– O que quer dizer?

– Quero dizer que acho que alguém vai tentar estrangular você.

– Então é por esse motivo a forca?

Jacob balança a cabeça.

– É como se alguém quisesse assustá-la. E como ou você os persegue, ou eles virão atrás de você.

– Quem?

– Eu não sei. Mas tenho absoluta certeza de que é alguém que você já conhece.

– Como você sabe isso?

– Porque quando isso acontece, quando vocês dois ficam frente a frente, é como se você não tivesse medo da pessoa, pelo menos não no começo. É quase como se você estivesse esperando por ele.

– Hum!, então é um cara?

Ele balança a cabeça.

– Não sei ao certo. As mãos parecem bem fortes, mas não fui capaz de ver tantos detalhes sobre ele ainda.

– O *que* você vê? – pergunto.

– Vejo as mãos apertando, e posso ver você... Sufocando-se.

Tento digerir a imagem, mas ela não quer passar por minha garganta. Deixo escapar uma tosse e cubro a boca tentando segurar tudo.

– Você está bem? – Jacob pergunta. Ele toca meu ombro. – Talvez eu não devesse ter lhe contado.

– Não, está tudo bem. Vou ficar bem – balanço a cabeça, tentando afastar a imagem da minha cabeça: a mão de alguém ao redor de meu pescoço, levando-me à morte. Mas em vez disso, a imagem pressiona meu peito. Faço o possível para olhar para a lua cheia e respirar sua energia, mas, ao contrário, sinto o ar sendo bloqueado, como se eu estivesse desmoronando e não pudesse fazer nada a respeito.

A mão de Jacob desliza por sobre meus ombros, até me abraçar.

– Eu sei que você ficará bem – ele diz calma e firmemente. – Porque vou ajudá-la.

Uma parte de mim quer afastar sua mão, mas não o faço. Porque há uma parte maior – talvez uma parte mais fraca – que precisa de conforto neste momento. Mantenho minha concentração para longe dele para não revelar muito, mesmo que eu saiba que estou sendo pateticamente transparente.

– Eu nem o conheço – digo, secando os olhos. – Isso nem faz sentido.

– O que não faz sentido?

– Em primeiro lugar, você começou a sonhar comigo. Você nem me conhece. Quando eu tinha pesadelos com Drea e Maura, era diferente. Eu as conhecia. Eram pessoas importantes em minha vida.

Jacob me aconchega mais perto de si, tão perto que consigo sentir seu peito se movimentando a cada respiração. E consigo sentir seu cheiro. Ele cheira a incenso de citronela – um cheiro que quero absorver para minha pele. Fecho os olhos, tentando fortemente conter minhas emoções, soltar a tensão com o ar. Ficamos sentados ali por vários segundos sem dizer uma palavra.

– *Me* desculpe – digo, retomando um pouco de força. Sento direito e olho para seu rosto, tão perto de mim, seu queixo anguloso a poucos centímetros da minha testa.

– Está tudo bem – ele diz. Ele coloca a mão sobre o bolso do meu casaco e sente o cristal lá dentro, pressentindo de alguma forma que eu o havia trazido. – Somos conectados de alguma forma. Por qual outro motivo eu estaria sonhando com seu futuro? Por qual outro motivo saberia que você tem pesadelos com Maura e com Veronica Leeman? Você nunca considerou isso?

Acho que já. Acho que é essa conexão da qual ele fala que me deixa toda nervosa sempre que estou perto dele. Puxo o saco de suas mãos e olho fixo para meu colo, fazendo o possível para suprimir o rubor que sinto se espalhando por meu rosto. Eu me odeio por me sentir assim – agora, mais do que nunca, quando minha vida está em jogo, quando tenho sérios problemas com meu namoro. Respiro fundo para reprimir a confusão e a frustração que sinto se abaterem em meu peito, na minha boca e atrás de meus olhos.

– Como você sabe com o que eu sonho? – pergunto.

– Apenas sei – ele diz. – Não consigo explicar. Apenas sinto as coisas. Vejo as coisas; às vezes enquanto estou dormindo, às vezes não.

Concordo e desvio o olhar, esgotada demais emocionalmente para perguntar mais sobre isso. E além do mais, sei exatamente sobre o que ele está falando – como ele e eu somos completamente iguais nesse sentido.

– Diga algo – ele diz.

– Como o quê? – eu engulo seco, voltando a olhar para ele. Para seus olhos.

– Como que você acredita em mim, como que você acredita que posso ajudá-la.

– Não consigo ter certeza de nada neste momento – digo.

– O que posso dizer ou fazer para você ter certeza? – ele pergunta.

Penso por um momento, e então a pergunta se torna óbvia.

– Como posso saber que você realmente veio do Colorado, que você realmente veio até aqui para tentar me ajudar?

Sem hesitação, Jacob puxa uma carteira de seu bolso e me mostra alguns documentos, com fotos – uma carteira de motorista de Vail, Colorado, junto com uma identidade escolar com seu nome e endereço.

– O.k!, então se você veio até aqui só por minha causa, por que demorou dois meses para entrar em contato comigo? Quer dizer, se estou correndo tanto perigo...

– Porque estava com medo – ele responde.

– *Medo*? Medo do quê?

– *Disso*. De você não acreditar em mim. Eu queria observá-la por um tempo – ele faz uma pausa. – E queria sonhar mais com você.

– Você estava me observando? – pergunto, lembrando das palavras escritas na fita cassete que deixaram no nosso quarto.

– Olha – ele diz. – Eu sei que você não confia em mim. E com todos os malucos que existem neste campus, não sei ao certo se posso lhe dar uma boa razão para você confiar, mas não tenho por que mentir. Com ou sem minha ajuda, alguém vai tentar machucar você. E se você não fizer nada a respeito, acho que eles podem ter sucesso.

Olho para baixo, para a forca, ainda em minhas mãos.

– Eu não confio em ninguém.

– Nem mesmo no Chad? – ele pergunta.

– Deixe-o fora disso.

– Não consigo – ele diz, mordendo o lábio, olhando para os meus.

– Por quê?

– Porque não consigo – ele se vira, deixando-me faminta por mais.

Estou tentada a perguntar de novo, mas não o faço. Porque talvez eu não esteja pronta para saber... E talvez eu já saiba.

– Tenho que ir – digo.

– Não – ele diz, tocando meu braço. – Desculpe. Eu não sei o que há de errado comigo.

Também não sei o que há de errado comigo. Ficamos sentados em silêncio, os dois sabendo que devemos nos despedir, mas nenhum de nós faz nada. Depois de vários desconfortáveis minutos, Jacob desencosta do banco e se inclina em minha direção, seu rosto tão perto que consigo sentir o cheiro da sua pele, o cheiro de citronela. Faço o possível para desviar o olhar, pisco o olho. Olho para a lua. Até tento me lembrar da horrível realidade em forma de forca que está na minha mão. Mas nada funciona. Os olhos azuis-ardósia de Jacob fixos em mim, quase me paralisando no lugar. Ele se inclina um pouco mais e sinto meus lábios abrirem.

– Stacey? – diz uma voz.

É Chad.

Meu coração se entesa. Fecho os olhos, desacreditando no quão estúpida sou, e me viro para encará-lo.

O olhar de Chad alterna entre mim e Jacob.

– Chad – digo, levantando-me. – Não é...

Mas sequer consigo terminar o pensamento. Chad parece tão completamente perplexo – seu rosto torcido, como se ele não entendesse. Ele desvia o olhar, como se a imagem de Jacob e eu aqui, assim, o machucasse muito – como se *eu* o houvesse machucado muito desta vez.

– Posso explicar – digo a ele, pensando no quanto isso soa inacreditavelmente banal.

Jacob levanta e para ao meu lado.

– Não é o que você está pensando – ele diz. – Tem sido uma noite ruim.

– Aparentemente, apenas para algumas pessoas – Chad olha uma última vez para mim antes de virar e ir embora, fazendo como que eu me sinta pior.

– Desculpe – Jacob diz. – Você quer que eu vá falar com ele?

– Não – digo. – Eu vou.

Só espero que Chad queira ouvir.

31

Faço o possível para alcançar Chad – dou a volta no dormitório, vou correndo pelo caminho que leva até o centro do campus e até pego um atalho pelo estacionamento. Mas ele não está à vista.

Acabo voltando para o dormitório, onde encontro Drea e Amber, bem acordadas e me esperando.

– Onde você *estava*? – Amber pergunta.

– É uma longa história – digo, indo até o telefone. – Eu o pego e ligo para Chad, mas dá direto na caixa postal.

– Chad, sou eu. Por favor, *me* liga. Preciso falar com você. Por favor... – desligo o telefone, balançando a cabeça por não ter dito mais, por realmente não saber o que dizer a mais.

– Chad está vindo para *cá* – Drea diz.

– Do que você está falando?

– Eu liguei para ele. Quando acordei e vi que você não estava aqui, ou em nenhum outro lugar, achei que você tinha saído escondida com ele. Então liguei para ele, para ter certeza.

– Eu não tinha saído para me encontrar com Chad – digo.

– Eu sei – Drea diz. – Por isso ele pirou. Você não pode simplesmente sumir no meio da noite, Stacey. Não com tudo o que está acontecendo.

– Isso não é nada legal – Amber diz, descruzando as pernas, saindo da posição de lotos.

– É por tudo isso que o Chad está vindo – Drea diz. – Nós ficamos muito preocupados com você.

– Bem, agora ele não virá – digo, caindo na cama.

– Por quê? O que você quer dizer?

Conto para ela e Amber o que aconteceu – como tive outro pesadelo, o que me levou a encontrar Jacob, como encontrei a forca e como Chad viu a mim e Jacob sentados juntos em um banco e ficou todo enciumado por causa disso.

Amber pula da cama e toma a forca de mim. Ela enfia a perna no laço e puxa para cima como se fosse um tipo de biquíni.

– Talvez o seu bruxinho esteja planejando algo bem maldoso.

– É uma maldita forca, Amber – grito.

– Já ouvi falar de fetiches bem mais esquisitos – ela diz.

– Então, o *que* Chad viu exatamente? – Drea pergunta.

– Ele apenas viu a gente conversando – digo.

– Ah!, por favor – Amber diz. – Eu sei quando você está mentindo, Stacey... Seu lábio fica todo tenso. Com certeza, foi bem mais que isso! Conta, por favor.

– O quê? – eu digo, desviando o olhar. – Tá bom... Talvez ele tenha pensado que íamos nos beijar.

– Você *beijou* o bruxinho? – Amber diz. – Por favor, conta os detalhes.

– Eu não beijei ninguém – digo. – Podemos voltar ao assunto sobre como minha vida pode estar em perigo?

– E foi deliciosamente mágico? – Amber insiste.

Caio para trás na cama e enfio um travesseiro no rosto. Se hoje não fosse sábado, acho que recorreria a uma visita à psicóloga. De *tão* desesperada que me sinto.

– Então – Amber começa, num esforço para se redimir. – Jacob disse que teve um pesadelo com você sendo assassinada, mãos apertando seu pescoço, dedos esmagando sua garganta, bloqueando todo seu ar, mandando você para a terra do completo e total esquecimento.

– Obrigada por sua recapitulação detalhada – digo.

– Então, obviamente é por essa razão que alguém lhe deixou uma forca – ela diz. – Para que você se sufoque.

Olho para ela. Ela está com o laço amarrado na cabeça agora, as alças balançando sobre seus ombros como se fossem tranças.

– Isso aí não é brinquedo – digo.

– Na verdade – ela diz –, é sim.

Drea lança uma piscada maldosa para Amber e olha fixo para mim.

– É uma corda de pular? – ela pergunta.

– Eu não sei – digo, voltando a me sentar. – Mas em meu pesadelo, Maura está pulando corda.

– Então é uma pista – Drea diz. – Sobre o que vai acontecer.

– Ou isso – Amber diz –, ou alguém consegue ver seus sonhos, portanto sabe que Maura pula corda neles. Um bruxinho, talvez.

Ela arqueia as sobrancelhas, uma para cima e outra para baixo.

– Não acha que isso é um pouco óbvio? – pergunto. – Por que alguém me diria que pode ver meus sonhos e então me daria uma pista como essa? Seria uma delação mortal.

– Ótima escolha de palavras – Amber diz.

– Eu vi a cobra de origami em meu pesadelo – digo.

– Ela dizia alguma coisa? – Drea pergunta.

– Quando foi a última vez que uma cobra de papel falou com você? – Amber quer saber.

– Não – Drea diz, revirando os olhos. – Quero dizer, você a desdobrou? Havia uma mensagem dentro?

Balanço a cabeça.

– Eu estava ocupada demais procurando Maura. Mas havia muitos origamis... Toda uma coleção.

– Então o que você está me dizendo – Amber começa – é que esse perseguidor psicótico faz dobraduras com papel colorido nas suas horas livres?

– Eu não sei.

– Isso é tão aleatório.

– Mas deve nos dizer algo – Drea diz. – Pelo menos, agora podemos eliminar muitos suspeitos. Quer dizer, quantas pessoas que fazem origamis nós conhecemos?

– E se ele é alguém que faz isso secretamente? – Amber pergunta. Ela faz um avião com seu questionário de história e o lança na cabeça de Drea.

– Eu vi a letra *M* também – digo. – Maura a desenhou no chão com giz de cera vermelho. Ela costumava fazer isso de vez em quando: pintava o chão com giz de cera e, depois, ficava esperando a cera derreter no sol para que ficasse toda borrada.

– É como se ela estivesse tentando lhe dizer algo – Drea diz.

– Mas o quê? – pergunto.

– Acho que devemos chamar a polícia do campus – Drea sugere.

– Está brincando? – engasgo. – Você tem ideia do quanto eles me odeiam? Sabe quantas vezes eu os chamei este ano? Por causa de todos esses bilhetinhos estúpidos colados na porta, até pelas ligações de brincadeira e por aquela vez em que alguém deixou uma faca de papelão na minha mesa na aula de Inglês?

– Não nos esqueçamos do mural de sangue de *ketchup* que alguém tão carinhosamente pintou em sua homenagem – Amber diz.

– Ou aqueles catálogos de artigos funerários que você começou a receber pelo correio – Drea diz.

– Exatamente – digo. – Uma corda em forma de forca é só mais uma coisa que a polícia do campus colocará em sua lista. Uma lista que deve ter o título de "102 razões pela qual Stacey Brown deveria ter pedido transferência no ano passado".

Pego o telefone e tento ligar para Chad de novo, mas ele ainda não atende.

– Ele deve estar bem chateado – Drea diz.

– Eu sei – digo.

– Nada que um pouco de carinho não cure – Amber diz, fazendo bico, como se fosse beijar alguém.

– Não sei – Drea diz. – Magoa muito quando alguém com quem você se preocupa a trai desse jeito.

– Eu não o traí.

Drea pega uma barra de chocolate no frigobar. Ela dá uma mordida e desvia o olhar. Sei que ela deve estar pensando o contrário. E talvez esteja certa. Quero dizer, quem estou enganando aqui? Simplesmente não sei o que há de errado comigo. Primeiro, traio minha melhor amiga e, agora, estou traindo meu namorado. E durante todo esse tempo, eu deveria era estar focada no fato de que minha vida está em risco e tenho menos de uma semana antes de acabar morta.

32

Completamente dividida pela dúvida, tento ligar para Chad muitas outras vezes, mas ele nunca atente. Então, acabo esperando até às 7h, quando nós, as prisioneiras, podemos andar livremente pelo campus e visitar outros dormitórios. Mas quando vou até o de Chad, ele não está lá. Procuro na pista de hóquei, na academia, na piscina, no refeitório e em todos os cantos da biblioteca. Sem sorte.

Meu último recurso – o Enforcado. Ao abrir a porta, uma súbita brisa aroma *mochaccino* me acerta o rosto, olho ao redor para cada uma das mesas. O lugar está bem cheio – o pessoal que opta por pagar em vez de comer os surpreendentes ovos mexidos do refeitório –, mas Chad não está à vista.

Decido tentar engolir um pouco da minha culpa com um pão doce de queijo. Peço um, junto com um copo de café colombiano, e me sento no canto da seção onde há o palco. Só poderia ser este o lugar perfeito para mim nesta manhã – o lugar onde posso ser eu mesma e pensar, onde não preciso me preocupar em trombar com alguém importante.

É quando noto Trish e Emma saindo do banheiro. Elas se juntam a Cory, sentado no fundo da seção da plateia, digitando em um *laptop*. Não consigo acreditar que não o notei antes. Coloco minha cadeira de costas para a cortina do palco, esperando que eles não me vejam. Mas eles me veem. Primeiro Trish, que acena graciosamente em minha direção e, depois, os outros. Eles apontam, conversam entre eles e começam a rir, como se estivéssemos na escola primária.

Cory fecha o *laptop* e vem até minha mesa. Ele se senta na minha frente.

– Então, vem sempre aqui? – ele ri de sua frase idiota, o espaço entre seus dois dentes da frente preenchido por algo que parece geleia de limão.

– Histericamente engraçado – digo.

– Obrigado – ele dá uma olhadela para Trish e Emma, que nos olham fixo por cima de suas canecas de café espumoso.

– O que você quer? – pergunto.

– Quê? – ele diz. – Não posso simplesmente passar por aqui e lhe desejar um dia agradável?

Eu o ignoro, dando uma mordida no pão e lendo a música impressa na lateral do copo – algo sobre manhãs alegres no Central Park.

– Quanto tempo você acha que consegue manter isso aí dentro?

– Do que você está falando?

– Você sabe. Antes de expurgar a gororoba? Lançar para fora as calorias? Não pense que não fiquei sabendo dos seus pequenos ataques de vômito. Você sabia que existem clínicas para distúrbios alimentares como esse.

– Vai embora – digo.

– Na verdade – ele se inclina. – Veronica Leeman não quer que eu vá. Ela me disse para ficar bem grudado em você, para manter os olhos em você.

– Isso veio daquilo que você chamou de "sessão espírita"?

– Eu prefiro chamar de comunhão com as almas. Não quer comparecer à nossa comunhão de amanhã à noite? Veronica tem perguntado por você.

– Você não tem mesas para secar? – pergunto.

– Por quê? – ele se levanta, a gosma entre seus dentes ainda mais saliente agora, como uma meleca de nariz gigante. – Eu não trabalho aqui.

– O que quer dizer? Você trabalhava aqui alguns dias atrás.

– Nananinanão – ele sorri. – Eu nunca trabalharia num lugar como este. Meio assustador, não acha? Assombrado por almas antigas... Você sabe, a lenda diz que uma garota se enforcou aqui.

– Já não falamos disso?

– Na boa, Stacey – ele diz. – Você deve ter me confundido com outra pessoa.

Ele se levanta e sai, e me sinto mais confusa e irritada do que nunca. Olho para sua mesa enquanto ele volta para lá e quase não consigo acreditar no que estou vendo – Donna Tillings está sentada com eles.

Sinto meu queixo cair. Quase consigo imaginar como eles a estão usando, como devem estar salivando pelas conexões que ela teve com Veronica Leeman no passado.

Embrulho o restante do meu pão doce em um guardanapo, completamente desprovida de apetite, e me levanto para sair. Mas em vez de cumprir meu plano de fuga, volto surpresa para meu lugar. A porta se abre e PJ entra quase dançando. Ele vai direto para Cory e seus clones.

Parece que vai se juntar a eles para o café da manhã, o que me deixa completamente surpresa, já que PJ sequer conversa com eles. Pelo que vi ontem na biblioteca, Cory e aquele cara, o Tobias, chegaram muito perto de mostrar a PJ em primeira mão onde ele deveria enfiar sua pistola de água.

PJ rouba uma rosquinha do prato de Emma assim que ela desvia o olhar e enfia o troço inteiro na boca. E então, com a boca cheia, ele tenta falar com Donna, embora não tenham absolutamente nada em comum – no ano passado, parecia que eles se repeliam tanto que não seriam capazes de sequer ficarem juntos na mesma sala, quanto mais de tomarem café da manhã na mesma mesa.

Vejo PJ engolindo com dificuldade e se voltando para Cory. Eles começam a papear como se fossem velhos amigos. Como se o confronto de ontem na biblioteca fosse uma peça para ser encenada no palco desse café estúpido.

Sinto os cabelinhos da minha nuca se levantando como se fosse uma maneira cartunesca de demonstrar minha raiva. Cory dirige a atenção de PJ para mim. PJ acena, mas não respondo. Em vez disso, eu desço os degraus do palco, quase colidindo com Tobias no caminho. Ele passa na minha frente vestido com o uniforme do café – um avental longo e vermelho por cima de uma camiseta com o par de máscaras que representam o teatro estampadas na frente –, segurando uma bandeja com amostras grátis de pãezinhos doces.

– Qual é a pressa? – ele diz, olhando em volta para se certificar de que não derrubou nada no chão. Ele fica numa postura bem folgada no meio do corredor, bloqueando minha passagem até a porta de saída.

– Se você não quiser usar um desses pãezinhos como enfeite – digo –, é melhor sair da minha frente.

– Jesus, Stacey, você não parece muito bem. A noite passada foi dura? Não dormiu bem?

Minha mandíbula trava. É tudo o que consigo fazer para me conter e não dar com a bandeja de pães doces bem no meio desse sorrisinho de autossatisfação em sua cara, no meio da contração nervosa de seus olhos. Pelo menos, agora sei como foi que Cory entrou aqui aquela noite, quando ele disse à polícia do campus que estava fechando a loja. Abro caminho empurrando Tobias e sigo para a porta da frente, mas PJ me intercepta.

– Espera – PJ diz.

– Não tenho tempo.

Ele me puxa para o lado e abaixa a voz.

– Isso não é o que parece.

– E o *que é* que isso deveria parecer? – sussurro.

– Que estou ficando todo amiguinho do Cory Computador e dos Clonezinhos Engaiolados.

– *O quê?*

Ele passa a palma da mão por sobre as pontas de seu cabelo cor de ameixa.

– Você sabe que esses fãs de fantasmas não fazem meu estilo.

– Para mim, não é o que está parecendo.

– Precisamente, minha cara Wordsworth[8] – ele diz, com uma piscada. – Precisamente.

– Você não está falando nada com nada.

– Confie em mim – ele diz. – Faria mais sentido se você me pagasse uns pãezinhos de canela e me permitisse um rápido bate-papo matinal.

– Pode esquecer – digo, andando em direção à porta.

– Esquecer coisa nenhuma – ele diz, agarrando meu braço e me segurando no lugar. – Precisamos trocar figurinhas, garotinha. E *tout de*

---

[8] William Wordsworth – poeta e escritor romântico Britânico do século XIX. (N.T.)

suite[9]. Tenho um furo de notícia envolvendo você, o velho Chad e um homem misterioso não identificado. Acho que você tem algumas explicações a dar.

Obviamente, ele conversou com Chad, o que acaba sendo a única razão pela qual concordo com a conversa em vez de sair correndo para o dormitório a fim de tratar da pancada na cabeça. *Isso* e o fato de querer saber o que ele anda fazendo com Cory e os outros.

PJ se desculpa com eles por ter de ir embora tão abruptamente e nós saímos dali em seguida, apesar das reclamações de PJ por não ter tomado café da manhã.

– Então, o que está acontecendo? – pergunto, assim que chegamos lá fora. – Desde quando você anda com Cory, Donna e os outros?

– Primeiro, você responde à minha pergunta, docinho – ele diz. – O que foi isso que ouvi a respeito de você e esse garoto misterioso sensualizando sob as estrelas? Eu quero a baixaria, ou melhor, quero as fotografias.

Sentamos em um dos bancos ali perto.

– Foi isso que Chad disse que aconteceu?

– Foi isso o que eu ouvi, ó irritável – PJ diz.

– Bem, você ouviu errado.

PJ dá de ombros.

– É o que você diz.

– Então, ele está bravo?

– Como um zangão. Você não estaria, minha abelhinha? Toda ferroadinha? – ele imita o som dos zunidos para dar efeito, fazendo-me sentir uma completa e total idiota por sequer tentar fazer com que ele conte os detalhes.

---

[9] Imediatamente, em francês. (N.T.)

– Então, agora responda às minhas perguntas – digo. – O que está rolando entre você e seus novos amiguinhos?

– Só estou andando com eles por sua causa, amorzinho – ele diz.

– Como assim?

Ele abre de repente seu casaco e puxa um par de luvas sem dedos do bolso.

– Apenas me chame de 007.

– Por quê?

– Porque sou um espião – ele aperta os olhos, para dar alguma dramaticidade à frase. – Você sabe, sou um agente duplo.

– Um pouco mais de realidade, por favor.

– Você não sabe ser divertida – ele calça as luvas e sopra os dedos para aquecê-los. – Sabe o tamanho da fome que estou sentindo? Não é à toa que estou com tanto frio.

– Você pode, por favor, me dizer do que está falando?

– Comida? Você sabe? Preciso de um pouco.

– PJ – suspiro.

– Tá bom – ele revira os olhos. – Cory deu uma passada no meu quarto ontem à noite e tivemos um longo e revelador bate-papo e, bem, ele quer que eu o ajude na sessão espírita.

– Você está brincando? Por que ele o chamaria para participar da sessão espírita?

– Não é óbvio? – PJ pergunta. – Estou emanando energia espiritual.

– Fala sério – digo.

– O.k!, falando sério, é porque eu e Veronica tivemos um passado. Ele espera que esse passado ajude a botar lenha na fogueira espiritual, sabe, que dê ignição nas forças cósmicas do sétimo signo.

– Você nem faz ideia do que está falando.

– Pelo contrário – ele diz. – Eu sei tudo sobre as forças cosmetico-lógicas.

– São forças *cosmológicas* – digo, revirando os olhos. – E isso não tem nada a ver com canalização de espíritos. Para começar, você e Veronica não têm um passado – vocês se odiavam. Então, por que ela iria querer falar com você do Além?

– Ela só me odiava porque não foi capaz de me superar. Tadinha... eu não daria uma hora do meu dia à pobre donzela – ele assopra o punho e o esfrega no peito, tirando sarro.

– Você fala tanta besteira – digo.

– Detalhes, *bestalhes* – PJ diz. – Para começar, enquanto você tenta se esconder disso, os fãs dos fantasmas precisam da minha mente; eles precisam da minha energia apaixonada, da minha aura autêntica.

– E o que você ganha com isso?

– O que você quer dizer, meu potinho de geleia?

– Você deve estar ganhando algo. Não faria isso por nada.

– Estou fazendo por você.

– Conta – exijo.

– *Me* sinto insultado.

– E eu me sinto indo embora – levanto do banco.

– Então, isso quer dizer que você *não* vai me pagar o café da manhã?

Sinto meus dentes se apertando.

– Tá bom – ele diz. – Você se sentiria melhor se eu contasse que eles vão fazer alguns dos meus deveres de casa para adoçar o trato?

– Deveres de casa?

– E talvez escrevam alguns dos meus trabalhos. Mas absolutamente só isso. E acho que você deveria ser mais agradecida.

– *Agradecida?*

– Sim, primeiro achei que tudo isso era uma besteira, mas então pensei e cheguei à conclusão: ei, esse pode ser meu jeitinho de ajudar minha boa amiga Stacey. Sabe? Tipo, conseguir para você alguma informação útil sobre todos eles. A Donna também está do lado deles.

– Por que Donna aceitou ajudá-los?

– Ah!, por favor – PJ diz. – Donna virou uma completa robozinha este ano. E o que os robozinhos procuram, pergunto-lhe?

– *Me* diga você.

Ele suspira como se fosse óbvio.

– Amigos robozinhos para preencher seu tempo.

– É obviamente por essa razão que você aceitou.

– *Touché, mademoiselle* – ele diz. – E não é que você é a Srta. Afiadinha com essa língua que tem?

– Preciso ir – digo.

– Não tão rápido, minha coelhinha. Os fãs me perguntaram se eu poderia tentar levar à força essa sua bundinha para a próxima comunhão com as almas. O que achou desse nome chique?

– Acho que tenho um nome melhor para você – digo.

– E qual é?

– Idiota.

Eu o deixo lá no banco, reclamando, enquanto atravesso o gramado. Entre isso tudo e o fiasco total do que houve no Enforcado, acho que perdi tempo demais para um dia. Preciso voltar para o quarto e colocar no lugar as peças do imenso quebra-cabeça que é minha vida – antes que seja tarde.

33

Quando volto para o quarto, Drea já saiu – mas em seu lugar, sentada em minha cama, está a última pessoa que eu gostaria de ver neste momento.

Minha mãe.

Ela olha para mim, um grande e luminoso sorriso se estica em seu rosto, como se ela não fosse capaz de ficar ainda mais feliz por me ver.

– Oi, querida – ela diz.

Parece que Amber a manteve totalmente entretida. Ela está com sua caixa de sapatos de lembrancinhas toda espalhada em cima da cama, mostrando para minha mãe suas bugigangas sentimentais.

Minha mãe levanta e me envolve em seus braços.

– É tão bom *te* ver.

– O que você está fazendo aqui? – pergunto, abraçando-a também. Por sobre seu ombro, olho para Amber que balança a cabeça, como se também não soubesse.

– Achei que poderíamos conversar – ela diz, soltando o abraço.

Fico ali parada, balançando a cabeça, querendo dizer algo atencioso já que ela dirigiu três horas inteiras para me ver, mas todas as palavras atenciosas somem de meu vocabulário.

– Você deveria ter me ligado – digo e me encolho ao som de minha própria amargura. É que com tudo o que está acontecendo e com a óbvia vontade que minha mãe tem de viver na Terra do lá-lá-lá e de me ver começando algum passatempo sem sentido – como macramê ou bordado –, não é a melhor hora.

– Eu ia ligar para você depois que desligamos ontem à noite – minha mãe diz. – Mas já era tão tarde e eu não conseguia voltar a dormir, então vim para cá. Vou ficar em um hotel no centro.

– Você *vai ficar*?

– Só por hoje. Não sei ao certo se conseguiria voltar dirigindo esta noite.

Eu assinto, olhando para Amber para desviar minha atenção. Ela está abraçando um boneco Ken vestido no estilo discoteca, incluindo calça *lamé* e medalhão balançando no pescoço. Ela o beija com tanta força que sua cabeça salta e rola pelo chão.

– Você não ficou feliz em me ver? – mamãe pergunta.

– Claro que fiquei – eu a abraço novamente. Ela tem cheiro de lar, parecido com o perfume de lírios do vale misturado a *spray* de cabelo com cheiro de uva. Chuto a cabeça de Ken na direção do pé de Amber, mas ela está tão imersa em suas lembranças com ele que sequer notou sua recente decapitação.

– Então, vamos fazer um *brunch*? – minha mãe pergunta.

Ela se vira para Amber.

– Amber, quer vir com a gente? E Drea também, ela está por aqui?

Amber balança a cabeça.

– Drea saiu com Chad.

– Onde eles foram? – pergunto.

Amber dá de ombros.

– Ele passou aqui. Provavelmente para ver você. Mas você já tinha saído.

Estupidamente fabuloso. Afundo na cama e enterro o rosto nas mãos. Tudo o que quero fazer agora é falar com Chad, dizer que sinto muito, que faço o impossível para resolver a situação, é agarrar o travesseiro e gritar com toda a força dos meus pulmões de frustração.

– Stacey, você está bem? – minha mãe pergunta, como se não estivesse óbvio.

Levanto a cabeça e dou um sorriso falso.

– Não liga para ela – Amber diz. – Stacey anda um pouco constipada ultimamente.

Minha mãe limpa a garganta em resposta e não consigo evitar uma risadinha.

– Então – ela se vira para Amber –, você nos acompanha no café da manhã?

– Acho que não – Amber diz. – Eu meio que já tinha começado algo aqui.

Ela olha de lado para suas bugigangas nostálgicas – um ovinho de massa de modelar, uma caixa de corações doces, um par de braceletes da amizade, uma grande variedade de roupas do Ken, desde sunga de mergulho até botas de caminhada. Ela aperta o Ken sem cabeça contra o peito.

– Nem vou perguntar – digo.

– Melhor assim – Amber diz, resgatando a cabeça do chão.

Pego um punhado de folhas de pinheiro do vaso, esperando que o cheiro de pinho misturado com as qualidades de cura das folhas me ajude a dispersar a negatividade que sinto borbulhando em meu estômago.

Eu e minha mãe ficamos em silêncio por um bom tempo durante a viagem até à cidade. Passo as folhas entre as pontas dos dedos, lembrando-me de que sua visita surpresa é um ato de amor. Obviamente ela está bem preocupada comigo, acha que me tirar do campus é exatamente o que preciso neste momento. E talvez ela esteja certa. Exceto que, a cada rua que passa, sinto esse gigante poço em chamas se formando abaixo das minhas costelas – um poço que parece se aprofundar a cada respiração, fazendo-me lembrar de que não tenho tempo a perder.

– Está tudo bem? – minha mãe pergunta.

É incrível como ela está diferente, apesar dos poucos meses que se passaram. Seu cabelo está mais curto e escuro, como se ela tivesse acabado de arrumá-lo, as laterais um pouco mais fofas do que o habitual, enrolado atrás das orelhas em uma espécie de cacho preso. Ela sorri para mim, seus lábios mais pálidos do que o normal, alguns tons abaixo da cor borgonha que estou acostumada a vê-la usando.

Assinto o máximo que consigo, mas sei que não a engano. Há um ar diferente nela hoje – mais consciente do que o normal, menos desapegada.

Chegamos à "o Ovo e Eu", uma lanchonete estilo anos 50 com *jukebox*, chão xadrez branco e preto e velhos discos do Elvis Presley pendurados na parede. Sentamos à mesa do canto, perto das janelas.

– O que tem cara de ser gostoso? – ela pergunta, abrindo seu cardápio de vinil. Escolho panquecas com manteiga de amendoim, já que é a primeira coisa do cardápio que vejo – uma foto gigante e colorida, que inclui a calda e a manteiga derretendo, e toma uma grande porção da parte esquerda do cardápio.

– Parece bom – ela diz. – Acho que vou querer o mesmo.

Pelos próximos vinte minutos ou mais, mantemos nosso tipo de conversinha habitual, agradável mas sem importância. Nem mesmo o açúcar das panquecas ou a cafeína de nossas canecas de café fazem com que nos movamos a dizer algo relevante. Eu simplesmente não estou me sentindo bem. O poço em minhas entranhas parece crescer a cada mastigada, forçando-me a fingir um apetite saudável, ou seja, a cortar minhas panquecas em minúsculos pedacinhos cheios de calda, a perseguir esses pedacinhos pelo meu prato com o garfo e a fingir que os mastigo e engulo como se tudo estivesse normal. Como se a possibilidade de ser assassinada estivesse muito distante dos meus pensamentos neste momento.

Minha mãe encosta no assento de vinil e fica me olhando, a caneca de café pressionada contra seu lábio inferior.

– Não se sente bem? – ela pergunta.

Balanço a cabeça e coloco o garfo na mesa.

– Acho que não.

– É só porque há muita coisa acontecendo – digo.

– Eu sei – ela diz. – É por isso que *realmente* precisamos conversar.

Pego novamente o garfo e fico raspando a poça de calda que há em meu prato.

– Você está me ouvindo? – ela pergunta.

Confirmo, olhando fixo para as impressões que os dentes formam na meleca dourada conforme arrasto meu garfo. Não é que não saiba que ela tem boas intenções. Eu sei. Apenas sinto que não quero entrar nesse assunto de novo com ela, especialmente porque sei que ela não leva meus pesadelos a sério.

Ela segura meu punho e me força a olhar para ela.

– Estou falando com você – ela diz.

Eu me endireito no banco e limpo a boca.

– Eu sei.

– Então espero que ouça.

– Tá bom.

Ela solta meu punho.

– Há algo que preciso lhe contar sobre os pesadelos.

– Tá bom? – digo, respondendo com uma pergunta.

– Você precisa prestar atenção neles – ela diz.

– Preciso? – sinto meu dente morder a parte interna da minha bochecha, completamente confusa pelo que ela disse.

– Eu sei que você já sabe disso – ela diz. – Só queria que você ouvisse isso de mim.

– O.k! – concordo, tentando engolir a confusão que suas palavras causam em minha cabeça.

– Sei que você já teve pesadelos antes – ela continua. – Pesadelos bem ruins. E também sei que eles a alertavam sobre o futuro.

– De onde vem tudo isso? – pergunto. – Quer dizer, por que você está reconhecendo tudo isso agora?

Ela não responde, apenas olha para sua caneca de café, como se ela pudesse responder.

– Quero que você saiba que eu sabia sobre a Maura – ela diz depois de uma pausa de três goles. – Sabia que você estava tendo pesadelos com ela. Só não queria que você soubesse que eu sabia.

Minha mãe segura o guardanapo sobre a boca, como se isso fosse mudar o significado de suas palavras, fazer com que elas parecessem menos duras.

– O que você está dizendo?

– Estou dizendo que não fui completamente honesta com você naquela época, mas só porque queria que os pesadelos parassem. Achei que talvez, se você se focasse em outra coisa, eles parariam.

– Não pararam – digo.

– Eu sei – ela diz, olhando-me por sobre sua caneca de café. – Desculpe.

– Desculpe? – minha voz se ergue pelo menos três oitavas. – Você sabe como foi aquilo? Maura *morreu* porque não fiz nada a respeito dos pesadelos. Porque você não queria falar sobre eles. Vovó estava morta, eu não tinha ninguém com quem contar.

– Sinto muito – ela repete, seus olhos se enchendo de lágrimas.

– Bem, também sinto muito. Mas isso não é o suficiente.

Deslizo para fora do banco.

– Não, Stacey, espera – ela diz.

– Por quê?

– Porque ainda não terminei.

– O que mais você pode dizer? Não há nada que vá melhorar a situação. Você tem ideia de como me senti sozinha? Da culpa com a qual tive de conviver? Eu amava Maura como uma irmã.

– Eu sei – ela consegue dizer, quase incapaz de deixar as palavras saírem. – Sei bem o que é culpa.

Ela engole com dificuldade e balança a cabeça, como se não quisesse me contar.

– Isso aconteceu comigo também.

– O que aconteceu? – volto a me sentar.

Ela pega outro guardanapo do suporte e o segura na frente do rosto.

– Quando eu tinha 7 anos, tive pesadelos com minha prima Julia, ela iria morrer... e ela morreu. Em um acidente. Ela tinha 15 anos e se afogou.

– Julia?

– Devo ter mencionado o nome dela uma ou duas vezes para você.

Olho para minha mãe e balanço a cabeça. É como se eu não fizesse mais ideia de quem ela realmente é.

– Vi tudo em meu sonho antes de acontecer – ela continua. – Até o dia eu sabia. Ela veio até minha casa e me perguntou se eu queria ir ao lago com ela. Ainda consigo ver. Ela estava usando uma dessas sandálias rosa brilhantes que tinha umas flores de seda combinando nas alças. E usava uma toalha listrada rosa e verde amarrada em volta do pescoço.

– Você foi?

Ela balança a cabeça.

– Eu estava muito assustada.

Minha mãe seca os olhos com o guardanapo e continua falando sobre como ela nunca contou a ninguém a respeito desse pesadelo – nem mesmo para minha avó – porque ele a assustou muito. Porque minha avó costumava dizer a ela que, às vezes, o que sonhamos não vira necessariamente realidade.

– Pelo menos, no seu caso com Maura – minha mãe diz –, alguém foi para a cadeia. Ele teve que pagar por seu crime. Na minha situação, não havia mais ninguém a culpar, a não ser eu.

– Miles Parker não teve nem de perto a punição que merecia – digo. – Ele a matou, não importa o quanto ele queira chamar aquilo de acidente. Acharam cordas e uma faca de caçador no carro dele, pelo amor de Deus.

– Pelo menos ele está na prisão agora – minha mãe diz. – No lugar que merece.

– Talvez ele esteja – digo. – Ou talvez esteja tramando fazer tudo de novo, sequestrar outra garotinha.

– Stacey... – minha mãe grasna.

– Eu sei – digo, respirando profunda e calmamente.

Pelos próximos segundos, minha mãe e eu apenas ficamos sentadas à mesa, olhando para nossas canecas, sem saber ao certo o que dizer. Uma parte de mim quer abraçá-la e dizer que a compreendo, que a perdoo por não levar meus pesadelos mais a sério. Mas não digo, porque não faz sentido. Porque parece que, depois da experiência com algo tão trágico, ela deveria ter me ajudado, me ouvido e tudo o mais.

Pressiono a caneca de café contra os lábios e finjo que tomo um gole, simplesmente não sei mais o que fazer ou dizer agora. Há um misto de tristeza e raiva em minha boca. Quero dizer a ela que sinto muito. Quero dizer que a tragédia da morte de sua prima, que a experiência em primeira mão do que acontece quando você ignora seus pesadelos deixam tudo muito pior. Quase acho que seria muito melhor se ela nunca tivesse me contado tudo isso, se ela apenas me deixasse pensar que não entendia essa parte de mim.

– O que está pensando? – ela pergunta.

Balanço a cabeça, já que agora sou eu quem não está entendendo.

– Depois da morte dela – ela continua –, fiz tudo ao meu alcance para parar de sonhar; tentei ficar acordada a noite toda, forcei-me a acordar a cada hora. Depois de um tempo, começou a funcionar; eu não sentia nem via nada. E esperava que isso pudesse funcionar com você também.

Balanço a cabeça como se isso não fosse real, como se essa não fosse minha vida. Estou olhando para minha mãe, mas é como se a visse pela primeira vez. Ela parece muito menor e mais frágil do que jamais notei – a cabeça inclinada para baixo, os ombros encolhidos –, como se a garotinha fosse ela.

– Sinto tanto, Stacey. Só fiz o que achei ser o melhor.

As lágrimas escorrem por seu rosto. Desvio o olhar, lembrando-me de quando minha avó disse que quanto mais você usa seus sentidos, mais aguçados eles se tornam; mas se você decide afastá-los à força, eventualmente eles vão diminuir até virarem nada. Não é de se admirar que minha mãe não gostasse do meu relacionamento com minha avó, não gostasse que minha avó me ensinasse tudo o que ela sabia sobre os feitiços e as artes da cura. Minha mãe só estava tentando me proteger.

34

Depois do café da manhã, minha mãe me deixa no dormitório, dizendo que quer voltar para o hotel para tirar um cochilo e que podemos nos encontrar novamente mais tarde, à noite. Ainda me sinto completamente surpresa e confusa por causa de nossa conversa, mas também me sinto mais esclarecida – se é que isso é possível.

Passo como um furacão pela sala comum com a intenção de relatar completamente os detalhes da manhã que mudou minha vida para Amber e Drea, abro subitamente a porta de nosso quarto e lá, parados bem no meio, olhando um nos olhos do outro como num comercial de chiclete para refrescar o hálito, estão Chad e Drea. Eles dão um passo para trás quando me veem.

– Ah!, oi – Drea diz, arrumando a parte de trás do cabelo. Ela dá outro passo para se afastar dele, como se isso fizesse diferença.

– Eu passei aqui mais cedo para vê-la – Chad me diz.

Consigo acenar um sim com a cabeça, fazendo o possível para me controlar.

– Eu e a Drea fomos dar uma volta – ele diz.

– Para conversar – Drea acrescenta, confirmando com a cabeça. – E nós conversamos.

– E o que mais vocês *estariam* fazendo? – pergunto, quase me sufocando com as palavras.

– Nada – Chad diz. Ele olha para Drea, mas o olhar dela cai para o chão, para a pilha de sapatos de Amber amontoados no canto.

– Seja lá o que você está pensando – ele diz –, não é o que parece.

– E o que *realmente* parece?

– Não o que você está pensando – ele repete.

– Jura? – digo, olhando para o rosto de Drea.

Ela olha de relance para mim – suas bochechas com manchas rosa de culpa – e se move, indo sentar em sua cama.

– Desculpa – ela diz.

Com a mandíbula travada, olhando agora para Chad, pensando em como nós dois atingimos nossa cota em ultrapassar os limites do romance em um período de vinte e quatro horas.

– Temos que conversar – Chad diz. – Sobre ontem à noite.

– Não tenho tempo – pego a forca, o gravador e as cartas e enfio tudo na minha mochila, fazendo o possível para desviar o olhar para que não vejam meu rosto – não vejam o quanto pareço chateada.

– Para onde você vai? – Drea pergunta.

– Tenho algumas coisas para resolver – digo, secando os olhos. – Sabe, coisas que podem salvar minha vida?

– Bem, então também vou – Chad diz.

– Por quê?

– O que você quer dizer com por quê? Porque estou preocupado com você. Soube daquela corda de pular que você recebeu.

– E?

– E o quê?

– Você não vai me dizer que pensa ser a ideia que alguém tem de uma brincadeira?

– Stacey... não.

Por apenas um segundo, sinto uma ponta de culpa, precipitando conclusões sobre sua reação. Mas então olho novamente para Drea. Ela tem os joelhos junto ao peito, a bochecha pousada sobre um deles, as lágrimas rolando por seu rosto – a imagem do mais absoluto e completo coração partido, o que me faz sentir ainda pior.

– Estou indo – digo.

– Espere – ele diz, dando um passo na minha direção. – Depois da noite passada, você, mais do que ninguém, não deveria ter razões para ficar brava comigo.

– Nada aconteceu – digo.

– E nada aconteceu aqui – ele diz. – Pelo menos posso ir com você?

Drea olha para mim, esperando a resposta.

– Minha mãe está na cidade – digo. – Ela só me deixou aqui por um segundo para que eu pegasse minhas coisas. Tenho que ir; ela deve estar me esperando agora.

Sinto meus lábios se contraindo pela mentira.

– *Me* liga quando voltar – ele diz.

Confirmo, sabendo que provavelmente farei isso, mas também sabendo que neste momento nossas brigas parecem insignificantes comparadas ao que pode acontecer dentro dos próximos dias. Jogo a mochila por sobre o ombro, uma mistura de medo, tristeza e alívio lutando de uma vez só em meu coração. Sigo para encontrar a única pessoa que espero ser capaz de colocar um fim nessa batalha: Jacob.

35

Quando chego ao dormitório dos garotos, o Sr. Qual-seu-nome, o DR, me diz na hora que Chad não está no quarto.

– Não – digo, sentindo minhas bochechas corarem. – Estou procurando por Jacob.

– *Qual* Jacob?

Sinto meu rosto empalidecer. Subitamente me ocorre que não sei o sobrenome de Jacob.

– Hummm... – eu protelo. Quantos Jacobs você tem aqui?

– Dois.

– Bem, eu procuro o que tem cabelo azul e olhos pretos – eu acabei de dizer isso mesmo? – Quero dizer, o que tem cabelo *preto* e olhos *azuis*.

Qual-seu-nome me lança um olhar tipo atrapalhado – um sorriso torto acompanhado por suas sobrancelhas peludas e escuras que se movem uma para cima e outra para baixo, no estilo Amber. Ele pega o telefone e disca para o quarto de Jacob para anunciar minha visita.

– Sr. *Leblanc* vai descer em um instante – ele diz, ainda me olhando provocadoramente, como se ainda estivéssemos na época do puritanismo e eu fosse alguma meretriz com a letra escarlate tatuada no peito por querer falar com *dois* garotos em um único dia.

Murmuro um obrigada e desvio o olhar para evitar sua mente suja. Embora *seja* estranho estar aqui, procurando por alguém que não seja o Chad. Mas quando Jacob emerge de trás da porta dupla, o sentimento some. Porque sei que estou no lugar certo. Porque estou confiante de que ele será capaz de me ajudar de alguma forma.

– Oi – ele diz. – Estava torcendo para que nos víssemos hoje – ele está usando uma blusa de moletom preta de gola olímpica que deixa à mostra um peito modestamente trabalhado e um par de *jeans* apertado na medida certa na coxa.

Olho novamente para Qual-seu-nome. Ele está com o queixo apoiado no punho, olhando para nós como se fossemos as estrelas de algum programa brega de namoro, do tipo no qual os casais são separados para se encontrarem com outras pessoas em uma tentativa de testar seus relacionamentos. Jacob e eu passamos por uns rapazes reunidos na área do *lobby* – alguns estudando de verdade, em pleno sábado, alguns jogando cartas e um grupo chutando uma bolinha. Já que garotas não são permitidas nos quartos dos garotos e vice-versa, e já que ele não teve a sorte de conseguir uma das casas de veteranos mais tolerantes, sentamo-nos numa das mesas no canto do *lobby*, onde é relativamente mais privado.

– Desculpe pelo que aconteceu na noite passada – ele diz. – Se ajudar, posso conversar com Chad, dizer a ele que não está acontecendo nada entre a gente.

Vasculho os olhos de Jacob por um momento, procurando a verdade. Talvez esteja perdida em algum lugar atrás de todo esse azul-

-acinzentado, atrás das pequenas sardas amareladas que fazem uma espiral a partir do centro de seu olho, com o objetivo de me sugar para dentro. Quero dizer, ele realmente quer dizer isso? Nada acontecendo? Não foi ele que tentou me beijar na noite passada, que chegou tão perto do meu rosto e tocou minha mão e tinha cheiro de incenso de citronela e fez meu interior se tornar um total e completo mingau? Tudo isso aí *não* aconteceu?

– Esquece isso – digo, dou um suspiro profundo e purificador. – Neste momento, eu só preciso da sua ajuda.

Apoio a mochila na mesa.

– Estive pensando que talvez nós pudéssemos fazer um feitiço juntos.

Ele encosta na cadeira e desvia o olhar.

– Acho que não.

– Por quê?

– Porque feitiços são meio que particulares para mim. Prefiro fazê-los sozinho.

– Você não pode abrir uma exceção? Quer dizer, minha vida está em risco aqui.

Jacob me olha fixo por alguns segundos sem dizer uma palavra. Um cacho de seu cabelo preto cai sobre um olho, fazendo o olhar fixo se tornar ainda mais intenso, mais deliberado. Mordo o lábio inferior e desvio o olhar.

– O que você tem em mente? – ele pergunta, finalmente.

Dou um tapinha na mochila e liberto o lábio.

– Achei que talvez pudéssemos fazer algo com a forca, talvez tentar canalizar a energia da pessoa que a deixou, para descobrir quem é.

Jacob concorda, mas consigo ver sua relutância. Consigo vê-la em seus olhos e em seus lábios – meio apertados. Ele dá uma olhadela na direção do jogo da bolinha.

– Não é que eu não queira ajudar você – ele diz.

– Qual é o problema?

– O problema? – ele olha novamente para mim, um olhar de surpresa pendurado na cara. – O problema é que feitiços são pessoais. Eles revelam coisas.

– Bem, sim, não é esse o objetivo?

– Não – ele corrige. – Eles revelam coisas pessoais: coisas sobre você, coisas sobre mim, sobre as pessoas conduzindo o feitiço.

– E você não quer isso? – sinto-me engolir.

Ele desvia o olhar novamente.

– Não sei.

E eu nem sei o que estou perguntando.

– É só porque eu nunca fiz isso antes – ele continua. – Esse tipo de... compartilhamento. E não sei se estou pronto para isso agora.

– Esqueça – digo, sentindo minhas bochechas ficarem rosadas pela segunda vez hoje. – Fui idiota por ter perguntado.

Levanto-me, jogo a mochila por sobre o ombro, e sigo em linha reta para a porta.

36

Em vez de voltar para o dormitório, pulo para dentro de um ônibus e vou para a cidade. No momento, só quero escapar, nem que seja por uma hora. O ônibus passa pelo hotel onde minha mãe está, despertando-me a tocar o sinal para descer.

Enquanto sigo pelo *lobby* cor de pêssego – passando pelas poltronas cheias de almofadas com dentes-de-leão amarelos e pequenos vasos cheios de tulipas cor de abóbora –, penso no quanto seria bom ficar aqui durante a semana inteira. Trancar-me em algum quarto genérico, entre quatro paredes genéricas e, à noite, dormir em paz em uma grande cama genérica – ter de responder apenas ao serviço de quarto e ao pessoal da limpeza que permanece sem nome e sem rosto durante toda minha feliz estadia.

A pessoa atrás da mesa da recepção liga para o quarto da minha mãe para anunciar minha visita e me dá permissão para pegar o elevador até o quarto andar. Quando chego, ela já está me esperando. Seus olhos estão pesados, como se estivesse dormindo, ela está com um roupão grosso e com chinelos brancos combinando.

– Estou tão feliz por você ter vindo – diz.

Ela me conduz para dentro do quarto e fico parada no meio, assimilando tudo – os tons de amarelo e cor de pêssego, figuras na parede com molduras douradas, brilhantes, e as cortinas de linho compridas e esvoaçantes. É basicamente uma extensão do *lobby*, só que menor e mais compacto.

– Você gostaria de beber algo? – ela pergunta, enfiando a cabeça no minúsculo frigobar.

– Não, obrigada – digo, dando uma rápida olhada pela janela. As nuvens encobrem o sol e o céu começa a escurecer. Olho no relógio. Passa um pouco das 16h, apenas. Imagino se Drea e Amber estão me procurando. Se Chad e Drea ainda estão juntos. Aperto os dentes ao pensar nisso, neles parados lá no meio do nosso quarto, quase se beijando, e sinto meus olhos começando a encher.

– Está com fome? – minha mãe pergunta. – Quer comer alguma coisa?

Balanço a cabeça e desvio o olhar. Não sei ao certo o que estou fazendo aqui, porque não estou lá no meu quarto, engolindo seja lá qual for o problema pessoal que tenho com Chad e Drea, e me focando no que é realmente importante. Preciso refletir sobre meus sonhos para que eu possa entender o que tentam me dizer e, assim, descobrir como a forca, a música e os bilhetes misteriosos se encaixam nesse quebra-cabeça.

Mas em vez disso, estou aqui. Porque, lá no fundo, depois de ouvir sobre as experiências de minha mãe com sonhos e premonições, tenho esperança de que ela me ajude com os meus.

– Eu vim conversar – digo, respirando fundo para me acalmar.

Ela aceita, como se já soubesse, e se senta na beira da cama.

– Sobre meus pesadelos – sento-me ao seu lado. – É por essa razão que você está aqui, não é?

– Estou aqui – ela diz – porque achei que há certas coisas sobre mim que você deveria saber.

– E agora que sei sobre elas?

– O que quer dizer?

– Quero dizer, foi horrível tudo pelo que você passou. E estou feliz por ter me contado. Mas você também sabe que tenho tido meus próprios pesadelos.

Ela assente.

– E você sabe que começar algum passatempo ou me associar a algum clube não vai fazê-los desaparecer. Não neste momento. Meus sentidos estão bem desenvolvidos.

Ela vira em minha direção para colocar a mão no meu ombro.

– Você poderia tentar se quisesse, Stacey. Se realmente colocar sua mente nisso, pode se treinar para sonhar menos, para não ser capaz de pressentir certas coisas. Pode levar um tempo, mas pode ajudá-la a ter uma vida mais fácil.

– Eu não tenho esse tempo.

– Por quê? O que você quer dizer?

– Quero dizer que só tenho alguns dias antes que alguma coisa horrível aconteça comigo.

– Horrível?

Confirmo.

– Como o que aconteceu com Maura, como o que aconteceu com Julia?

Minha mãe fecha os olhos, bem apertados, como se o que estou dizendo não fosse surpresa e fosse uma completa surpresa ao mesmo tempo – como se seus piores medos se tornassem realidade.

– *Me* conte – ela diz, com a voz fraca. Sobre o que você está sonhando?

– Você vai ficar bem? – pergunto.

Ela confirma novamente.

– Talvez devêssemos conversar amanhã – digo.

– Não – ela limpa os olhos com a manga do roupão. – Você estava certa quando disse que vim aqui por causa dos seus pesadelos. E talvez agora eu só precise colocar os meus para descansar.

Sento-me mais para trás e passo meus braços ao redor de seus ombros. Seu corpo tão pequeno contra o meu, seus braços como se fossem pequenas asas de passarinho, batendo nervosamente contra minhas costas.

– Vamos começar do começo – ela diz – e ver o que podemos descobrir.

Passo a hora seguinte ou mais falando a respeito de meus pesadelos com Maura e Veronica, sobre como os pesadelos com Maura têm me deixado enjoada. Conto a ela sobre Jacob, sobre como ele veio do Colorado até aqui porque disse que estava tendo pesadelos sobre mim, como ele me deu a rocha de cristal e como ele acha que alguém vai tentar me estrangular. Então continuo a contar sobre todas as coisas esquisitas que ando recebendo.

– Então, o que você está me dizendo – ela diz – é que os pesadelos que você teve com Maura quatro anos atrás são os mesmos pesadelos que você está tendo com ela agora.

– Não exatamente os mesmos – digo. – A única parte igual é a do galpão de ferramentas. Quando eu tinha os pesadelos com Maura quatro anos atrás, conseguia vê-la presa em um desses galpões.

– E foi onde a polícia acabou encontrando seu corpo – ela diz.

Concordo com um movimento de cabeça.

– Mas agora os pesadelos são diferentes. Quero dizer, ela pula corda, canta músicas esquisitas, eu ando por um corredor no porão da escola, vomitando por todo o lugar... E mais, tenho sonhado com Veronica também. Basicamente, estou sendo assombrada por gente morta.

Minha mãe balança a cabeça.

– Não é assim tão simples. Você precisa se lembrar de que seus pesadelos estão tentando lhe dizer alguma coisa, todos os detalhes são importantes.

– Então, talvez meus pesadelos tentam me dizer que ainda me sinto culpada a respeito de Maura e Veronica.

– Talvez – minha mãe diz, dando um tapinha em minhas costas. – Mas, lá no fundo, você provavelmente já sabe que é verdade. Não importa quantas pessoas você seja capaz de salvar ou quantas vidas é capaz de melhorar, provavelmente sempre haverá uma parte sua sentindo que você poderia ter feito mais. Tem sido assim comigo, com a morte de Julia. Falo a mim mesma que não foi culpa minha. E venho até aqui, esperando melhorar as coisas ao ajudar você, mas isso não vai mudar o passado... ou a culpa.

Engulo o que ela está tentando me dizer, mas não tenho certeza do quanto concordo com isso. Quero dizer, acho que há um momento em de você tem que se perdoar por qualquer erro ou imperfeição do passado. E que ajudar os outros melhora mesmo as coisas. Mas não muda o passado, sequer o mascara. Mas pode ajudar a mudar o futuro de alguém.

Descanso minha cabeça em seu ombro.

– Então, se não são os velhos fantasmas me assombrando, o que é?

– Bom – ela começa –, seus sonhos são baseados em eventos que já aconteceram. Até mesmo a carta que você recebeu, perguntando se manterá sua promessa, implica em alguma promessa que você fez no passado.

– E?

– Então, talvez você tenha que ir até o seu passado para encontrar as respostas.

– É, mas meu passado com Maura não poderia ser mais diferente do meu passado com Veronica Leeman. Como eles se conectam? – balanço a cabeça, imaginando se Jacob estava certo quando disse que tenho tido pesadelos com Veronica porque, para mim, ela representa a morte, porque ela representa o que pode acontecer se eu não descobrir o que está havendo.

– Por que você acha que tem vomitado? – ela pergunta.

Dou de ombros, pensando em como os pesadelos do ano passado me faziam molhar a cama e como isso se tornou uma pista, um jeito do meu corpo me dizer algo.

– Nos seus pesadelos, você está vomitando por causa de alguma doença, como uma gripe, ou por algum outro motivo? Uma alergia a alguma comida, talvez?

– Apenas um enjoo simples, acho – digo, lembrando-me de como Jacob disse que também sonhava comigo ficando enjoada. Mas ele dizia que se parecia mais com um enjoo de ressaca, como se eu tivesse bebido muito ou alguma coisa parecida.

– Você consegue pensar em alguma razão para que isso possa estar acontecendo? – ela pergunta.

Desvio o olhar, sem querer lembrar, depois de tanto tempo tentando esquecer – tentando bloquear todos esses pequenos detalhes da morte de Maura. Ela também tinha vomitado, alguns minutos antes de morrer.

– Miles Parker – digo.

O simples pensamento nele faz com que eu me contorça. Ainda consigo ver seu rosto – *closes* dele nos noticiários ao entrar e sair do tribunal. Repórteres enfiando seus microfones em sua cara, fazendo todo tipo de perguntas sobre os motivos – por que ele a sequestrou, para começar, quais eram suas intenções, por que ele daria álcool para uma menor.

– O que tem ele? – minha mãe pergunta.

Volto a pensar nos detalhes do julgamento. Quando ele sequestrou Maura, aquele dia, ele a pegara com seu carro quando ela estava voltando a pé da escola – um rosto amigável da vizinhança. Uma vez que ela entrou no carro, não houve volta.

– Ele estava bebendo – digo. – Ele ofereceu a ela uma "bebida especial", licor de cereja, que a deixou enjoada. Eles encontraram vômito dela em seu carro e em suas roupas.

– Então, talvez Maura queira lhe dizer algo – minha mãe diz. – Talvez ela esteja tentando se comunicar com você através dos seus sonhos, talvez para ajudá-la de algum modo.

– Sim, mas o que ela está tentando me dizer?

– Isso é algo que só você pode responder.

Passamos a próxima hora virando e revirando todos os detalhes, até que o rosnado de nossos estômagos nos interrompe. Pedimos serviço de quarto – pratos de sanduíches de queijo com tomate grelhados, batatas fritas cortadas em forma de *waffle*, salada de repolho e pudim de sobremesa. Considerando que não comi nada desde um bolinho indigerível desta manhã e as poucas mordidas nas panquecas de manteiga de amendoim na lanchonete, e que já são quase seis da tarde, a mistura de açúcar, gordura e carboidratos é tudo de que preciso.

– Sabe – minha mãe diz, terminando de beber o que sobrou em sua caneca de café –, não sei se vai se lembrar disso, mas sua avó costumava sempre dizer que o que acontece no nosso passado nem sempre fica no passado. Ele aparece em nosso presente e no futuro.

– O que isso pode significar? – deito-me na cama e fico olhando para o teto. – Que todas as tragédias horríveis da minha vida continuarão simplesmente se repetindo no futuro?

– Talvez, quando as coisas não são resolvidas no passado – ela diz –, a vida nos dá uma segunda chance de endireitá-las.

– E como me salvar vai endireitar as coisas para Maura e Veronica?

– Não é isso – ela diz. – Mas talvez se salvar endireite as coisas para *você*.

Passo os próximos minutos olhando fixo para os desenhos do teto, tentando decifrar o que tudo isso significa – como me salvar pode endireitar as coisas para mim, como o passado pode voltar em nosso presente e futuro e por que meus pesadelos estão me deixando enjoada – o que Maura pode tentar me dizer, como ela pode até tentar me ajudar de algum modo.

– Você ainda usa o anel da sua avó? – minha mãe pergunta.

Levanto a mão e olho para ele – a ametista brilhante e púrpura cheia de promessas e proteções.

– Combina com você – ela diz.

Levanto, apoiando-me nos cotovelos.

– Você acha mesmo?

Ela assente e sorri, e não consigo evitar de sorrir também. É como se ela finalmente me aceitasse por quem sou e no que acredito. Jogo meus braços ao redor dela e ela me abraça também, suas asinhas um pouco mais fortes do que antes.

– Preciso ir. Amber e Drea devem estar preocupadas comigo.

– Por que você simplesmente não fica aqui esta noite?

– Não sei. Talvez eu deva voltar, encarar minha vida, meu futuro.

– Não sem uma boa noite de sono – ela diz. – Talvez com um pouco de descanso, em algum lugar onde você se sinta segura, as coisas vão ficar mais claras.

– Talvez – digo.

Ela toca os fios do meu cabelo no lugar onde cortei, como se conseguisse pressentir meu feitiço à luz da lua na floresta – a oferenda que fiz para a terra em troca de me ajudar a ver com mais clareza.

– Acho que se você quer ver mais claramente – ela começa –, deveria mesmo passar algum tempo pensando sobre as coisas essenciais, meditar sobre elas. Só assim você será capaz de descobrir o que seu passado tenta lhe dizer, porque ele voltou no seu presente e como isso vai afetar o seu futuro.

Concordo, pensando em como agora, pela primeira vez na vida, ela me lembra tanto a minha avó, depois de tantos anos achando que elas eram completamente diferentes.

Acabo ligando para Amber para dizer onde estou e que volto de manhã. Amber me diz que Drea quer falar comigo, mas recuso. Não é que eu não queira resolver as coisas com ela, é só que preciso fazer o possível para me focar no que é essencial neste momento.

37

Esta manhã está muito mais fria, mas o sol está tão brilhante que decido dar uma volta assim mesmo. Sigo por uma rua não muito familiar, repleta de árvores grandes e áridas. Há casas à direita e à esquerda – basicamente uma pequena vizinhança suburbana, com cestas de basquete, *minivans* e arbustos bem cuidados.

Quando chego ao fim da rua, vou para a esquerda. Noto um campo bem gramado e muitos carros estacionados. Ando um pouco mais e vejo que, na verdade, é um cemitério. Há um grupo de pessoas reunidas ao redor de um caixão. Sinto-me atraída por ele, por eles, e sinto algo esquisito roendo minhas entranhas – a necessidade de ver quem é que está sendo colocado embaixo da terra.

O padre recita uma oração e espirra água-benta sobre o caixão. Olho ao redor, para cada um dos rostos. Bem na minha frente está uma garota bem parecida com Donna Tillings. Aproximo-me alguns passos para vê-la melhor. Ela está toda vestida de preto e usa um desses chapéus de luto, do tipo que tem um véu que cobre o rosto. Ela olha na minha direção e levanta o véu para que eu possa ver seu rosto. E *é* Donna. Ela junta os lábios e puxa algo de sua bolsa, um buquê de flores. Penso que vai deixá-lo cair sobre o caixão, mas, em vez disso, ela vem na minha direção, abrindo espaço entre o mar de pessoas em seu caminho.

– Estou feliz que tenha vindo – ela diz, entregando-me o buquê. Ela me beija no rosto e pega minha mão, guiando-me através da multidão, aproximando-me do caixão.

– Quem morreu? – sussurro.

Ela se vira para mim, seus lábios pálidos novamente grudados, seu rosto torcido como se ela não entendesse minha pergunta.

– *Você* morreu – ela diz. Aponta para o caixão e a tampa abre para que todos vejam.

Pisco os olhos, esperando ver Veronica Leeman, mas em seu lugar eu vejo a mim mesma. As roupas são as mesmas que estou usando agora – casaco preto, blusa amarela-esverdeada, *jeans* largo, sapatos Doc Marten falsos. E minhas mãos estão dobradas sobre minha barriga, meu anel de ametista me encarando na mão direita.

– Você está pronta? – Donna pergunta, as bordas de seus olhos de uma cor rubi-escura contrastando com sua pele pálida.

Olho de relance para os outros na multidão. Parece que todos estão me esperando – Amber e Drea, Chad e Jacob, minha mãe, Keegan, Trish e Tobias, Cory e Emma; todas as moças do refeitório; a Sra. Halligan, vestida com uma blusa dos anos 70 com estampas de animais do zoológico; até mesmo o Sr. Qual-seu-nome, ostentando um uniforme de zelador e um par de galochas.

Respiro fundo e olho para além deles. Posso ver alguém se aproximando ao longe. É minha avó. E ela está com Maura. Estão de mãos dadas como se fossem velhas amigas – como se estivessem esperando por mim, também. Na outra mão, minha vó segura uma vela branca – a mesma que ela me deu no meu aniversário de 12 anos. Ela para e sorri para mim. E Maura assopra para mim uma imensa bolha laranja que sai de seus lábios.

Dou um passo em direção a elas, mas minha avó balança a cabeça e eu paro. Ela acena na direção da lápide, bem à minha direita. Olho para ela, para meu nome esculpido no mármore rosa-cintilante. "Aqui jaz Stacey Ann Brown", está escrito. "Amiga devotada, filha amorosa." Tem a data do meu nascimento cravada abaixo da inscrição e, em seguida, a data de hoje.

A data de hoje.

– Stacey, você está pronta? – Donna repete.

Olho de novo para minha avó, para Maura e para minha mãe, e balanço a cabeça.

– Não – digo. – Hoje não é o meu dia de morrer.

38

Acordo de repente, com a respiração acelerada, meu coração praticamente querendo sair do peito. Mas não me sinto enjoada – não sinto aquele desejo ardente no fundo do estômago de soltar tudo pelo lugar todo. Suspeito ser porque, desta vez, meu pesadelo não foi completamente focado em Maura. Foi mais focado em Veronica Leeman e no medo óbvio que tenho de acabar como ela.

Já está claro lá fora, posso ver os finos fachos de luz do sol através das persianas fechadas até a metade. Minha mãe já está de pé. Seu lado da cama está vazio e a porta do banheiro está aberta, a luz apagada. Então, onde ela está?

Também me levanto. Lavo o rosto, escovo os dentes e abro bem as janelas, tudo isso tentando me orientar no novo ambiente. Mas só consigo pensar no pesadelo que tive.

E em como hoje é supostamente meu dia de morrer.

Depois de um banho rápido, volto a vestir minhas roupas e prendo o cabelo. Minha mãe ainda não voltou. Vou arrumar a cama e encontro um bilhete ao lado de seu travesseiro.

Querida Stacey,

Você ainda estava dormindo, mas não consegui ficar na cama. Fui até a academia do hotel e, depois, vou achar uma padaria e comprar para a gente alguns *croissants* e cafés frescos.

Com amor, mamãe

P.S.: Decidi ficar mais uma noite para que tenhamos mais tempo juntas.

Ela anotou a hora no canto do bilhete – 7h45. E agora passa das 9h. Corro até a academia do hotel para encontrá-la, mas ela não está lá. Nem no vestiário. Verifico o estacionamento, seu carro não está lá. Imagino que ela saiu para comprar os cafés e *croissants*, mas como o tempo é essencial aqui, não posso me dar ao luxo de esperar. Escrevo uma mensagem para ela, desculpando-me pela saída repentina, mas enfatizando que realmente preciso voltar ao campus.

Quando volto para o dormitório, PJ e Amber estão sentados na cama de Amber.

– Como foram as coisas lá com a sua mãe? – Amber pergunta.

– Boas – digo, confiante na resposta.

– O telefone não parou de tocar – ela disse. – Jacob quer ver você.

– Por quê?

– Não sei – Amber diz. – Mas parece ser bem urgente.

– Corre, corre – PJ diz.

– O que *você* está fazendo aqui? – pergunto a ele.

– Surtando – ele mergulha a mão em uma caixa de cereal com frutas que está apoiada em seu colo e enfia um punhado na boca.

– Surtando totalmente – Amber concorda. Ela coloca a mão em seu ombro e ele desvia o olhar.

– Ele está completamente assustado.

– Por quê? – sento-me na beira da minha cama. – O que está acontecendo?

– Há alguma sujeira bem fedida acontecendo neste campus – Amber diz.

– Seja claro, por favor.

– Eu fui àquela sessão espírita ontem à noite – PJ diz.

– Ótimo – cruzo os braços.

PJ revira os olhos para o teto.

– Não vou entrar novamente nos quem, onde e porquês com você novamente, Stacey abelhinha. E nem em como estou realmente fazendo isso por você. Deveríamos já estar bem longe desse ponto.

– Bem, então, qual *é* o ponto?

– O ponto é que eles são uns malucos malditos. Uma maldita lata de loucos prestes a explodir.

– O que aconteceu?

– Dá para acreditar nisso? – ele cruza as pernas. Eles só me queriam lá para me usar.

– Imagine – digo.

– Quer dizer, sinto-me tão roubado.

– Calma, calma – Amber diz, acariciando seu braço.

– Então eu fui – PJ começa. Encontramo-nos no porão do Enforcado, um pouco depois das 23h, da noite passada. O que era bom – tarde o bastante para se ter um ambiente propício para se chamar espíritos, mas cedo o suficiente para que pudesse voltar para casa antes da maratona de *Real World*.

– Como você conseguiu entrar?

– Tobias – ele diz. – Ele trabalha lá.

– E aí...

– E aí que eles só me queriam lá para que eu deixasse o espírito de Veronica todo assustado e irritado para que ela fizesse alguma besteira.

– Como o quê?

– Você sabe... Piscar as luzes, esmigalhar a janela, tomar o corpo de alguém e fazê-lo entoar versos em latim?

– E essas coisas aconteceram?

Ele balança a cabeça e enche sua boca com mais um punhado de cereal. Toda a imagem do que aconteceu, a imagem dele, tão assustado, comendo cereal de frutas sem parar, como se fosse viciado nisso, diz-me que ainda há muito mais.

– Eles me queriam lá – ele diz enquanto mastiga – porque sabiam que Veronica e eu não víamos as coisas do mesmo jeito.

– Nem queriam ver um ao outro – Amber corrige.

– Eles queriam reconstituir aquela noite – PJ continua.

– Qual noite?

– Você sabe – ele diz, seus olhos escancarados de medo. *Aquela* noite. No O'Brian? Na sala de Francês? Você vindo pelo corredor, chamando o nome dela? O corpo de Veronica jogado no chão, suco de ameixa saindo dos seus cabelos.

– Sangue – Amber sussurra.

– A noite em que Donovan a matou? – digo.

– Existe alguma outra noite que se encaixa na descrição? – ele pergunta, a frustração crescendo em sua voz.

– Por que estão fazendo isso? – pergunto.

Ele balança a cabeça.

– Porque eles são atormentados. Porque estão obcecados com o que aconteceu no ano passado. Eles veem Veronica como um tipo de ídolo distorcido, vítima de seus colegas. Eles parecem achar que ela quer vingança e querem ajudá-la a conseguir.

– Cory e Tobias até estiveram em contato com Donovan – Amber diz.

– O quê? – sinto meu peito se contraindo, meu lábio inferior tremer. Eu o mordo para segurá-lo, um esforço quase nulo de tentar me manter controlada.

– Eles têm tentado inventar maneiras de tirá-lo do centro de detenção juvenil – Amber diz.

– Para que ele possa participar da reconstituição – PJ engole com dificuldade e faz uma careta, como se acabasse de digerir uma colher cheia de lama.

– Mas eles não tiveram sucesso – digo. – Quer dizer, você não pode simplesmente fazer alguém fugir de um lugar desses. Certo?

– Eu não sei – PJ diz, mastigando a ponta dos dedos, agora. – Eles têm todos os tipos de cartas dele. Eles não me mostrariam todas, não até que eu provasse minha lealdade.

– E como você tem de provar isso? – pergunto.

– Levando *você* lá.

– Eu?

Ele assente.

– Esta noite... Para a reconstituição.

39

Conversamos com PJ sobre todo o incidente da sessão espírita por mais ou menos meia hora. Até Drea chegar.

– Preciso falar com você – ela se senta ao meu lado na cama. Seus lábios, que normalmente fazem biquinho, estão tensos e sua aura está uma cor verde-oliva sombria. Ela olha fixo para os sapatos – tênis cor de melão que combinam com seu cachecol – e então olha para mim.

– O.k! – digo, embora saiba que não tenho muito tempo.

Nós vamos para fora, para a escada da entrada – onde é mais calmo –, sentamos-nos ali por alguns momentos, só olhando para o gramado.

– Desculpe pelo que aconteceu ontem de manhã – ela finalmente diz. – Você sabe, quando você chegou e eu estava com o Chad.

– Mas o *quê* aconteceu?

Ela balança a cabeça.

– Nada, na verdade.

– Então, por que você precisa pedir desculpas?

Porque talvez eu quisesse que algo acontecesse.

– Ah!

Ela vira o rosto para mim.

– Eu ainda estou apaixonada por ele, Stacey.

Fecho os olhos bem apertados e viro para o outro lado, sentindo suas palavras queimando direto até meu coração.

– *Me* desculpe. Não posso evitar. Eu tentei. Já disse a mim mesma que ele é seu, que é você quem está com ele agora. Que já o superei. Mas não. Ainda o amo. E acho que sempre vou amá-lo.

Mordo os lábios e olho para minhas mãos, para a pele rachada de minhas palmas. Sinto um ninho de lágrimas chocando atrás de meus olhos. Eu sabia que seria uma questão de tempo antes que Drea e eu tivéssemos essa conversa. Só que... Não estava preparada para que isso acontecesse agora, no meio de tudo, quando precisava mais do que nunca que as coisas constantes da minha vida ficassem desse jeito – constantes.

– Diga algo – ela diz, desviando o olhar.

– O que você quer que eu diga?

Uma parte de mim quer perguntar se Chad sente o mesmo, mas não consigo, porque não sei se conseguiria lidar agora com a resposta.

– Você disse ao Chad como se sente? – pergunto.

Ela balança a cabeça.

– Mas acho que ele sabe. Acho que ele sempre soube.

Concordo porque sei que ela está certa. Porque ela ama *mesmo* o Chad. Talvez até mais do que eu.

– E agora?

– Eu não sei. Não sei o que ele está pensando. Às vezes, acho que ele sente o mesmo, sabe? Mas então ele a vê e sinto como se tudo mudasse.

Encosto-me no degrau e respiro fundo, pensando em como toda essa situação me parece familiar. Foi como no ano passado, quando a fiz

passar por exatamente a mesma coisa. E então penso em quão estranhamente bem me sinto por ter de passar por tudo isso, como se talvez eu pressentisse todo esse tempo que Chad e eu não devêssemos ficar juntos, não do jeito que estamos.

Consigo olhar para seu pescoço, para a verruga amarronzada em seu queixo e subo para seus olhos. Ela também está chorando. Há uma corrente de lágrimas descendo por seu rosto.

– Eu não a odeio – digo, secando minhas últimas lágrimas.

E não a odeio. Não consigo. Embora uma parte de mim queira.

40

Depois da conversa com Drea, faço o possível para curar minhas feridas respirando um pouco de lavanda, passando um pouco de óleo de patchuli atrás das orelhas e na frente de meu pescoço, e várias gotas de água de rosas em minhas têmporas. Digo a mim mesma que é bom que Drea esteja sendo honesta comigo, pois talvez me force a também ser honesta comigo mesma. Isso, unido à receita de aromaterapia que flutua sobre minha pele, me ajuda a focar novamente no essencial.

Respiro fundo e retorno uma das muitas ligações de Jacob. Ele me diz que considerou a possibilidade de juntarmos nossas forças em um feitiço e quer que eu vá até seu quarto o mais rápido possível. Eu não paro para perguntar como ele vai me colocar para dentro. Em vez disso, eu simplesmente desligo, agarro a forca, as cartas, o gravador e enfio a esmo um monte de suprimentos para feitiços – um punhado de grãos de baunilha, sacos de sanduíches cheios de manjericão seco e outros condimentos, e um pequeno frasco de óleo de gergelim – na minha mochila.

Quando chego em seu dormitório, ele está parado do lado de fora, esperando-me.

– Já está tudo pronto no meu quarto – ele diz. – Mas você precisa esperar aqui até eu me livrar do DR.

Espero diversos minutos até que Jacob me faz um sinal de que é seguro entrar. Ele me conduz pelo *lobby*, subimos alguns lances de degraus e descemos um corredor estreito. Passamos por alguns garotos no caminho – a maioria calouros, acho – que me lançam olhares esquisitos, bem provocativos, como se nunca tivessem visto uma mulher.

O quarto de Jacob é o último da esquerda. Ele destranca e nós entramos. O típico quarto de um garoto. Cartazes de bandas de *rock* clássicas enchendo a parede – The Beatles, The Doors, The Police. Há também uma pilha alta de roupas sujas no chão, cores neutras de azul e café, e o calendário de biquínis obrigatório da revista *Sports Illustrated* preso em um quadro de avisos.

– Meu companheiro de quarto é um relaxado – ele diz, fechando a porta atrás de nós. – Essas coisas são quase todas deles.

– Onde ele está? – pergunto, olhando para os suprimentos de feitiços naquela que obviamente é a cama de Jacob.

– Saiu. Ele está sempre fora. Eu mal vejo o cara.

Concordo, notando o quanto ele parece nervoso. Ele revira as chaves nos dedos, derrubando-as antes de conseguir enfiá-las no bolso.

– Foi difícil se livrar do DR? – pergunto, esperando aliviar a tensão.

Sem muito mais do que um olhar de lado na minha direção, abre a chutes caminho entre as pilhas de roupas no chão entre ele e sua cama.

– Na verdade, não. Eu só disse a ele que um dos banheiros do primeiro andar estava inundado.

– Disse?

Ele assente.

– Graças a algumas páginas dos meus trabalhos.

– Adorável – digo.

– Diga isso *a ele*. Só espero que tenha um par de galochas à mão – Jacob cruza os braços e olha para os suprimentos de feitiço espalhados sobre um pedaço de tecido cor de amora que ocupa metade de sua cama.

– Também trouxe umas coisas para feitiços – digo, abrindo o zíper da minha mochila.

– Eu tenho tudo – ele diz.

– Que tal a forca e as cartas e as outras coisas? – pergunto, pronta para tirá-las da mochila.

Ele balança a cabeça.

– Temos tudo de que precisamos bem aqui.

– O que vamos fazer? – pergunto, sentando-me no canto da cama.

– Eu gostaria de fazer um feitiço que foque em seu passado. Estou pensando em algo entre seus sonhos com Maura e a carta, referindo-se a alguma promessa do passado, é aí que está a resposta.

– Engraçado – digo. – Minha mãe disse a mesma coisa.

Ele concorda, quase como se já soubesse.

– Então, por onde começamos? – pergunto.

Jacob vira para acender um incenso. É quando noto a grande vela branca em cima de sua mesa de cabeceira. Muito parecida com a minha.

– Você tem uma vela branca – digo.

– Você parece surpresa.

– É que ela se parece com uma que minha avó me deu, só isso.

Ele engole com dificuldade e vira para me olhar de frente.

– Você vai acendê-la? – pergunto.

– Não.

– Por quê? – engulo seco.

Ele olha para mim com tanto propósito, quase através de mim, como se pudesse ver a minha alma.

– Porque não é hora.

– Então quando vai ser a hora?

– Você não sabe? – ele pergunta. – Branco é para magia.

Sinto meu lábio inferior tremer, apenas ouvindo as palavras de minha avó saindo de sua boca.

– Como você sabe disso?

– O que quer dizer? Você também não acha isso?

– Eu não sei, quero dizer, é o que minha avó dizia sobre ela.

Ele concorda, como se entendesse completamente, como se isso não o surpreendesse de maneira alguma.

– Mas isso não faz sentido – continuo. – Quer dizer, por que deve haver um momento especial para se acender uma vela branca? Nós fazemos mágica o tempo todo. Pelo menos *eu* faço.

Jacob sorri como se pudesse sentir minha frustração.

– Magia é mais do que simples feitiços, não acha? Nós nos enganaríamos tanto se pensássemos que magia fosse só isso.

– Não – digo. – Eu sei que há algo mais.

E eu sei que há mais – como os elementos mágicos do espírito e da natureza; a lua, lançando sua luz quando você precisa enxergar. Mas ainda não entendo o que minha avó estava tentando me dizer.

– A magia verdadeira – ele diz – engloba muitas coisas. Reúne todas as pequenas coisas maravilhosas que não podem ser explicadas, coisas puras.

Concordo, ainda esperando pela luz que se acenderá na minha cabeça.

– Ou talvez sua avó quisesse que você esperasse até experimentar algum aspecto específico da magia antes de acender aquela vela.

– Como o quê?

Jacob vira para arrumar um grupo de pedras em sua mesa.

– Como o amor – ele diz, com a voz baixa, como se uma parte dele não quisesse que eu ouvisse.

Amor? Eu engulo seco ao pensar nisso.

– Pelo menos foi isso que meu tio disse para esperar antes de acender a minha.

– Seu tio?

Ele afirma, juntando as pedras num montinho.

– Meu tio e eu éramos muito próximos. Ele era o único com quem eu podia me identificar.

– E foi ele quem lhe deu a vela?

Jacob vira para me olhar novamente. Ele confirma, seu rosto um pouco corado.

– No meu aniversário de 12 anos.

Sinto que começo a tremer. Meu coração acelera dentro do peito, agitando meus nervos, chacoalhando meus ossos. Cruzo os braços e alargo minha postura para recobrar meu autocontrole. Fico imaginando se ele consegue sentir isso – como estou abalada, como somos iguais.

– De qualquer modo – ele diz, respirando fundo para mudar de assunto –, antes de começarmos o feitiço, há a necessidade de confiança total.

– Confiança? – minha cabeça está girando.

Ele afirma.

– Para que possamos combinar nossas energias em qualquer feitiço, para que ele funcione, temos de confiar um no outro completamente.

– O.k! – digo.

– Não está o.k! – ele me corrige. – Porque eu sei que você não confia em mim completamente.

Abro minha boca para discutir, mas não consigo. Porque há um lugarzinho bem pequeno dentro de mim que me impede de confiar nele completamente.

– Confiança sempre foi uma coisa difícil para mim.

– Tudo bem – ele diz. – Porque eu também não confio completamente em você.

O quê? Quer dizer, depois de todo esse tempo que passei me questionando sobre ele e seus motivos, as razões pelas quais empacotou sua vida e se mudou para o outro lado do país, minha ficha não tinha caído: a possibilidade de *ele* não confiar em *mim*.

– Se eu confiasse em você completamente – ele começa – não teria hesitado quando me chamou para fazermos um feitiço juntos. Eu lhe disse que feitiços são coisas pessoais para mim. Nunca os compartilhei com ninguém.

– Então o que estamos fazendo aqui? – pergunto. – Se você não acredita que um feitiço colaborativo possa funcionar...

– Eu não disse que *não poderia* funcionar – Jacob se senta ao meu lado na cama. – Eu apenas disse que não funcionaria se não confiássemos um no outro.

– Então como podemos confiar um no outro agora?

Ele aponta para os suprimentos de feitiço.

– É para isso que serve tudo aquilo. Antes de fazermos um feitiço que foque em seu passado, precisamos de um que nos una com confiança.

– Feitiços não criam confiança – digo, levantando-me.

– Este criará – ele se levanta também, ficando muito perto do meu rosto – olhos nos olhos, lábios nos lábios. Ele tem cheiro de óleo de coco.

Sinto meu lábio tremer e acho que ele vê isso, também. Os cantos de sua boca se curvam levemente para cima, como num sorriso.

– Talvez devêssemos começar, então – digo, dando um passo para trás. Sento-me na cama e começo a mexer numa jarra quadrada qualquer.

– O que vamos fazer primeiro?

Jacob liga uma chapa elétrica na tomada perto de sua mesa.

– Vamos fazer pintura corporal.

– Pintura corporal?

Ele puxa uma camiseta velha da gaveta superior de sua camiseira e a joga para mim.

– Para você não sujar suas roupas.

– Eu tenho que usar isso?

Ele confirma e puxa outra camiseta para si mesmo.

– Acho que não.

– É disso que estou falando – diz. – Você precisa confiar em mim.

Dá um passo na minha direção e segura minha mão.

– Eu tenho tanto a perder com tudo isso quanto você.

– Sua vida não está em risco – digo.

– Não – ele diz. – Mas a sua está.

Seus olhos azuis-ardósia penetram nos meus tão profundamente que preciso desviá-los.

– Vou virar e você pode se trocar ali – ele aponta para o canto do quarto.

Assim que se vira, vou na direção que ele apontou, bem à direita da porta, pensando em como, se eu quisesse, poderia simplesmente ir embora.

Mas é claro que não vou.

Puxo a blusa por sobre a cabeça e deslizo a camiseta por cima do sutiã, lembrando-me de que ainda tenho namorado, de que não deveria me sentir assim, de que há coisas muito mais urgentes com o que me preocupar no momento.

A camiseta vai até o meio da minha coxa e tem o cheiro dele, cheiro de óleo de coco e incenso de citronela. Ela cai um pouco abaixo de meus braços, revelando as laterais de meu sutiã. Enfio o tecido da camiseta no elástico e viro para me ver no espelho – ver meus cabelos compridos e escuros, meus olhos castanhos-dourados e meu rosto angular. A blusinha aperta um pouco no peito e nos quadris e faz minha pele ficar mais clara, quase como nata. E por alguma razão inexplicável, parada ali, em meio a um monte de calças de moletom misturadas com camisetas, vestindo suas roupas, em seu quarto, sob essas condições, não poderia me sentir mais... Bonita.

– O.k! – digo, quase ansiosa para que ele me veja, para que veja essa parte de mim. Mas em vez disso ele simplesmente tira a sua camiseta e coloca a outra também.

Desvio o olhar, sentindo uma onda de calor descendo por minha espinha, pensando em como o Chad me fazia me sentir assim e como isso parece ter sido há tanto tempo.

– Tudo bem – ele diz. – Tudo pronto.

A camiseta aperta de leve seu tórax, mostrando a parte superior de seus braços, como bolas de músculos sob a pele. Permito que ele me olhe também, e imagino como é que me vê, como será que sou para ele – uma amiga, uma garota que tem um namorado, um quebra-cabeça a ser resolvido.

– Vamos começar – diz, sempre respeitoso, mantendo o olhar em meus olhos. Ele pega um pote de cerâmica que está no centro do pano na cama e me entrega. Há um pó verde-oliva dentro, parecido com farinha colorida, mas o cheiro é mais parecido com feno.

– Você já usou hena antes?

Balanço a cabeça.

– É perfeita para pintura corporal – ele despeja o líquido de um pequeno jarro no pote.

– Água da chuva – ele explica. E então adiciona algumas colheres de sopa de café instantâneo, algumas gotas de limão, óleo de eucalipto, mel, cardamomo e um pau de canela.

Ele mistura tudo com uma colher de pau e coloca o pote na chapa elétrica.

– Só por alguns minutos – ele diz. – Esquentar assim permite que a tinta escureça.

Olho dentro do pote enquanto mexe, vendo o líquido engolir o pó esverdeado. Os ingredientes se cruzam na mistura como massa de bolo aguada, deixando tudo de uma cor castanho-escuro.

– Quase parece que dá para comer – digo.

– Isso significa que está pronto – ele pega o pote pelas alças e o coloca sobre um prato de cerâmica.

– O que vamos fazer? – pergunto, como se não fosse óbvio.

– Primeiro – ele diz –, precisamos nos focar no que já sabemos sobre o perigo iminente, e então precisamos nos perguntar o que *gostaríamos* de saber.

– A parte do o-que-nós-gostaríamos-de-saber me parece bem óbvia – digo.

– É mesmo, apesar de tudo? – ele continua misturando a pintura corporal com a colher de pau e mergulha o dedo bem no centro.

– Está pronto – pergunta.

– Claro que é obvia – digo, voltando ao assunto. – Eu quero saber quem está me mandando essas coisas, quem está me observando e o que exatamente vai acontecer comigo.

– Aposto que você já sabe a resposta para algumas dessas questões – ele levanta o dedo indicador, com uma grande porção da tinta grossa e amarronzada na ponta. – Você está pronta?

– Para quê? – pergunto, inclinando-me para trás.

– Se queremos construir a confiança, precisamos pintar um ao outro. Devemos mostrar um ao outro fisicamente o que sabemos, o que desejamos saber... Precisamos ficar vulneráveis um para o outro.

– Você está brincando, certo? Desde quando pintar partes do corpo de outras pessoas faz alguém vulnerável a alguma coisa?

Jacob fica um pouco desanimado com minha resposta, o que me faz sentir uma supervaca. Não sei o que acontece comigo, às vezes. Eu já tive Amber e Drea engajadas na realização dos tipos mais bizarros de feitiços. E, além do mais, não fui eu quem enterrou uma batata outro dia? Que fez um boneco de cera e dormiu com ele embaixo do travesseiro? Então, por que tenho problemas com isso?

Com seu dedo enlameado, Jacob desenha uma espiral no centro da palma de mão – uma com cinco camadas e que se entende até seu pulso.

Mergulho meu dedo na tinta e também pinto uma espiral que combina com a dele. Levanto a palma virada para ele como se oferecesse a paz.

– Vamos começar de novo?

Jacob hesita, mas coloca sua palma sobre a minha, o calor de sua mão penetrando na minha.

– Só há uma regra – ele diz.

– Qual?

– Hena fica por muito tempo, então você tem de ter certeza sobre as imagens que vai desenhar – elas têm de ter um propósito.

– Feito.

Prendo meu cabelo com um elástico e passamos os próximos minutos desenhando nos braços um do outro, na nuca um do outro e, levantando as camisetas, nas costas um do outro. Desenho a forca em seu antebraço; a letra *M* onde sua nuca encontra seus ombros, as palavras ESTOU TE OBSERVANDO abaixo de seu bíceps direito, e a porta escurecida pelo tempo do porão de meus sonhos em suas costas, pouco acima de sua cintura.

Jacob faz o mesmo em mim. Consigo sentir linhas e espirais se formando ao longo de meus ombros e na base de meu pescoço, enquanto ele afasta meu cabelo. Formas triangulares e padrões quadriculares sob meus braços, fazendo-me cócegas, dando arrepios. Imagino se ele consegue ver meu sutiã, se ele nota o calor que tenho certeza estar visível em meu rosto.

Jacob me vira para que fiquemos de frente, seu dedo levantado para desenhar. Ele se aproxima com um passo – estamos tão próximos agora que consigo sentir sua respiração na minha testa. Jacob olha para mim tão intensamente que quase sinto vontade de fazer uma piada, liberar a tensão que há ao nosso redor. Sinto que engulo seco, sinto o lábio inferior tremer, a centímetros de sua boca. Ele abaixa o dedo na minha frente, bem ao lado de uma das alças da camiseta. Ele olha para mim para se certificar de que está tudo bem e então desenha algo que se estende por sobre minha clavícula, bem abaixo do meu pescoço e próximo ao ombro oposto. No começo tento descobrir o que pode ser, mas então meio que perco o fio da meada.

– Está pronta para continuar com o feitiço? – Jacob pergunta. – Você já confia em mim?

– Você confia? – pergunto.

Jacob se inclina, aproximando-se ainda mais, ainda olhando para mim, em meus olhos. Sua respiração aquece minha pele e tem cheiro de pau de canela e mel – como a tinta.

– Você precisa mesmo perguntar?

Balanço de leve a cabeça e a ponta de nossos narizes se tocam. Fecho os olhos e suavemente encosto minha testa na sua. Jacob percorre suas mãos pela extensão de meus braços. Faço o mesmo, movendo meus dedos pela base de seu pescoço, curtindo o cheiro de tinta na pele um do outro, apreciando o modo como as pontas de meus dedos ficam pegajosas.

Jacob para um momento para tirar o cabelo de meus ombros. Ele olha para mim e eu fecho os olhos, sentindo sua boca na minha, enviando um milhão de pequenos arrepios por toda minha pele. Seu beijo é como mel morno e café em minha língua, só que melhor, não é parecido com nada que jamais experimentei.

Enlaço-o completamente com meus braços, sentindo a lâmina de seus ombros por sobre a camiseta, o cabelo raspado em sua nuca. Abro os olhos por um momento e olho por sobre seu ombro para a vela branca perto de sua cama e um jato de emoção me toma de uma só vez – de um jeito que nunca senti antes. Quero dizer, *desse* jeito – de um jeito que meu coração parece se inchar dentro do meu peito, como se não pudesse crescer mais, de um jeito que eu gostaria apenas de entrar em sua pele e respirar sua respiração.

De um jeito que eu daria tudo neste momento para acender aquela vela branca.

– Está pensando no que estou pensando? – ele pergunta.

– Acho que sim – digo.

É quando a porta abre com tudo, quebrando o clima, fatiando nosso abraço.

Solto um suspiro.

É Tobias.

– O que está acontecendo aqui? – ele pergunta, seu olho esquerdo tremendo ao nos ver.

– Este é o meu colega de quarto – Jacob explica, afastando-se um passo de mim.

– Desculpe – Tobias diz. – Não tive intenção de interromper nada escandaloso. Só queria pegar algumas coisas.

Ele olha para o quarto, pega um boné de beisebol no chão e o coloca na cabeça.

– E então? O *que* eu interrompi, exatamente?

– Você mora com *ele*? – digo, virando-me para Jacob.

– Talvez eu deva ir – Tobias diz. – Não quero ficar no meio de nada... Grudento.

– Não – digo. – Sou eu quem está saindo.

– Tão cedo? – Tobias diz. – Por quê? O Chad a está esperando?

– Não vá – Jacob diz.

Não acredito que isso esteja acontecendo. Olho para mim no espelho, para a imagem que Tobias está vendo. É quando noto o que Jacob desenhou em mim.

– Preciso ir – agarro minha blusa e saio como uma bala pela porta, antes que qualquer um deles possa me deter.

41

Quando volto para o quarto, não há ninguém lá. Tiro a blusa e fico parada em frente ao espelho, olhando para todos os desenhos de Jacob: uma lua, um conjunto de chaves, um X gigante (a runa que significa companheirismo), uma pequena estrutura de algum tipo, talvez a prateleira de ferramentas do meu pesadelo – já que há um martelo bem abaixo dela. Mas os desenhos não me perturbam mais do que aquele que está em meu peito – um carro mal desenhado, uma árvore e uma garota desenhada com tracinhos pulando corda.

Sento-me na beira da cama e tento juntar as peças. Tudo está ficando claro agora – assim como minha mãe me disse. As respostas para o que preciso estão em meu passado.

Quando Maura disse a Miles que ela queria descer do carro naquele dia, ele ficou bravo e começou a dirigir mais rápido, fazendo mais curvas, deixando Maura mais nervosa, mais enjoada. Não demorou até que o carro batesse em uma árvore. Maura voou pelo para-brisa. Os médicos disseram que ela não morreu naquele momento. Miles, que mal havia sofrido um arranhão, entrou em pânico e carregou seu corpo para a floresta, a apenas alguns quarteirões de sua vizinhança. Ele a trancou em um galpão de ferramentas em vez de levá-la para o hospital, onde ela poderia ter sido salva.

Isso foi alguns dias antes de seu corpo ser encontrado, o que aconteceu tarde demais. Ela já estava morta. Sem nenhum registro criminal anterior, Miles foi acusado de homicídio à direção de veículo motorizado, do tipo em que eles acusam por negligência, e sentenciam de sete a dez anos de prisão, passível de liberdade condicional em quarto.

Quatro anos atrás.

Aperto meu estômago e massageio a garganta, com a sensação de que também estou ficando enjoada. Com vontade de vomitar, assim como Maura, como nos meus pesadelos.

Pesco em minha gaveta de feitiços um trapo e um frasco de óleo de oliva. Umedeço o trapo com o óleo e limpo as marcas da hena do meu pescoço, ombros e braços. Os desenhos começam a ceder e clarear um pouco. Puxo uma blusa de gola olímpica, para cobrir tudo, e então pego a tigela de pétalas de lavanda perto da minha cama. Eu as esfrego entre meus dedos, respirando a essência, tentando me acalmar.

Pergunto-me o que tudo isso significa, se Miles realmente já está solto. Ou se talvez alguém saiba sobre tudo isso, ou talvez alguém – até mesmo Jacob – tenha encontrado todas essas peças da minha vida – pesquisado todos os meus fantasmas – e esteja usando-os para tentar me deixar louca. Há certamente vários perdedores que pesquisaram sobre os eventos do ano passado, que tentaram bisbilhotar minha vida. Mas será que isso é possível? Poderia Jacob ter descoberto todos os detalhes sobre o julgamento de Miles? Será que ele está trabalhando com Cory e os outros?

Minha cabeça se confunde com tantas perguntas. Deito-me de costas na cama para tentar pensar em pelo menos algumas delas. Tenho certeza de que a letra *M* é de Maura – pelo menos foi o que senti em meu pesadelo quando a vi desenhando a letra. Assim como pular corda cantando e desenhar na calçada com giz de cera são apenas algumas das coisas que Maura gostava de fazer. Também tenho certeza de que a letra da canção "Senhorita Marieta" foi distorcida pela teoria do milho de Amber – de que é o jeito de a minha mente dizer que estou assustada, confundindo as coisas ao redor para criar o pior e mais assustador cenário possível, algo saído direto de algum filme do Freddie Krueger.

Mas o que ainda quero saber é por que alguém quer me fazer mal. Por que alguém teria todo esse trabalho de pesquisar sobre meu passado? O que eles realmente têm a ganhar com isso? E então me lembrei de algo que estive tentando bloquear.

A carta.

Sento-me na cama, as memórias me invadindo todas de uma vez. Escrevi uma carta para Miles Parker alguns dias depois que saiu a sentença. Uma carta cheia de raiva de uma garota de 13 anos atormentada e guiada pela culpa, dizendo a ele o quanto estava brava a respeito daquela patética sentença, como eu tinha previsto o tempo todo que ela seria sequestrada, que a pessoa a havia escondido em um galpão de ferramentas. Eu disse a ele como eu teria de conviver com a culpa de saber tudo isso e não ter feito nada enquanto eu vivesse.

E então eu prometi a ele algo na última linha da carta. Prometi que quando ele saísse, eu iria atrás dele, iria fazê-lo pagar – para ver que a justiça finalmente havia sido feita.

É essa a promessa à qual a carta que recebi se refere?

Pego o telefone para ligar para alguém, qualquer pessoa... Minha mãe no hotel. Mas a pessoa na recepção diz que ela não está no quarto.

Desligo e enterro a cabeça nas mãos. Minha testa está latejando. Quero vomitar. Tento beber um pouco de refrigerante de gengibre, mas só me deixa pior.

Corro para o banheiro bem a tempo, antes que o conteúdo do meu estômago se esvazie no vaso sanitário. Sento-me sobre as pernas, ajoelhada, e me escuto soluçar alto. Porque isso é muito confuso. Porque eu não sei para onde mais me voltar ou em quem confiar. Olho para meu anel de ametista, desejando que minha avó estivesse aqui para me ajudar. Desejando que minha mãe estivesse ao meu lado neste momento.

42

Em vez de me sentir melhor, o desejo de vomitar continua grande em minha garganta. E minha cabeça ainda dói – uma dor pulsante que faz tudo parecer pesado e gelado. Coloco uma compressa morna na testa e me deito na cama, com as cobertas até os ombros para reprimir o frio.

Fecho os olhos, o que alivia um pouco. Talvez um cochilo, de minutos, possa me fazer bem, ajude-me a colocar as coisas em perspectiva.

Mas os poucos minutos se tornam várias horas. Eu acordo com o som do telefone tocando, levanto-me de repente; a compressa morna, agora fria, pinga da minha testa. Acho que sequer me mexi durante o sono. Há um sanduíche embrulhado e um saco de batatas fritas do refeitório aos pés da minha cama. Sorrio, sabendo que tanto Amber quanto Drea, ou as duas, estão cuidando de mim.

O telefone continua tocando. Inclino-me para alcançá-lo, notando que minha dor de cabeça diminuiu um pouco, que meu estômago se acalmou um tanto.

– Alô?

– Alô, Stacey – diz uma voz masculina sussurrando.

– Quem é?

– Estamos com Drea.

– *O quê?*

– Você me ouviu. E se você não fizer exatamente o que eu disser, ela morre.

Quase não consigo acreditar no que estou ouvindo. É como um filme de terror ruim se tornando realidade. Percebo que há um trapo sobre o receptor do telefone, abafando o som, então não consigo reconhecer a voz.

– *Quem está falando?* – repito.

– Vai descobrir quando chegar aqui.

– Diga quem é ou vou chamar a polícia.

– Faça isso e Drea morre – a pessoa diz.

– Como posso saber se você está mesmo com ela? – pergunto.

– Como pode saber que não estou?

Olho de relance para a cama de Drea: está do jeito que ela deixou esta manhã.

– Venha até o edifício O'Brian às 23h desta noite – a pessoa continua. – Entre no prédio pela janela da sala 104 e então vá até a sala de Francês.

– É o Cory? – pergunto, olhando para o relógio. Passa das 21h.

– Stacey, apenas faça o que ele está dizendo – é a voz de Drea.

– Drea?

– Eu disse que estava com ela – a voz masculina sussurrante volta ao telefone. – E se você ligar para a polícia, ela morre. Igual à Veronica Leeman.

O telefone estala quando ele desliga. Eu também desligo. Sei que isso tem algo a ver com Cory e Tobias e a tal sessão espírita deles. Eles querem que eu vá até a cena do crime, no local exato em que tudo aconteceu, para que eles possam recriar a noite em que Veronica morreu, assim como PJ me alertou. Eles sequestraram Drea porque ela é provavelmente a única maneira que eles acharam para me atrair lá na noite do aniversário de morte de Veronica. E mais, isso meio que funciona para toda essa coisa de recriar os acontecimentos, visto que Donovan sequestrou Drea logo depois de matar Veronica.

Pego o telefone e disco o número de PJ, procurando por Amber, esperando que PJ me ajude de alguma maneira. Mas ele não está lá. Desligo e ligo para Chad. Também não está. Tento o telefone de Jacob, mas dá ocupado. Bato o telefone, o pânico começando a se instalar. Penso seriamente em ligar para a polícia do campus, mas não o faço. Porque não quero arriscar tudo. Não posso. Não agora. Não esta noite.

Pego o cristal e o meu sachê de tomilho para dar coragem e me preparo mentalmente para seguir até o edifício O'Brian – para encontrar Drea e colocar um fim nesse fiasco total de sessão espírita de uma vez por todas. Deixo um bilhete para Amber, dizendo onde fui, e deixo mensagens nos telefones de Chad e PJ. Não tenho ideia de onde todos estão esta noite. Só sei que não posso ficar esperando. Se hoje é supostamente meu dia de morrer, é melhor começar mudando o futuro. Só o que tenho a fazer é resgatar Drea nesse meio tempo.

Enfio uma lanterna na mochila, fecho e tranco a porta atrás de mim, parando apenas o tempo suficiente para olhar no relógio – 21h30. Quem me ligou disse para eu chegar lá às 23h, mas não tenho a menor intenção de seguir suas regras malucas.

Decido ir pela pista de ciclismo que há atrás de nosso dormitório, já que só leva alguns minutos para chegar até os prédios principais. E assim que começo a andar, escuto alguém me seguindo, o som de passos – botas de salto alto, acho – pesados sobre o pavimento. Paro. Olho para trás. Mas não vejo nada e não ouço mais ninguém.

Viro e agarro o cristal no meu bolso, lembrando-me de sua energia protetora, fazendo o possível para desviar minha atenção de algo que pode ser uma paranoia normal e cotidiana. Respiro o ar da noite, notando como está frio. O céu está com uma cor negra gelada, como se pudesse rachar e se abrir a qualquer segundo, chuviscando uma porção de neve. Enrolo o cachecol em volta do pescoço e cruzo os braços, o cristal ainda seguro em minha mão.

Os passos recomeçam. Aperto o passo e a pessoa me seguindo faz o mesmo. Mais rápido agora, o caminho se torna um pouco mais estreito perto dos arbustos, deixando-o mais escuro, frio e mais confinado.

Foco na área adiante – o estacionamento dos fundos da biblioteca bem à frente. Acelero ainda mais o passo, até que estou correndo, até que não consigo mais ouvir a pessoa atrás de mim. Finalmente chego ao fim do caminho – ele termina no estacionamento –, olho ao redor para encontrar alguém, qualquer um... Um dos vigias, talvez. Viro e olho na direção do caminho por onde vim, mas está muito escuro, muito carregado de arbustos. Seguro mais forte o cristal na mão para abrandar o abalo que sinto dentro de mim, as batidas fortes do meu coração. Então, corto o caminho pelo estacionamento e dou a volta até a frente da biblioteca.

Há alguns mendigos parados do lado de fora, rindo de alguma piada estúpida; não poderia estar mais feliz de vê-los, de ver alguém. Acho que eles sentiram meu medo. Eles param para me olhar enquanto salto os degraus, três por vez, meu rosto contorcido como se eu fosse chorar a qualquer momento – posso sentir em meus lábios.

Respirando com dificuldade, passo pelas portas duplas e viro para olhar a frente do edifício. Ninguém. Apenas os mesmos garotos, ainda olhando para mim, provavelmente imaginando o que há de errado.

Vou até o telefone do campus na parede e tento ligar para Chad, mas dá caixa postal de novo. Ligo para seu quarto. Mais caixa postal. E o telefone de Jacob continua ocupado. Desligo e espio em direção à frente do prédio. Os mendigos foram embora e não consigo ver mais ninguém por perto. Vou até a escadaria da frente e olho para o edifício O'Brian, um pouco mais afastado dos demais. Ou pelo menos parece que é – mais escuro, mais quieto, mais isolado.

Tomo um fôlego gigante e continuo andando, passando pela quadra de tênis e indo para o caminho que leva ao edifício. Desta vez sinto que estou sozinha. Os passos que me seguiam já não estão comigo; talvez fosse só minha imaginação.

Isso é o que digo a mim mesma, de qualquer maneira, com cada passo que me leva mais perto do prédio. É tão estranho estar de volta a esse lugar, passar pelo gramado que o cerca, relembrando que foi há apenas um ano que me sentava atrás de Veronica Leeman na aula de Francês – seu cabelo engomado, colado com laquê, pousando na minha mesa toda vez que ela se inclinava para trás na cadeira –, apenas um ano atrás eu a encontrei morta no chão desta mesma sala de aula.

Engulo a bola de medo na minha boca e dou a volta pela lateral do edifício, perto do campo de futebol. Não achava que seria tão difícil, quer dizer, claro, eu vejo sempre o prédio – tenho de passar perto dele para ir às aulas, tenho de vê-lo com o canto dos olhos a caminho da biblioteca ou ao atravessar o campus. Mas, na maioria das vezes, tento evitá-lo – tento olhar para o outro lado ou segurar a respiração até que ele esteja fora de vista. Mas isso é muito diferente. Esta noite tenho que entrar nele.

Pego a lanterna na minha mochila e vou até a parte de trás do prédio, passando pela janela da sala 104, procurando alguma outra abertura. Sei exatamente o porquê de a pessoa que me ligou querer que eu entre por ali. Porque é a janela por onde entrei no ano passado quando vim salvar Veronica; quando, em vez de salvá-la, acabei encontrando-a já morta.

Tenho tanta certeza de que foi um deles que pegou Drea – Cory e seus clones –, compelidos em alguma missão idiota de levantar Veronica do túmulo, de recriar um acontecimento pelo qual estão obcecados, provavelmente desde que leram as primeiras notícias.

Está muito mais escuro aqui atrás, os refletores que iluminam a frente e as laterais do prédio são muito fracos para alcançar a parte de trás. Aponto a lanterna para as janelas e portas, imaginando se há outro modo de entrar, esperando que Cory e os outros não vejam a luz da lanterna. Paro quando percebo que uma das janelas está entreaberta. Respiro fundo e espio por sobre os ombros. Não vejo ninguém – apenas a área cheia de árvores que rodeia o campus. Mas por estar de volta a este lugar, na quase completa escuridão, não consigo afastar o sentimento de que alguém está me observando. Dou alguns passos e me aproximo da janela, sentindo agora, mais do que nunca, que não há mais volta.

43

Usando a luz suave da lanterna para me orientar, ergo-me até o parapeito da janela e rastejo passando por ela, as solas de borracha dura dos meus sapatos atingindo o assoalho de linóleo. Aponto a luz da lanterna ao redor do perímetro da sala. É a sala de Espanhol da Señora Sullivan. Há um pouco da cultura oral hispânica ainda viva nas paredes – pedaços de revistas cortadas com imagens de *tortillas* e *frijoles*, mapas do Peru e da Argentina e, como se fosse obra do destino, um cartaz gigante de *el Dia de los Muertos*, o Dia dos Mortos.

Sigo em direção à porta que há na frente da sala. Passa um pouco das 22h. Ainda tenho uma hora antes de me encontrar com eles – uma hora para achar Drea e dar o fora desse lugar maldito antes que acabemos como peões do joguinho deles.

Ou antes que eu acabe morta.

Cuidadosamente, envolvo a maçaneta da porta com minha mão e a giro. A porta range levemente enquanto a puxo para abrir, mas o que me deixa estática é o barulho de batidas que vem do lado de fora da janela por onde entrei. Rapidamente desligo a lanterna e espero alguns segundos. O som para, como se a pessoa que está lá fora pressentisse minha suspeita.

Aperto o sachê de tomilho que está em meu bolso e saio para o corredor. Está completamente escuro, com exceção de alguns sinais brilhantes apontando para a saída nas duas extremidades do prédio. Suspeito de que Cory e seus amigos já estejam aqui, provavelmente aprontando as coisas para a grande noite. Só me pergunto onde eles estão com a Drea.

Com a lanterna bem segura em minha mão, faço o possível para me guiar pelo corredor, em direção à sala de Francês, sem ter de usá-la. Estou bem certa de que ninguém conseguirá me ver nessa escuridão, só espero que ninguém me ouça também. Parece que há tanto barulho na minha cabeça neste momento – meu coração batendo, meu estomago se estreitando, uma sensação gritante por trás dos olhos.

Piso em algo que quebra minha concentração, fazendo-me saltar. Piso novamente. Algo macio sob meus pés. Agacho-me para sentir o que é. Algum tipo de tecido, algo grosso, como cera para pintura. Estendo o braço e sinto o espaço ao meu redor – algumas latas de tinta, acho; alguns rolos de pintura; alguns trapos. E uma corda.

Meu coração começa a acelerar, espancando meu peito porque sei o que é isto. Engulo com dificuldade e avanço um centímetro pela corda até que as sinto. As alças.

Uma corda de pular.

Coloco a mão sobre a boca para impedir o grito dentro da minha cabeça. Por que estão fazendo isso? Como eles sabem? Um choramingo escapa da minha garganta. Faço o possível para passar engatinhando por tudo aquilo sem fazer nenhum outro barulho.

Vozes surgem no fim do corredor – vozes sussurrantes que não consigo identificar. Luto para me colocar em pé e sigo na direção delas, passo a entrada principal e agora, claramente, volto ao assoalho de linóleo.

Há um som de algo arranhando bem à minha direita – um arranhado amplificado, como se o som emanasse de um alto-falante. Eu paro. Meu coração espancando meu peito.

– Olá, Stacey – diz a voz no alto-falante. A voz *dele*.

Donovan.

– Seja bem-vinda de volta – diz.

Meu queixo treme. Meus joelhos enfraquecem. Sinto minha cabeça começar a rodar, como se meu mundo pudesse ruir a qualquer momento.

– Estou te observando – ele diz.

Ainda paralisada no lugar, tudo o que posso fazer é não gritar, não ligar a lanterna e me render ao meu destino. Mas não consigo. Não agora. Não com Drea dependendo de mim.

Ando em frente pelo corredor. A sala de Francês está a apenas alguns metros de distância, agora. Aproximo-me lentamente da porta, as visões de Veronica Leeman morta no chão pesam em minha mente – a poça de sangue ao redor de sua cabeça, o vaso de argila com que Donovan a atingiu na cabeça, ainda intacto no chão ao seu lado.

Minha boca se enche de medo – um gosto amargo e salgado na base da minha língua que me faz querer vomitar. Respiro fundo e me posiciono bem à direita da porta da sala de Francês, preparando-me mentalmente para espiar lá dento. Deste ângulo, posso ver velas acesas no fundo da sala. Aproximo-me um passo. Mais velas – um círculo de velas no meio do chão, designando o espaço sagrado para a sessão espírita.

Estou quase acendendo minha lanterna para ver se encontro algum sinal de Drea, quando noto algumas velas se movendo na parte da frente da sala. Elas iluminam os rostos de Emma e Trish, que as seguram no ar e sussurram uma para a outra sobre os planos da noite, sobre como o espírito de Veronica dirá a elas o que fazer.

O barulho de arranhões recomeça nos alto-falantes.

– Olá, Stacey – a voz de Donovan repete.

– Ela já está mesmo aqui? – Emma pergunta.

– São só 22h15 – Trish vai até o círculo sagrado e se senta na ponta.

Volto para o corredor e encosto as costas na parede, como se só a escuridão não fosse suficiente para me esconder, como se a parede não tivesse o poder de me camuflar inteira. Faço o possível para inspirar e expirar, para acalmar os golpes em meu peito e para me controlar, quando tudo o que quero é desmoronar.

Minha única esperança é que Amber, Chad e PJ já tenham recebido minhas mensagens e que eles façam a coisa mais sensata e chamem a polícia do campus, e que estejam a caminho.

44

Com as costas ainda pressionadas contra a parede, consigo ouvir alguém andando no fim do corredor; seus passos rangendo contra o chão de linóleo e ecoando pelas paredes. Tenho certeza de que a pessoa está sozinha e vindo nesta direção, para a sala de Francês. Mas também tenho certeza de que não é a mesma pessoa que estava me seguindo do dormitório, antes. Aqueles passos fazem um som pesado, como se fossem saltos de botas – esses definitivamente são de tênis.

A luz da lanterna brilha nesta direção. Olho para as luzes que indicam a saída à minha direita. Há um grupo de portas ali, mas seja lá quem estiver se aproximando, provavelmente será capaz de me ver sair.

A luz se aproxima, assim como os passos – passando pela entrada principal agora, deste lado do prédio. Consigo ouvir as pessoas se movimentando na sala de Francês, provavelmente também ouvindo os passos.

Rapidamente passo pela porta aberta e paro no meio do corredor. Não posso ficar aqui, sei que a luz da lanterna cedo ou tarde passará por mim, pegando-me como um cervo sob os faróis de um carro. Ou as velas de Emma e Trish simplesmente vão iluminar meu corpo escondido.

– Stacey – o alto-falante estala. – Estou te observando.

Atravesso o corredor e entro em uma das salas de aula. Encolho-me atrás da porta e espero. Meu coração bate tão alto e rápido que acho que deve estar audível. Encolho-me ainda mais, meus joelhos pressionados contra o peito, e seguro a respiração.

Depois do que me parece ser vários minutos sem ouvir nada, movo-me um centímetro detrás da porta e continuo agachada na entrada. A luz da lanterna sumiu e tudo parece vazio. Engatinho em direção à porta dupla e sinto algo sob meus dedos. Algum tipo de vareta. Sinto um pouco o chão ao redor e encontro mais algumas. Pego uma e passo a ponta do meu dedo por sua ponta macia e amanteigada, e pelo papel em que está enrolada.

Giz de cera.

Tento engolir o nervosismo o máximo que posso e empurro as portas rapidamente. Elas fazem um som de lamento, mas, graças a alguma maravilhosa e onisciente força, o som de arranhar toca novamente no alto-falante e consegue abafar o barulho – só o suficiente para que eu me arraste pelo vão que abri.

Acendo a lanterna e me movo o mais rápido e silenciosamente que consigo, descendo as escadas. Outro par de portas de saída me encara, são as que me levarão para fora. Mergulho direto nelas, para correr e conseguir ajuda. Mas é como se eu ficasse congelada no lugar, pregada no chão. Estou ficando enjoada. Seguro o tremor em meu estômago, os sucos gorgolejando, escalando minha garganta. O que isso significa? O que esse enjoo está tentando me dizer?

Minha cabeça lateja, tentando ver sentido em tudo isso. Dou outro passo em direção à porta de saída e minha boca se enche com o gosto mais morno, pungente e amargo – como se meu corpo não me deixasse sair. Como se eu não tivesse escolha a não ser seguir meus instintos.

Viro para olhar outro lance de escadas abaixo. E é então que descubro – é aí que meu pesadelo se desdobra ao meu redor. Este é o porão com o qual sonhei. E é para lá que meu corpo está me levando – para perto de Maura, para o que ela tenta me dizer.

Minha boca se enche com uma segunda onda de bile, fazendo minha cabeça girar, fazendo com quem me curve para a frente e deixe sair tudo – minha garganta queima agora. Limpo a boca e desço alguns degraus. Há uma grossa porta de aço no fundo, com uma letra *M* gigante rabiscada nela. Eu a abro para poder entrar, segurando seu peso atrás de mim para que ela não bata.

Um corredor longo e estreito. Aponto a luz ao longo das paredes. Portas se alinhando dos dois lados e lâmpadas sobre minha cabeça lançando uma luz fraca e amarelada. Começo a seguir pelo corredor, notando como o chão e as paredes estão pintados de verde-escuro, como os canos vazam sobre minha cabeça e fazem barulho ao atingir o cimento. Como se a letra da música "Senhorita Marieta" estivesse escrita ao longo do caminho.

Respiro fundo, lembrando-me de que Maura não me levaria a nenhum perigo com o qual ela achasse que eu não conseguiria lidar. Meu estômago borbulha novamente – como se eu estivesse chegando perto. Há uma batida vinda do fim do corredor. Eu torça para que seja Maura, pulando corda. Embora eu saiba que ela está morta.

Continuo a avançar pelo corredor, notando a porta acinzentada pelo tempo lá no final – aquela que me encara. Aquela dos meus pesadelos. O som de batidas está vindo de algum lugar perto dela, talvez atrás.

– Olá, Stacey – é a voz de Donovan no alto-falante de novo. – Seja bem-vinda de volta.

Mordo a língua para me impedir de gritar e tampo os ouvidos. Mas as batidas ficam mais altas.

– Estou te observando – ele diz.

Balanço a cabeça, tentando manter algum tipo de atenção. Meu estômago se contrai e a bile jorra pela minha garganta. Inclino-me para a frente e vomito tudo... Meu estômago está completamente vazio agora.

Seco a boca com a manga, notando como meu rosto está úmido de lágrimas. Nada disso faz sentido. Maura está morta. Donovan está preso. Não há chances de Cory e seu grupo terem conseguido soltá-lo. E mais, como ele está relacionado com meus pesadelos com Maura? Por que ele estaria me esperando aqui embaixo?

A não ser que alguém tenha contado a ele – alguém que sabia tudo sobre meus pesadelos. Alguém que possa prever coisas sobre mim que ninguém mais sabia.

– Stacey? – uma voz bem atrás de mim. A voz de Jacob.

Eu me viro.

Ele emerge da porta de aço, deixando-a bater atrás dele.

– Eu sabia que a encontraria aqui – ele aponta a luz de sua lanterna diretamente para mim, tão forte que preciso fechar os olhos.

– Sai de perto de mim – seguro o cristal na mão e me preparo para jogar nele.

– Stacey, você tem que confiar em mim – ele se aproxima alguns passos. – Apenas me ouça, por um segundo. Não vou machucá-la.

– Você me ouviu! – eu grito.

Jacob ignora meu aviso e dispara na minha direção. Ele tenta pegar o cristal, mas fecho as mãos em volta dele e com toda minha força o golpeio na virilha. Jacob se dobra, mas não cai.

Olho para seus pés: o tênis com sola de borracha. Igual aos lá de cima – aqueles que vinham na direção da sala de Francês, para a sessão espírita. Dou um passo para trás e Jacob me segue, ainda a apenas alguns centímetros de mim. Tento acertar sua cabeça mas ele segura o golpe e me agarra. A tempestade em meu estômago se intensifica, subindo de novo para minha garganta. Estou perdendo tempo. Lanço minha cabeça para trás e acerto uma cabeçada em sua testa. Jacob cambaleia para trás, tropeçando em seus pés. Ele cai, batendo a cabeça no chão de cimento.

Viro e corro o mais rápido que consigo, seguindo pelo corredor, onde as batidas continuam, tornando-se mais urgentes. Giro e puxo a maçaneta com toda minha força, mas é inútil. Ela não se move.

– Drea! – grito no vão da porta. – É você? Você está aí?

Eu bato e chuto a porta, enfiando meus dedos no vão até que começam a sangrar por conta das farpas. Até ficar completamente exausta. Não há mais batida. Apenas os pingos de água atingindo o chão. Encosto-me na porta e me agacho, minha garganta se enche de bile, fazendo-me engasgar, dizendo-me que não posso desistir, que tenho de continuar tentando.

Levanto-me e testo a maçaneta novamente. Ainda trancada. Respiro fundo e olho ao redor do batente da porta, notando a saliência na parte superior. Estendo a mão, passo meus dedos ao longo da saliência e sinto uma chave. Minha mão treme levemente, enfio a chave no buraco e a agito até que a fechadura gira.

Está escuro lá dentro. Aponto a lanterna pelo perímetro do lugar com uma das mãos e tateio as paredes, procurando um interruptor com a outra. Meu dedo raspa em algo afiado – um prego na parede, talvez.

Enfio o dedo sangrando na boca e olho ao redor. É uma pequena sala de trabalho do zelador – uma bancada à direita com ferramentas espalhadas sobre ela, prateleiras cheias de latas de tintas, baldes de limpeza, luvas de borracha e uma grande máquina de polir no centro. Mas o que mais me atrai é a coleção de origami: dúzias de sapos, peixes, pássaros e muitos outros animais de papel, alinhados em uma prateleira de metal.

Minha boca fica seca e começo a vomitar, o ar fica preso na garganta, fazendo-me engasgar. Uma corda de pular está pendurada em um gancho no fundo da sala. Vou em sua direção e escuto a porta bater.

Deixo meus olhos se fecharem e tento ouvir meu corpo e minha intuição, sem pensar ou raciocinar ou achar sentido em tudo isso. Sem lutar contra.

Sei quem é. É como minha mãe e Jacob disseram: a verdade está em meu passado. E estando aqui, neste galpão – o cheiro familiar de mofo e bolor tão intenso no ar, as paredes de cimento rachadas – sinto como se meu passado fosse colocado ao meu redor: Maura, vontade de vomitar, as pinturas de hena, a promessa esquecida. Não é sobre Cory e sua turma, ou Jacob, ou mesmo Drea. É sobre impedir que isso aconteça novamente. *Impedi-lo*. É por essa razão que estou aqui. É isso que Maura está tentando me ajudar a fazer.

Ele acende a luz e viro para vê-lo. Miles Parker – o homem que sequestrou Maura aquele dia, que a fez ficar enjoada com licor de cereja, que dirigiu bêbado e bateu em uma árvore e carregou seu corpo até a floresta, deixando-a em um galpão de ferramentas até ela morrer.

– Essa aí é a verdadeira, sabia? – ele aponta para a corda. – A corda que ela estava pulando no dia em que a peguei. Quer tocar nela? Quer ver se tem o cheiro dela?

Seguro firme a lanterna e sinto a mandíbula travar.

– Eu nunca vou me esquecer disso – ele continua. – Ela estava pulando corda e cantando aquela musiquinha, a calçada em volta dela toda vermelha de giz de cera, onde ela havia desenhado corações e sua letra favorita.

Ele sorri e me sinto engolir, a parte interna de minha boca agora um pouco mais úmida, menos seca e pastosa.

Miles está muito diferente de como era no julgamento – mais velho, mais sujo, com a pele mais pálida. Seu cabelo, que era escuro como carvão, também ficou mais cinza – curvando-se por suas orelhas, até a base do pescoço.

– Estou um pouco desapontado por você não manter sua promessa – ele diz. – Quando você me mandou aquela carta quatro anos atrás, eu realmente esperei que você a seguisse, que esperasse minha condicional para me fazer pagar pelo que aconteceu. Uma garotinha tão zangada.

Ele está usando um uniforme de zelador, como se tivesse planejado tudo isso, encontrar-me, conseguir um emprego aqui.

– Isso foi há muito tempo – digo, notando que ele também está usando um par de botas de trabalho com saltos duros, as mesmas botas que, sem dúvida, seguiram-me do dormitório.

– Mas para mim parece que foi ontem – ele responde rapidamente. – É uma das coisas que me fizeram seguir em frente. Eu queria encontrar a pessoa que deu à polícia aquela pista anônima.

– Do que você está falando? – dou um passo para trás, trombando na máquina de polir.

Ele sorri para mim, seus lábios finos e pálidos se afastando para revelar o dente da frente lascado.

– A dica que os trouxeram até mim. Até o galpão onde o corpo foi encontrado. Esperei por este momento por um bom tempo, Stacey Brown.

– Eu não sei do que você está falando – digo. – Eu não dei nenhuma pista anônima.

– Sua carta dizia o contrário.

Penso nisso por um momento, mas não faz sentido. Não dei nenhuma pista anônima. Quer dizer, eu *deveria* ter dado. Queria ter dado. Mas não dei. A carta que mandei para ele dizia que só consegui prever o sequestro e onde ela estava escondida. Qualquer pista anônima foi dada à polícia por outra pessoa.

– A carta não dizia isso – digo. – Eu apenas disse que tinha um *pressentimento* sobre Maura ter sido levada, sobre onde ela estava escondida.

– Por que não acredito em você?

Dou outro passo para trás, trombando em uma porção de esfregões, minhas costas pressionadas contra a parede de cimento agora.

– Meus amigos estão logo ali no andar de cima – digo. Eles vão se perguntar onde estou.

– Eu sei que eles não são seus amigos, Stacey. Eles são *meus* amigos. – Eles têm me ajudado.

– O que você quer dizer? – sinto meu queixo tremer. Aperto os dentes me esforçando para parar a tremedeira.

– Tenho observado você, Stacey – ele pausa. – E tenho os observado. Sei o quão interessados estão em você. Isso nos deu algo em comum, eles e eu. Achei que conseguir um emprego aqui seria o suficiente para chegar perto de você. Mas, conhecê-los... Foi bolinho, fez tudo ficar muito mais fácil.

– Do que você está falando?

– Eles me contaram sobre os planos para essa noite, como iam trazer você até aqui, como queriam tentar reencenar o que aconteceu no ano passado. Eles me contaram tudo sobre o que aconteceu, Stacey. Você também não conseguiu cuidar apenas da sua própria vida, não é?

Engulo com dificuldade e tento me inclinar um pouco mais para trás, como se eu fosse capaz de abrir caminho pela parede, mas não há mais espaço. Estou encurralada.

– Então, o que mais eu poderia fazer senão ajudá-los? – ele continua. – Dar acesso a eles. Quero dizer, e aqui está você, bem onde eu queria. E tudo que precisei fazer foi dar uma chave a eles.

– O que você quer?

– Acerto de contas – ele diz, dando outro passo, aproximando-se de mim. Você é uma cobra, Stacey. Você deveria ter cuidado da sua própria vida, deveria ter mantido a boca fechada. Você tem ideia de como é a prisão? O que uma pessoa precisa fazer para ocupar seu tempo, para evitar ficar louca?

Olho por sobre seus ombros para as figuras de origami. Miles estende a mão até meu queixo para atrair meu olhar de volta. Quero empurrar sua mão para longe, mas não o faço. Ele é bem mais alto do que eu, seu peso deve ser o dobro do meu.

Minha mente tenta pensar rapidamente no que devo fazer. Morder sua mão? Tentar atingi-lo nos olhos?

Miles alcança a corda. Ela a apoia sobre os ombros e passa as alças em meu rosto.

– Não se preocupe – ele diz. – Cordas não fazem meu estilo. Prefiro usar as mãos. O presente que lhe dei foi só uma pista. Assim como o gravador e as cartas, apenas lembretes. Você conseguiu prever isso também, Stacey, o modo como a tenho observado?

– Eu não dei nenhuma pista anônima – digo, as lágrima rolando por meu rosto. Você tem que acreditar que não fui eu.

Olho para a esquerda e vejo um martelo pendurado na parede. Miles larga a corda no chão e coloca seus polegares na frente do meu pescoço.

– Não gosto de gente que quebra suas promessas, Stacey. E odeio ainda mais gente mentirosa.

Aperto os dentes, imaginando como posso me esquivar dele, o que posso fazer para que mude de ideia, para que veja a verdade.

Miles toca levemente minhas lágrimas, um largo sorriso em seu rosto, como se meu medo o divertisse. Fecho os olhos por um momento e me concentro no cristal em meu bolso, no sachê de tomilho, conjurando toda a coragem que tenho. Então eu lhe dou uma joelhada – na virilha, o mais forte que consigo. Miles cambaleia um pouco para trás, permitindo-me alcançar o martelo. Meus dedos quase alcançam o cabo, ele segura meu braço e me vira, empurrando minhas costas contra a parede.

Ele puxa o martelo de seu gancho e o pressiona contra meu rosto.

– É isso que você quer?

Balanço a cabeça e travo meu olhar no dele. Preciso ser corajosa, não posso desistir agora. Bem à minha direita, na beirada de uma das prateleiras, há um extintor de incêndios. Miles força o martelo em minha bochecha, me forçando a abrir a boca. A parte interna da minha bochecha pressionada contra meus dentes – uma sensação de dor, queimando.

– É gostoso? – ele pergunta.

Deixo sair um grito.

Miles tira o martelo do meu rosto e dá uma olhadela para o lado para jogá-lo. No mesmo momento, alcanço e agarro o extintor da prateleira. Acerto-o na cabeça – um forte e alto estalo se ouve. Miles se afasta alguns passos, levando as mãos até a cabeça. Miro o bocal em sua direção e pressiono o gatilho. Nada acontece. Miles tenta tirar o extintor da minha mão. Seus dedos envolvem a base; os meus estão na parte de cima, puxando o negócio com toda minha força. Sinto meus dedos escorregando, perdendo o controle.

Miles dá um passo para a frente para se posicionar melhor. É quando vejo o pino do extintor. Mergulho na direção do extintor, como que para tomar impulso, e acabar com o cabo de guerra que estamos fazendo. Giro e me jogo no chão, meu traseiro bate contra o chão de cimento. Mas Miles solta o extintor. Aponto para ele, puxo o pino e comprimo o gatilho. Um pó amarelo-escuro o atinge, direto nos olhos.

Atiro o extintor no chão, chuto sua mão, enfio o salto do meu sapato em seus dedos. Miles me solta e tento alcançar a maçaneta da porta, mas meus dedos não são longos o suficiente. Apoio-me nos cotovelos para me aproximar, mas meus dedos apenas tocam de leve a maçaneta. Miles segura meu tornozelo e me arrasta para trás. Viro para olhá-lo. Agora de joelhos, ele segura o martelo acima de sua cabeça. Ouço-me gritar. Tento fugir, afastar-me dele, mas ele segura meu tornozelo novamente e me puxa para mais perto.

Ele pisca os olhos por conta do pó do extintor, como se estivesse irritando-o, penetrando em seus olhos. Movo-me um pouco para a esquerda, na direção da máquina de polir, imaginando se eu empurrá-lo para ela e ligá-la com meu pé, o que pode acontecer. É quando vejo o extintor a milímetros da minha perna.

Com o martelo ainda posicionado acima de sua cabeça, Mile me parece bem instável ajoelhado. Ele tira a mão do meu tornozelo e com ela esfrega os olhos. Inclino-me para a frente, agarro o extintor e atiro novamente – um tiro forte e certeiro que o derruba para trás.

Arrasto-me para longe, alcançando a maçaneta – desta vez, consigo agarrá-la –, mas ainda estou longe para conseguir girá-la ou empurrar e abrir a porta. Olho novamente para Miles, que recobrou o equilíbrio. Ele se ajoelha de novo e se atira em minha direção, balançando o martelo como louco. Eu me jogo para a direita para evitar o golpe. O martelo atinge a porta. Alcanço a maçaneta novamente, giro e empurro. A porta abre alguns milímetros. Miles agarra meu tornozelo para me segurar no momento em que a porta abre completamente.

Um grupo de policiais entra subitamente. Sinto que sou arrastada, movida para o lado, para fora do caminho. É Jacob. Hesito por um momento, pensando que, há apenas alguns minutos, eu havia suspeitado dele. Ele me envolve em seus braços e, em vez de pensar, deixo-me ir com ele. Permito-me desabar em seu abraço, confiando meu coração no que sei ser verdadeiro.

– Você está bem? – ele pergunta.

Respiro com tanta dificuldade que simplesmente não consigo responder.

Alguns momento depois, os policias, incluindo o Sr. Modelo, emergem da sala do zelador com Miles algemado. Miles olha na minha direção, mas seus olhos estão tão cobertos de pó que não sei o que ele vê.

– Acabou – Jacob diz.

Eu me aperto contra ele, como se quisesse que ele nunca mais me soltasse, esperando mais do que tudo que ele estivesse certo.

45

Está cheio na frente do prédio do O'Brian quando saímos. Viaturas de polícia de Hanover, administradores do campus e estudantes curiosos reunidos no local.

Minha mãe é a primeira a emergir da multidão.

– Graças a Deus, você está bem – ela diz, envolvendo-me em seus braços.

Retribuo o abraço com tudo que há em mim. É tão bom abraçá-la desse jeito, há muito tempo esperava por isso.

– Como você soube que eu estava aqui?

– Eu apenas sabia – ela diz, beijando minha cabeça.

Ela olha por sobre meu ombro.

– Você deve ser o Jacob.

Jacob dá um passo à frente para apertar sua mão.

– Obrigada – diz, com seus olhos pretos de rímel escorrido.

– Não fiz muita coisa, na verdade – ele diz. – Eu queria ajudar mais.

– Você fez tudo – ela diz. – Você confiou em seus sentidos e os seguiu. É mais do que muitas pessoas fazem.

Abraço minha mãe novamente, sentindo-me completamente restaurada pelo que ela está dizendo, como se talvez ela esteja pensando melhor sobre usar nossos sentidos para ajudar os outros.

– Só espero que algum dia você me perdoe por não ajudá-la – as asinhas fininhas de minha mãe me envolvem; desta vez, bem mais fortes do que antes.

Eu a abraço mais apertado, uma corrente de lágrimas descendo pelos vincos de meu rosto e dizendo a ela que está perdoada.

– Ei, Sra. B. – PJ diz, interrompendo-nos. Ele e Amber estão parados atrás de nós.

– Ah!, meu Deus, como está a Drea? – pergunto.

– Está bem – Amber diz. – Surtou um pouco, mas está bem.

– Mas você, por outro lado, Srta. Drew[10]... – PJ diz. – Suas mensagens no telefone fizeram a gente cagar giz de cera.

– Obrigada por chamar a polícia – digo.

– *Eu* liguei para eles – minha mãe diz. – Apenas tinha um pressentimento... Uma intuição.

– Bem, obrigada a todos vocês – digo.

– Você está brincando? – Amber diz. – Eu que deveria *lhe* agradecer. Você conseguiu um encontro com um dos melhores de Hillcrest.

– Do que você está falando?

– De quem mais senão aquele policial fofo, lindo, que estava no Enforcado àquela noite?

---

[10] Nancy Drew: filme norte-americano, baseado na série de mistério de mesmo nome. Nancy Drew é uma detetive adolescente (N.R.)

O Sr. Modelo.

– Sinceramente, Amber – PJ diz. – Essas tentativas de me deixar com ciúme estão ficando velhas e emboloradas.

Ele tira um pouco do pó amarelado do extintor de meus ombros e o espalha em seu cabelo.

– Que cor legal.

– Você é um ser bizarro – Amber diz para ele.

– Corrigindo – PJ diz. – Bizarras eram aquelas sessões espíritas dos cloninhos. Eles foram arrastados daqui para fora *tout de suíte*. Sem dizer que foram expulsos imediatamente.

– E Donovan? Onde ele está? – tremo só ao mencionar seu nome.

– Aqui que não está – PJ diz. Apenas a sua voz. Quando os cloninhos ficaram fanatiquinhos e foram visitá-lo no centro de detenção, eles gravaram a voz dele e editaram para usar em suas ideias escabrosas. Pergunta para Senhorita Donna Tillings que está ali; ela está dando todas as informações para a polícia. Quando o cabeça dos clones fãs de fantasmas ficou bizarro demais para a opinião dela, estragou os planos deles. Talvez ela não seja tão idiota quanto eu pensava.

– Aqueles caras merecem mais que expulsão – Jacob diz.

– Você está mais do que certo, espertinho – PJ diz. Estou feliz por ser sensível o bastante para não deixar seu traseiro entrar no teatrinho deles.

– Ah!, sim, você é muito sensível – Amber diz.

Minha mãe fica parada atrás de mim enquanto falo rapidamente com a polícia. Parece que Cory e seu grupo sequer sabiam que eu já estava no prédio. Estavam esperando-me, preparando-se para a sessão espírita e testando a fita de Donovan no alto-falante até eu chegar. Foi Miles Parker quem me seguiu do dormitório até o edifício O'Brian. Aparentemente, ele trabalha aqui como zelador há algumas semanas, o que explica como algumas janelas e portas estavam destrancadas.

– Mas, obviamente, Miles Parker não estava envolvido na sessão espírita nem em nada do tipo – digo. Ele estava apenas usando o Cory e os outros para me trazer aqui, certo?

Os policiais confirmam.

– Assim como eles o usavam para conseguir a chave. O Sr. Parker não tinha interesse em se comunicar com os espíritos.

– Apenas em criar alguns novos – Amber diz. – Apoiando o queixo em seus bracinhos perfeitos e borboleteando seus cílios laranja fluorescentes para ele.

Ali perto vejo Chad e Drea. Estão sentados um ao lado do outro em um dos bancos. A jaqueta do time de Chad sobre os ombros de Drea – como se fosse um filme de colegial acontecendo na vida real. Exatamente do jeito que deveria ser.

Drea também me vê. Ela se levanta, aproxima-se e coloca seus braços em volta de mim.

– Fiquei tão assustada. Você está bem?

– Vou ficar – digo. – E você? Eles a machucaram?

Ela balança a cabeça.

– Estou mais envergonhada do que qualquer outra coisa. Eu fui tão estúpida, Stacey.

Ela segue contando como mais cedo, naquela noite, uma Emma cheia de lágrimas a convidou para caminhar com ela pelo campus. Entre soluços e assoadas de nariz, Emma contou a Drea que Cory havia terminado com ela naquela noite; ela disse que precisava tomar um pouco de ar, que não aguentaria ficar em seu quarto, e pensou que dar uma volta no campus faria bem a ela, tiraria sua mente das coisas. E embora Drea e

Emma não fossem as melhores amigas, ou mesmo amigas de tipo algum, Drea se sentiu mal por ela e não quis que Emma ficasse sozinha. Só que, quando se aproximaram do prédio do O'Brian, elas *não estavam* sozinhas – Cory e Tobias apareceram. Eles ameaçaram Drea com *spray* de pimenta, arrastaram ela para dentro do prédio, e então a trancaram em uma das salas de aula.

– Eu meio que pirei – Drea disse. – E então, assim que ouvi a voz de Donovan, comecei a ter um ataque de pânico; era igual ao ano passado.

– Só estou contente por você estar bem – digo, abraçando-a mais uma vez.

– Obrigada – ela diz. – Você está sempre lá quando preciso.

– Sempre tentarei estar.

Olho de relance para Chad. Ele está com as mãos enfiadas bem fundo nos bolsos, conversando futilidades com Jacob. Ele olha para mim ao mesmo tempo. Vou em sua direção e meio que ficamos ali parados, olhando um para o outro.

– Você me assustou – ele diz.

– Desculpe – digo.

– Não, sou eu quem tem de lhe pedir desculpas – ele diz. – Eu deveria ter acreditado em você. Deveria ter levado tudo a sério. Consigo ser tão idiota, às vezes.

Dou de ombros.

– Talvez eu devesse ter feito as coisas de um jeito diferente, também.

Ele me toma em seus braços e me beija perto da minha orelha.

– Eu amo você, sabia? Não importa o que aconteça entre a gente.

– Não importa o que aconteça?

– Exatamente – ele diz.

Assinto e beijo seu rosto, sabendo inteiramente o que ele quer dizer.

– Eu também o amo – digo. E digo com intenção verdadeira. Eu amo Chad. Amo o suficiente para saber que ele e Drea pertencem um ao outro.

– Amigos? – digo.

– Para sempre – ele me abraça mais uma vez, antes de voltar para junto de Drea no banco.

– Então – minha mãe diz, parando ao meu lado novamente.

Ela está tremendo – uma mistura de medo e nervosismo talvez – de um jeito que nunca vi antes. Sua boca está tremendo e seus olhos estão cheios de lágrima. Ela funga algumas vezes tentando se recompor.

– Vamos combinar alguma coisa para fazer amanhã? Posso ligar para você...

– Você está chorando – digo, notando como até mesmo o sorriso mais corajoso não consegue esconder o que ela está sentindo de verdade.

– Só estou muito aliviada por você estar bem – ela diz, secando as lágrimas. – Estou tão orgulhosa de você.

– Bem, também estou muito orgulhosa de você – envolvo-a em meus braços mais uma vez. – Obrigada por tudo.

– Não – ela diz. – Obrigada *você*.

Ela me aperta mais.

– Eu a amo. E quero que saiba disso.

– Eu sei disso e a amo, também.

– Que meigo – Amber canta, interrompendo-nos. – Parece um cartão fofo. Quando você se importa o suficiente para espremer o que há de melhor.

– Muito fofo – digo.

– Stacey, você deve estar morrendo de fome depois de botar pra fora tanta comida na última semana. Então, isso significa que não tem mais que se preocupar com esses efeitos colaterais horrendos?

– Por enquanto, pelo menos.

– Então, que tal celebrarmos o fim dos vômitos com uma ida ao Denny's? Eu mandaria ver um belo sanduíche de lenhador agora.

– A ideia desse nome é parecer apetitoso?

– Você também está convidada para vir, Sra. B. – Amber acrescenta.

– Estou um pouco cansada – minha mãe diz. – Mas obrigada mesmo assim.

Ela acena, despedindo-se, antes de entrar em seu carro e ir embora.

– Também estou cansada – digo, olhando discretamente para Jacob; ele está me esperando na calçada.

– Ah! tá, entendi – Amber diz, lançando-me uma piscada exagerada. – Só me faz um favorzinho e pendure uma liga ou algo na maçaneta se você estiver um pouco *ocupada*.

– Uma liga?

Ela revira os olhos.

– É o que dá você não ter nenhuma peça de vestuário fina. Na minha camiseira, gaveta de cima à esquerda. Mas a de leopardo com borlas seria exagero total.

– Você é louca – digo. – Jacob e eu só vamos conversar.

– Conhecendo você – ela suspira. – Deve ser verdade.

Enquanto Amber, PJ, Chad e Drea vão para o Denny's, junto-me a Jacob e andamos até os dormitórios. A noite está absolutamente fria e já passa da meia-noite. Jacob tira o casaco e o coloca sobre meus ombros.

– Desculpe por ter batido em você – digo. Você está bem?

– Vou sobreviver. Talvez não consiga mais andar reto, mas pelo menos vou sobreviver.

– Só queria ter confiado em você.

– Bem, espero que consiga confiar agora.

Ele para e olho para ele – dentro de seus olhos azuis-claros e para seu maxilar forte – e sinto minhas bochechas ficarem quentes e rosadas.

– Como você soube onde me encontrar? – pergunto.

– Apenas sabia – ele diz, tirando alguns fios de cabelo do meu rosto. – Eu sonhei com isso, lembra?

Engulo com dificuldade e olho para baixo, minhas mãos suando por causa do nervosismo.

– Por que paramos?

Ele acena com a cabeça na direção do meu dormitório.

– Por que estamos aqui.

– Ah!, sim – digo, só notando agora. – Bem, obrigada. Por tudo. Talvez você fique por aqui. Quero dizer, sei que você já fez o que veio fazer, e sei que deve ter sido duro largar tudo e se mudar para cá. Você deve ter muitos amigos lá no Colorado.

Jacob sorri e se aproxima, tão próximo que consigo sentir o calor de sua respiração em meus lábios.

– Como eu poderia ir embora? – ele pergunta.

Olho para ele e meu coração começa a arranhar dentro do meu peito, ainda mais forte do que antes.

– Acho que você não pode.

Já estamos em meu quarto, sentados no chão com a vela branca grossa que minha avó me deu entre nós. Desenrosco a tampa do meu frasco de óleo de rosas e deixo cair algumas gotas nos dedos. A essência exuberante enche o ar ao nosso redor, fazendo-me lembrar de noites perfumadas na praia, de chá quente de maracujá com gotas de mel.

Percorro de baixo para cima a vela com os dedos úmidos para consagrá-la.

– Tanto acima – digo.

Jacob molha os dedos no óleo e os passa na vela de cima para baixo no lado oposto.

– Quanto abaixo.

Continuamos um de cada vez, umedecendo a vela até que ela fica totalmente untada. Então acendo um par de velas iniciais, uma para cada um de nós, e juntos, Jacob e eu as usamos para acender a vela branca.

– Abençoado seja – digo, olhando para Jacob enquanto ele apaga nossas velas iniciais com um assopro.

– Abençoado seja – ele repete.

Ficamos ali sentados, os olhos fixos um no outro, por vários segundos. Sei em meu coração que nós dois estamos pensando a mesma coisa. Jacob se inclina por sobre a vela, a sombra da chama dançante em seu lábio inferior. Eu me inclino para a frente, para encontrá-lo também. É um beijo cheio de promessas, de confiança, e tudo isso é mágico.

FIM